学館文庫

ぼくたちと駐在さんの700日戦争 18

ママチャリ

小学館

目次

第18章　枯れる花　咲く花 …………………… 7

- 第1話　幽霊の法則
- 第2話　イザナギ・イザナミ
- 第3話　恋の10カウント
- 第4話　迷子の迷子の
- 第5話　青小の怪談
- 第6話　試される愛
- 第7話　黄昏ランデブー
- 第8話　縁結び
- 第9話　祭り囃子の終わりに
- 第10話　招かざる客
- 第11話　割り切れない心（1）
- 第12話　割り切れない心（2）
- 第13話　恩師
- 第14話　教師たる者
- 第15話　プラタナスの木の下で（1）
- 第16話　プラタナスの木の下で（2）
- 第17話　炎天下のレシピ
- 第18話　坂道を下れば
- 第19話　ジェミーの時間割
- 第20話　真夜中のプール
- 第21話　やがて悲しき
- 第22話　Aランクの女（1）
- 第23話　Aランクの女（2）
- 第24話　ホッケー in the プール
- 第25話　世界新
- 第26話　ベーゼンドルファーの謎（1）
- 第27話　ベーゼンドルファーの謎（2）
- 第28話　ベーゼンドルファーの謎（3）
- 第29話　清めの塩
- 第30話　剝がれたお札（1）
- 第31話　剝がれたお札（2）
- 第32話　資料室の怪
- 第33話　鉄と木（1）
- 第34話　鉄と木（2）
- 第35話　忘れられた記録
- 第36話　僕たちと駐在さんのダイレクト戦争
- 第37話　開かない窓
- 第38話　予知夢
- 第39話　盲点（1）

第40話　盲点（2）
第41話　盲点（3）
第42話　目撃情報
第43話　最悪のシナリオ
第44話　ケンちゃんマーケティング（1）
第45話　ケンちゃんマーケティング（2）
第46話　ケンちゃんマーケティング（3）
第47話　不思議な関係
第48話　モータードライブが見たもの
第49話　心霊研究会vs心霊研究会
第50話　九字護身法
第51話　豚と落葉と旅人と
第52話　真実を知る者（1）
第53話　真実を知る者（2）
第54話　名も無きメダリスト（1）
第55話　名も無きメダリスト（2）
第56話　レンラクコウ
第57話　黄泉の国から来た手紙
第58話　カサブランカ
第59話　vs茶木（1）
第60話　vs茶木（2）
第61話　閉ざされた絆（1）
第62話　閉ざされた絆（2）
第63話　閉ざされた絆（3）
第64話　決意と決断
第65話　あ・ぶ・な・い・ヒッチハイカー（1）
第66話　あ・ぶ・な・い・ヒッチハイカー（2）
第67話　若鷲の歌（1）
第68話　若鷲の歌（2）
第69話　若鷲の歌（3）
第70話　若鷲の歌（4）
第71話　再会
第72話　枯れる花　咲く花（1）
第73話　斉唱
第74話　枯れる花　咲く花（2）

ぼくちゅう『悪戯(イタズラ)の定義』

↓　↓　↓

1☞ 相手に怪我を負わせてはならない。

2☞ しかけられた相手も笑えなくてはならない。

3☞ 相手が弱者であってはならない。

4☞ 償いができないものは悪戯ではない。

```
           |  ||
           |  ||
   ***     |  ||    ***
       \\\ |  ||///
```

ぼくたちと駐在さんの700日戦争【悪戯順番表】

※本シリーズは時系列に沿っておりませんので、参考までに時間の流れと、各巻のおおよその位置を一覧にしておきます

小	▽					『ジャスミンティーにクロワッサン』13巻
	▽	▽				『小さな太陽』3巻
	▽	▽	▶			『ふりむき地蔵』5巻
中	▽	▽	▽			『デートリッヒ物語』14巻
	▽	▽	▽	▶		『夏いちりん』5巻
	▽	▽	▽	▶		『本当の英雄』11巻
高1			▽	▶		『SIDE BY SIDE』1巻
			▽	▶		『桜月夜』7巻
★駐在さん赴任★						
高2			▽	▽		『チクリ小町のポーラスター』17巻
			▽	▽	▶	『俺たちは風』1巻
			▽	▽	▽	『花火盗人』2巻
			▽	▽	▽	▶『すももももももも』5巻
		▽	▽	▽	▽	▶『星のメドレー』3巻
			▽	▶		『のぶくんの飛行機』4巻
			▽	▶		『ポップコーン戦線』2巻
			▽	▶		『マリア様によろしく』6巻
			▽	▶		『失恋注意報』8巻
			▽	▶		『プロポーズはテノールで』9巻
	▽		▽	▶		『早苗さんの卒業式』14巻
	▽		▽	▽		『神様への挑戦状』15巻/16巻
高3			▽	▽	▽	『走れ！チャーリー号！』10巻
		▽	▽	▽	▽	『スイートピーロード』11巻
		▽		▽	▽	▶『枯れる花　咲く花』18巻
			▽	▶		『アンダルシアからの手紙』12巻
			▽	▶		『晴れて風なし』11巻

第18章
枯れる花　咲く花

第18章
枯れる花、咲く花

第1話　幽霊の法則

　幽霊は存在するのか？

　この問題に対する我々『心霊研究会』の結論は、意外に思われるかも知れませんが、
『エネルギー保存の法則により存在しえない』
　というもので、1976年（昭和51年）8月1日に、森田博士による公式見解として発表されました。

「公式見解」と言いましても、キャンプ中の**怪談大会**でのことなので、自分らしかいませんから、政府もNASAも交通安全協会も地元の子供会もまったく関知しない、どっちかって言えば「非公式に近い」って言うか、そのものです。

＞会見（怪談大会）会場です。

「エネルギー保存の法則？」「ナニそれ？　森田」
「物理法則のひとつだよ」
「俺、鳥肌たって来た‥‥‥‥」「オレも‥‥‥‥‥‥」
「いや‥‥『エネルギー保存の法則』は怪談じゃないから」
　別の意味で鳥肌がたっているのでしょう。

『エネルギー保存の法則』とは‥‥‥
「熱、化学、電気、光などのエネルギーは、それぞれの形態に移り変わるが、エネルギーの総和は変化しない」
　という、最も基本的な物理法則です。

西条(さいじょう)くんたちの理解、
「あーー、わかった！　性欲のエネルギーは**スポーツで発散**しろ、ってアレか？」
「無理無理〜〜〜」「ぜってー無理〜〜〜」
「あ、それでエネルギー保存の法則？」

「ちがうよ‥‥‥‥」
　わかりやすい例として、
「たとえば、電球を点けると熱くなるだろ？　あれは、電気エネルギーが光と熱に変わった、ということだ。形態が変わってもエネルギーの総和は変化していない」

　西条くんたちの理解、
「そう言えば！　エネルギーが溜(た)まると熱くなる！」
「なるなる〜〜」
「ヤケドするぜ？」「わははは！」
　少し解釈がズレている気もします。
「けど、さすがに光らないよなぁ？」
「俺のは光るぜ！」「ウソこけっ」
　やはりズレています。毎度のことです。
　男子高校生は物理よりも下ネタのほうが大好きの法則。

　懲りずに森田くん、
「これに加えて、アインシュタインが相対性理論で唱えたのが、物質もエネルギーの形態のひとつ、というものだ」
　単なる怪談大会に『相対性理論』などというものを持ち込むところが、さすが森田博士ですが、
「だから、小さなウランという物質から、原子力の莫大なエ

ネルギーになる。『E＝mc²』という有名な公式。君らだって知ってるだろ？」

「EイコールMC二乗？」
「『団地妻＝真昼の二乗』は知ってる」
「それは『真昼の情事』だろが！」
「アレ、見てみたかった～～～」
「俺も」「オイラも」
　男子高校生は寄ると触るとそういう話ばっかの法則。

「だからぁ。質量もまたエネルギーってこと！　ようは全(すべ)てはエネルギーに変換できる」
　この保存則は、全宇宙に共通する基本法則であり、幽霊であれなんであれ変換される元のエネルギーがなければ、見えもしなければ音も聞こえない、というもの。
　これに反する物質があると、「宇宙はそこから一瞬にして崩壊する」のだそうで、
「地球が宇宙中にある限り、幽霊は存在しえない」

「なるほどー‥‥‥‥」「なんか説得力ある‥‥‥‥」
　全宇宙の法則とまで言われては、反論できません。

「わかった？　じゃ、次の怪談は僕の番だね。覚悟はいい？」
「いや‥‥‥‥‥」「森田‥‥‥‥‥」
「全宇宙の法則とか言ってから‥‥‥‥‥」
「え？　それはそれ、これはこれだよ」
「・＿・」「・＿・」「・＿・」「・＿・」「・＿・」「・＿・」

第18章　枯れる花　咲く花

しかも、森田くんのする『お寺で本当にあった話』は、他を圧倒して、怖かったりするのでした‥‥‥‥。

第2話　イザナギ・イザナミ

　しかしながら、この『エネルギー保存則により幽霊は存在しない』という説が、周りの多くの「弱虫」たちの支えになったことは違いなく、特にこの夏に『呪われた750』から自動車を造っていたチャーリー（10巻）にとって、まさしく「神の福音」に等しいものでした。
　あるいは、森田くんは、そんなチャーリーのために、この話をしたのかも知れません。

　そして、この人にとっても‥‥‥
「ママチャリ。幽霊はいないんだってな〜？」
　駐在さんです。
「ええ‥‥‥‥まぁ。一応そういう結論になりました」
「出ても**スポーツで発散**できるんだって？」
　だいぶ歪（ゆが）んで伝わってますが‥‥。
　スポーツで発散できる幽霊って、どんなだ？

「そこでひとつ相談があるんだがーー‥‥‥」
「はい？　相談？」

　ここはＡ市の神社。年に一度の夏祭り。
　このあたりでは最大規模のお祭りで、この日は和美（かずみ）ちゃん

とのデートで訪れていました。
　我が町からはるばる離れたＡ市のお祭りを選んだのは、そこが『縁結び』の神社として有名、というのもあるのですが、なんと言っても「知り合いに会わずに済むから」
　せっかくの水入らずのデート。あんまり顔見知りや敵（←これ重要）に出くわしたくないわけです。
　その点でＡ市は、西条くん以外、ほとんど顔見知りもおりませんし、大勢のくり出すお祭りでは、そのわずかな知り合いにも会う確率はほとんどナシ。我ながらナイスチョイス！
　‥‥‥‥‥と、思ったのに。

「ガチャピ〜〜〜〜ン！」
　沿道の露店（出店）の方から声がして、
「おーーい、ガチャピ〜〜〜〜ン！」
　え‥‥‥‥‥？　ガチャピンて‥‥‥‥
「ガチャピン！　ケーキ買ってけ！」
「ケンちゃん!?」（10巻・16巻登場）
　僕を「ガチャピン」などと呼ぶのは、この世でただひとり。
　なんと西条くんの兄弟子、ケーキ屋メルヘンのケンちゃん！
　参拝客にだけ気をとられて、すっかり油断してました。お祭りには出店ってものもあることを。

「ケンちゃん‥‥‥露店でケーキなんて売れるんですか？」
「売れんだな、これが〜！」
　見れば店先には、風貌のよからぬ連中が列をなして順番待ちしています。手に手にピンクのメルヘン会員カード。
「なる‥‥ほど‥‥」
　お祭りの客層はメルヘンの客層と合致しているんですね。

第１８章　枯れる花　咲く花

「いいからオマエも並べや！　まさか、いらねぇとは言わねーよなぁ？　ああ？」
「はい‥‥‥」
　強制なので、混み合うわけです‥‥‥‥。

　というわけで行列の後ろへ移動しますと、
「**セイガクっ!?**」
「**早乙女（さおとめ）さんっ!?**」（10巻登場）
　これは、なんでここに並んでるんだ？　という方が愚問。早乙女さん、メルヘンのゴールド会員です（もちろん強制）。
「い、いや。ちがうぞ。このあたりの露店はウチの組が元締めしてんだぞ」（11巻参照）
「あ、そうなんですか？」
　なんか体面を保とうとしてますが、元締めなのに店子（たなこ）である露店に並ばせられてるって‥‥‥？

「**次ぃ！　早乙女ぇ！**」
「あ。ケンちゃんが呼んでますよ？」
「あ〜、はい、はいはい」
　なんでケンちゃんが露店を出せたのかは、なんとなく判（わか）りました。
　おそらくはショバ代がかからないから。
　そりゃ黒字だわー‥‥‥。

　が。ケンちゃんの店ということは、
「毎度おおきに〜♡」
　姪（めい）っ子の「魔性の女」もいるわけで‥‥‥‥（10巻登場）。
「デートどすか〜？　よろしゅおすなぁ〜」
「え‥‥‥、いや‥‥‥、まぁ、ね‥‥‥‥‥」

「この〜、色おとこ〜〜〜。どすえ♡」
　どっちかと言えば、ケンちゃん当人よりもコッチのほうがやっかいでした。

　なにしろ和美ちゃんは、
「まったくぅ。浴衣姿にデレデレしちゃって〜〜〜」
「な、なに言ってんだよ！」
　とっっっってもヤキモチ焼き。
　片想い期間が長かった分だけ、その焼き具合はウェルダン（内部までよく火が通っていること）。

　せっかく「知り合いを避けて」来たのに。これでは意味がありません。あげく、
「おーい、ガチャピーーーーン！　そう言えば、西条のヤツも来てたぞーーーーーー」
「西条が‥‥‥‥？」

「お〜〜〜〜〜〜〜〜〜〜い！」
　いた‥‥‥‥‥！

　なんなんだ、ここの神社は‥‥‥‥‥‥。
『縁結び』の神社が祀っているのは、『イザナギノミコト』『イザナミノミコト』という日本国最初の神様カップル。そこから「いざなう」という言葉が生まれたのだそうですが。
「いざないすぎ‥‥‥」
「なに言ってんだ？　お前」
　霊験はあらたか。
　あなかしこ　あなかしこ。

第18章　枯れる花　咲く花

第3話　恋の10カウント

　それにしても西条までいるとは‥‥‥‥。
　神様も余計な「いざない」を‥‥‥‥‥
　と、思ったら違いました。
「オマエんち電話したら、ここの祭りに来てるってーから」
「あ、じゃあ、母ちゃんから？」
「そう。いや～～～、探したぜ～～～」
　西条くんは、僕がここに来ていると知っていて、捜していたのです。

「なんかあったのか？　西条」
「いや、和美とデートだって言うからさー。穴場でも教えてやろうと思って！」
　教えてもらってもオマエが一緒じゃダメじゃん。
「あたしは、別に一緒でもいいよ？」
　和美ちゃんの、この反応も。僕には面白くありません。
　みっともないヤキモチとわかりつつ。
　焼き具合はミディアムレア（中は生々しい）。

「西条、お前、竹内さん（4巻登場）はどうしたんだよ？」
「ん。別れた！」
　キッパリ！　一縷の淀みもなく！
「またかよ‥‥‥‥」
　西条くんには1級下の竹内さんという立派なカノジョがいますが、付き合い始めてからというもの、ほぼ2週間ごとに別れたりくっついたりを繰り返し‥‥現在に至る（13巻）。

理由は、「エロ本見つかった」とか「いきなり手を握った」とか、ハッキリ言ってどっちもどっちなのですが。

　西条くん、雑踏を離れた「穴場」社務所の裏側まで案内すると、
「ここ！　ここならキスできるぞ！　さぁ、やれ！」
「するかっ‼」
「じゃーーー、今から目ぇつぶって10数えるから。その間に」
　いや‥‥、かくれんぼじゃないんだから‥‥‥‥。
「い～～～ち、に～～～～」
　数え始めちゃいました‥‥‥。

　チュッ！

「あ！　テメェ、自分の手の甲で音だけ出しやがって！」
「薄目開けてんじゃねーーーーーーーーーー‼」
　だいたいそんなんで、キスするとでも思ってんのか！
「俺ならしたい！」
「お前の願望は聞いてない」
　しかも。人のカノジョに。

「まぁ、そう邪険にすんなって。ここの祭りはアチコチから有象無象が集まっからよ。オマエらみたいなカップルは、すぐにカラまれるぞ？」
「そんなこと、しょっちゅうあるか」
　と、言っている側(そば)から、

「オイ！　ちと待てやぁ！　コラ！」

第18章　枯れる花　咲く花

雑踏を離れたとたんに、アロハを着た「いかにも」な４人組に声をかけられました。
「ホラ、な？」と、西条くん。
「ほ‥‥‥‥ほんとだ‥‥‥‥‥」
「俺がいたことに感謝しろよ？」
「う‥‥‥‥うん‥‥‥‥‥」
　が。

「西条！　探したぜーーー！」「こないだの礼させてもらうからなぁーーーー！」

お前が目的じゃん!!
「ありゃ？」
　ありゃ、じゃねーよっ！

「テメェも西条の仲間だなぁーーーーーー!?」
　来ちゃったよ‥‥‥‥。どうしよ？

「痛テテテテ‥‥‥‥‥」
　さすがの西条くんも、手慣れたゴロツキ４人相手では、和美ちゃんを守るのに手一杯で、僕にまで手はまわりませんでした。
「だいじょぶか？」
「だいじょぶに見えるか？」
「見えない。ぜんぜん！」
「じゃ、見ての通りだ‥‥‥イテテテ‥‥‥‥」
　せっかくのデートなのに、とんだ巻き添え‥‥‥‥。

「わりぃ」
「わりぃで済めば警察はいらない」
　が。めったなことを言うものではありません。

「げっ！　マッポ！」「ほ、ほんとだ！」

　噂(うわさ)をすれば影と言いますか。この規模のお祭りですから、警備に当たっている警察官が大勢いるわけです。
　次の警察沙汰(ざた)で「退学必至」な西条くんは、
「ヤベ！　じゃぁなーーーーー！」
　逃げ足の速さが、さすが陸上部です。

　西条くんは逃げおおせても、相手は足をひきずっての必死の逃走です。
　その一瞬だけ、周りから見ると「僕がひとりでやっつけた」みたいでカッコいいのですが、周りがよくありません。
　だって警官。
「お前が加害者か？」
　加害者って‥‥「ちがいますよ‥‥‥」
　これが極めつけの"縁結び"、

「駐在さん!?」

「ど、どうして、ここに!?」
「応援に決まってんだろ」
　近隣の町でイベントがあると、（田舎町の暇な）駐在所員は雑踏警備の応援に駆り出されます。特に「もめごと」の多いお祭りなどでは、腕っぷしも強く人相も悪い駐在さんは優先人員。

第１８章　枯れる花　咲く花

なんてったって駐在さん、元『マル暴（暴力団対策室）』(13巻) です。

「お前こそ、なんだってこんなとこに」
　この上なく不機嫌そーーーーーーーーーに言いました。
　が、少し離れて立っていた和美ちゃんに気がつきまして、
「あ～～～～！　**デート？　いっちょまえに！**」
「いっちょまえで悪かったですねぇ」
「うん。悪い！」
　なにが？　どう？

「こんにちは。駐在さん‥‥。お仕事ごくろうさまです」
　会釈する和美ちゃんに、
「せっかくのデート中に悪いな。仕事なんでな」
　僕には一切詫びませんが、和美ちゃんには詫びる駐在さんです。
「あ。いえ‥‥‥。慣れてますから」
　そういうのに「慣れてる恋人」ってのもなんかヤだ‥‥。

「ママチャリがいるってことはーー。手口からして西条か？」
「な、なんで決めてかかるんです？」
　もちろんバックレます。が、
「孝昭(たかあき)なら、相手が起き上がれるようなハンパはせんからな」
　ス‥‥‥ルドい！
　まるで本物の警察官のようです！　本物ですが。

「西条なのか？　あ？」

「‥‥‥‥‥‥‥‥‥」
　黙秘権行使。
「それとも久保か？」
「久保？　いや、久保じゃ４人は無理ですよ、いくらなんでも」
　人のことは言えませんが。
「でも、どうして久保？」
「ん？　お前、一緒に来てたんじゃないのか？　さっき巡回中に見たぞ？」
　久保も来てる～～～～～？
　まぁ、彼は（良からぬ）交友関係が広いですから。言ってみれば「お祭り男」。来ていてちっとも不思議はありません。

「いえ、僕とは別ですよ？」
「それじゃ、お前に来てもらうしかないなぁ」
「はいはい‥‥‥‥」またかよ‥‥‥‥。
　こうした場合、一般的には和美ちゃんも「目撃証人」として同行させられますが、そこは駐在さんですから。状況は先刻承知。
「そいじゃ‥‥‥‥すぐもどるから」と、僕。
「行ってらっしゃい」
　と、まるで刑務所にでも見送るように和美ちゃん。
　高校生カップルで、このやりとりはスゴくない？

　耳打ちする駐在さん、
「ところでママチャリ。カノジョとはどこまでいった？ん？」
「‥‥‥‥‥‥‥‥‥」
　黙秘権行使。

第１８章　枯れる花　咲く花

第4話　迷子の迷子の

　というわけで、しょっぴかれました。
　英語で言うとShopping？
「ここって〜〜〜‥‥‥」
　そこは迷子なんかを扱うテント。
　規模の大きなお祭りには、必ず警察の警ら本部が置かれますが、主に人員の整理や迷子などを扱うためで、暴力沙汰とかは、別途、警察本署へと移送されます。
　迷子の子供とゴロツキとかを一緒にできませんから、当たり前。

　そして、僕の隣りには、
「おがあぢゃ〜〜〜〜〜〜〜ん！」
　迷子のガキンチョVIP‥‥‥‥‥。

「ちょっと向こう証言とってくるから。お前はここで待ってろ」
「いや、駐在さん‥‥！」
　ここで？　**迷子と一緒に？**
「なんかあったら、婦警さんに言え」
　4人の連行のため男性警察官は出払ってしまい、本部テントには婦警さんしか残っていませんでした。
　そのしわ寄せか、婦警さんもアタフタアタフタ動き回っていて、迷子のVIPに構っている暇もないようです。
　♪しわ寄せなら手をたたこう（by坂本久／1964年）

おかげで、不安の極地にあるガキが、僕のズボンをガッツリ掴んで、
「おがあぢゃ～～～～～～～ん」
　駐在さーーーん。すでになんかあるんですけどーーーー。

　頼みの婦警さんは、奥でなにやら無線連絡されていましたが、
「ゴメ～ン。そこのキミ～、その子にワタアメつくってあげてくれな～い？」
「はあ？」
　迷子センターの奥には、本物よりも二まわりほど小さい『ワタアメ製造機』が置いてありました。言うまでもなく、迷子の子供を黙らせるためです。
　ワタアメは原材料（ザラメ）がベラボーに安く、子供が大好きな上に長持ちしますから。まさに迷子御用達。

「作り方、側面に書いてあるから～」
「え？　ぼ、僕がですか？」
「今、コッチ手が離せないの。他にいないんだから。おねがい」
　なんで事情聴取の被疑者がワタアメなんぞ作らなきゃなんないんだ‥‥‥‥？　とも思いましたが、前々からやってみたかった事のひとつなので、ふたつ返事で引き受けました。

① 　スイッチON！
② 　ダイヤルを合わせて
③ 　パイロットランプがついたら
④ 　**ヴィ～～～～～～～～～ン**‥‥‥

第18章　枯れる花　咲く花

⑤　真ん中にザラメを入れて
⑥　出て来るヤツを、お箸でクルクル〜
⑦　「ホラよ」

　泣き止みました。さすが迷子御用達！

　ワタアメもほうばり終わるとガキVIP、手持ち無沙汰になったのか、長机にある卓上扇風機に向かって、
「**ア〜‥〜‥〜‥〜‥〜‥〜‥〜‥〜**」
「**お〜‥〜‥〜‥〜‥〜‥〜‥〜‥〜**」
「**ワ‥レ‥ワ‥レ‥ハ‥宇‥宙‥人‥ダ‥＝‥＝‥＝**」
　ガキって必ずやります。
　そして必ず、
「♪**あ‥の‥チン‥ポ‥コ‥よ〜‥〜‥どこ‥いっ‥た〜‥〜‥**」
　歌う。
　なにゆえ『オー・チン・チン』？

「おにいちゃんもやりたい？」
「やんねーよ‥‥‥‥」
　理由は「もう高校生だから」。

　扇風機ボイスチェンジャーに飽きると、
「迷子になったの？」
　タメで話しかけて来ました。
「ちがうよ‥‥‥」
「おかあさんと、はぐれちゃったの？」
「はぐれてないってのに‥‥‥」
　人の話聞いてんのか？

「へぇ、**そうなの～**‥～‥～‥～‥～‥～‥～‥～」
　扇風機に話してるのかハッキリしろ！

　ひとたび扇風機に向かうと、また「ワ‥レ‥ワ‥レ‥ハ‥＝」をやり始めますが、またすぐに飽き、
「ボクはおかあさんとはぐれたの」
「そりゃぁーーーーたいへんだねーーーーー」
「でもね、ここの女のおまわりさん、やさしいからダイジョブだよ？」
　なに迷子の先輩ヅラしてやがる？

「あのねぇー、お兄ちゃんは迷子じゃないの！　わかった？」
　と言ってんのに。その後も、
「おかあさんと来たんじゃないの？」とか
「どこらへんではぐれたの？」とか
　なんとか同類扱いしようと必死！
「早く、おかあさん来るといいよね？」
　ぶちっ！
「来ねーよっ！」
　あ‥‥‥‥つい‥‥‥‥‥。

「ウ‥‥‥‥‥ウィ‥‥‥‥アゥ‥‥‥‥‥‥」
　これ、泣く前の「助走」です‥‥。

「ウワ～～～ン！　おがあぢゃんが来ない～～～～～」

　やっぱし‥‥‥‥。
　これを聞きつけて婦警さんが飛んで来て、

第１８章　枯れる花　咲く花

「なんで子供泣かすのっ!!」
「え……。い、いや別に…………」
　味方がいるとガキのアクションはオーバーになります。育児用語で言うと図に乗ります。
「ウワ〜〜〜〜〜〜〜ン！　おがあぢゃんが来ない〜〜〜〜〜〜〜〜ウェッ！　ウェッ！　ウェッ！」
「おがあぢゃんが来ない〜〜〜〜〜〜〜〜〜〜」
　が、扇風機に気づくと、
「ウエ〜‥〜‥〜‥〜‥〜‥〜‥〜‥〜‥ン」
　余裕あんな！　オイ。

「大丈夫よ？　お母さん、すぐに来るからね？　ね？」
「だっで〜〜〜〜ワダアメにいぢゃんが〜〜〜〜〜〜ウェッ！　ウェッ！」
「ワタアメのお兄ちゃんが**大ウソつき**なのよ？　だいじょうぶだから。ネ？」
　初対面でウソつき呼ばわり……。

　ガキ、さっきの大泣きの嗚咽を残しつつ、
「………ウソづき、なの？」
「そうよ〜？　このお兄ちゃんは、悪いことしたから連れてこられたんだから〜」
　慰めるにことかいて…………。
「じゃあーー、**悪者？**　………ウェッ！」
「そうよ〜？　**悪者よ？**」
　悪者………。さすがの僕も、こんなに正面切って「悪者」呼ばわりされたのは初めてです。
「ふぅーん……」
　でも、泣き止みました。

「‥‥‥‥悪者って、暴れないの？」

　そう。ガキってにとって「悪者」とは、『ショッカー（仮面ライダーの敵組織）』とか、『死ね死ね団（同レインボーマン）』とか。そういう類いなわけです。
「この悪者は弱いからダイジョウブよ？」
　なんだ、その解説‥‥‥‥。

「テジョウとかしないの？」

　コラコラコラ！
　めったなこと口走ってんじゃねぇよ！
「あ。そうだったわネ！　おねえさん、すっかり忘れてたぁ〜！」
　待て待て待て！　待て待て待て！　待て待‥‥‥‥

ガチャ‥

「ゴメンね？　子供は不安なのよ。ただでさえ迷子なんだから」
「だ、だからって‥‥‥‥」
　この目抜き通りで手錠って‥‥‥‥。
「お母さんが来るまでだから！　我慢して？　ネ？」

おがあぢゃ〜〜〜ん、早く来て〜‥〜‥〜‥〜‥〜

第１８章　枯れる花　咲く花

第5話　青小の怪談

　お母ちゃんは来ました。
「どうもご迷惑をおかけしまして〜」
　最後の最後に、手錠をかけられた僕を見て「まぁコワい。ヤダヤだ」みたいな顔で去って行きました‥‥‥‥‥（怒）

「よかったわ〜。お母さんが見つかって〜」
　よくねーよ！
「さっさと手錠はずして下さいよ！」
「あ、そうだった、そうだった！」
　慌てて婦警さん、
「こんなのがいたら、通るみなさんが怖がるもんネ〜。あはは」
　みんなへの配慮？　こんなの？

　ようやっと、
「待たせたな。ママチャリ」
　駐在さんが、先方の報告を受けてもどってきました。
　こんなに駐在さんが待ち遠しかったのも珍しい。
「ん？　なんで機嫌悪いんだ？」
　これで上機嫌ならバカだ。

「お前、被害届は出すか？」
「あの迷子にですか？」
「そうじゃなく‥‥‥‥‥‥‥‥」
　暴力沙汰とは言え、一方的に殴られた（殴り返せなかっ

た)わけですから、僕は被害者でしかありません。
「相手、何者だったんですか?」
　これに対し、駐在さんは、
「被害届、出すのか～‥～‥～‥～‥～?」
　同じことを、もう一度たずねました。扇風機に向かって。
「そうか。出さないのか～‥～‥～‥～‥～」
「首振ってんのは扇風機でしょ!?」

　しかし、僕の考えも扇風機と同じでした。扇風機に同じってのも情けないですが。
　相手の素性を知りたいのはやまやまですが、僕もあと8ヶ月で卒業。ここで、好き好んでやっかい事を起こしたくありません。ただでさえ、やっかい事に囲まれた高校生活。
「そうか。それがいいだろ。まぁ、西条だったにしても正当防衛レベルだからな。孝昭でなくってよかった」
　言えてる。これが孝昭くんだったら、確実に過剰防衛。
「じゃ、その件はそれでいい‥‥‥‥と」
　ここで唐突に飛び出したのが、

「ところでママチャリ。幽霊はいないんだって?」
　この話です。

「え? ええ。一応そういう結論になりました」
「出ても**スポーツで発散**できるんだって?」
「できませんが。それがなにか?」
「実はな―――‥‥‥‥泉クン、ちょっと」
　さっきの、迷子係のトンデモ婦警さんを呼び寄せました。
「あー、本署の泉巡査だ。‥‥‥‥コイツがこないだ話したママチャリ」(7巻登場)

第18章　枯れる花　咲く花　　29

こないだ話に出た？　僕が？
「あーー！　じゃぁー、この子が噂の？」
　噂の？
「五十嵐クンから話は聞いてたわ。一度会ってみたいと思ってたの。そぉ〜、君だったの〜〜〜」
　若い婦警さんに言われると、まんざら悪い気もしません。
「**ヘルメットにザリガニ**仕込んだ子よね？」（４巻参照）
　まんざら悪い気もします‥‥‥。

「会えてうれしいわ。ザリガニくん！」
「いえ‥‥‥」まんまザリガニくんて‥‥‥。
　言っときますが、五十嵐さんのヘルメットにザリガニ仕込んだのはチャーリーです（４巻参照）。

「泉くんは、Ａ小の出身でな」と、駐在さん。
（※本章では、Ａ市との区別がややこしくなるので、以下、『青花藤袴小学校』＝略して『青小』とします。『青小』はＡ市にあるわけではありません）
「青小？　へぇ‥‥‥‥」
　それこそチャーリーの出身校です。メンバーでは、他にグレート井上くん、村山くんが青小出身。
　ちなみに僕は、青小とはライバル関係にあったＫ小学校。
（※同、Ｋ小は以下『黒花半鐘蔓小学校』、略して『黒小』と記します。同じくＫ市にあるわけではありません。２校とも僕たちの学区内にあります）

「実は、ここ最近、青花小学校に不審人物の報告があってな‥‥‥‥」
「僕らじゃありませんよ？」

「あ！　そうか！　その線があったか！」
　ナニその展開？

　ここで泉巡査、
「それが二階の窓に現れるの‥‥‥‥‥」
「それがなにか？　もともと二階建てですよね？　青小って。三階に人影が見えた、ってんなら驚きますが‥‥」
　トボけたように言いましたが、
「君も心霊ナンチャラやってるんだったら知ってるでしょ？」
「なにをですか？」

「青小の、勝手に鳴るピアノの話よ‥‥‥‥‥」

第6話　試される愛

　青小の「勝手に鳴るピアノ」の話は、心霊研究会を立ち上げる以前に、黒小にも伝わっていた有名な怪談でした。
『昔、ピアノを買ってもらえなかった貧しい家の女の子が、学校に忍びこんで練習していたのを、宿直に見つかってしまい、慌てて窓から飛び降り、打ち所が悪くて亡くなってしまった』
　それが、ひどい雨の日で、今でも雨の日になると、その少女がピアノを弾きに来る‥‥‥といったような話。

　どこにでもありがちな話ですが、青小の場合、そのピアノはかなり古い物で、現在は資料室に保管されていて「弾ける

状態にない」のです。
　それなのに、「音を聴いた」と言う児童や職員は後をたたず、そのほとんどが「雨の日」であることが、話の真実味を増していました。

「その飛び降りたっていう部屋なワケよ‥‥‥」
「じゃ、そこに侵入されただけじゃ？」
「勘違いしてるわね。人影が目撃されたのは窓の外なの」

　窓の外？

「二階の？　ですか？」
「そう。宿直の先生がたが室内側から目撃してるのよ」
（当時の小学校などは、男の先生が当番制で学校に泊まり込み夜間の警備に当たった。そのための『宿直室』も設けられていた）
　青小は創立90周年だかの古い木造校舎。ベランダなんてシャレたもんは当然ありません。

　考えられることは、
「夜なら、窓の鏡面効果なんじゃないですか？」
「大の大人が？　揃いも揃って？　見間違うわけ？」
　少しムキになったような反論をする泉巡査。

「それがねぇ‥‥‥最近になって、また雨の日に鳴るらしいのよ‥‥‥‥」
「資料室のピアノが、ですか‥‥‥？」
「そう‥‥‥。資料室って宿直室と同じ棟だから。先生方も気味悪がっちゃって、宿直を嫌がるようになったんですって。

無理もないよね〜」
「そりゃ、そうですね‥‥‥」
「でも、宿直を置かないわけにもいかないし。児童にも伝わっちゃって、学校側もホトホト困ってる、ってワケ」
　なる‥‥ほど‥‥。

「あの、ひとつだけ質問してもいいですか？」
「どうぞ？」

「それと僕とどういう関係が？」

「相談してきた教務主任の先生が、私の恩師なのよ」
　答えになってない‥‥‥。
　それは泉巡査の都合であって――。
「こういう手合いの話だから、警察が公式にっていうわけにもいかないし‥‥‥‥」
「そうでしょうね」
　でも、まったく答えになっていません。

　ここで駐在さん、
「おまえら、心霊なんちゃら会として、興味ないか？」
「え？　それは、まぁ‥‥‥」
　はは〜〜〜〜ん。
　どうやら駐在さんは、僕たちが、この調査に「ホイホイ乗る」と考えて紹介したようです。
　名目上は『心霊研究会』ですし、青小出身者も多く、キャンプもイベントも大大大好き。そこへきて、「幽霊は存在しえない」と語ってるわけですから。
　実際のところ、興味がまったくない、ってわけでもありま

第１８章　枯れる花　咲く花　　　33

せんが、深夜の学校となれば話は別。
　ましてや青小は古い木造校舎。長い廊下には照明もろくすっぽなく、泊り込むなどとてもとても。
　だいたい『心霊研究会』という名称も「先輩たちを脅かす都合上つけただけ」で、マジで研究してるわけではありません（7巻）。
　実態は、ほぼ『女子＆（一部の）人妻研究会』です（全巻）。

「駐在さんが調べてあげればいいじゃないですか」
「そ、そうしてあげたいのは、やまやまやまなんだが～」
　山々。山脈になってます。

　ようやく本音をゲロし始める駐在さん、
「俺ひとりで外泊となると、女房がな‥‥‥ちと‥‥‥」
「あーーー‥‥‥‥‥」
　駐在さんの奥さん・加奈子さんは、ああ見えて、けっこうなヤキモチ焼き（ミディアムクラス）。公務以外での「言われなき外泊」を許してくれそうにはありません。
　まして若い婦警さんがらみでは、かなり難しいでしょう。

「お前らがいれば話は別なんだが～～～」
　なるほどー。
「‥‥‥とか言って駐在さん、ひょっとして、ひとりで泊まるのが怖いんじゃ？」
「わ～はは～は～～はは～。そ、そんなことはないぞ」
　どうやら図星。
「あいにくと、この夏は、みんなアルバイトが入ってて（10巻）、そんな暇ないんですよ」
　だからこそ恒例夏期キャンプも早めに終わらせたのですか

ら。

「ママチャリ。お前、最近冷たくなったって言われないか？」
「特には‥‥‥‥」

　横から泉巡査、
「ほんの一泊か二泊でいいのよ。六泊だっていいわ」
　‥‥‥増えてますけど？
「だから、今年はそんな暇はないんですよ」
「母校でしょう？」
「婦警さんの、ね？」
　僕のじゃありませんから！
　むしろ青小は黒小にとって因縁のライバルでした。
「保護してあげたでしょ？」
「迷子じゃありません！」
「‥‥‥‥アナタ。最近、冷たくなったって言われない？」
「いやぁ～～～～」
　初対面の人から言われるほどでもない。

　代わる代わる駐在さん、
「そうだ！　お前のカノジョの母校だろうが」
「そりゃぁ‥‥‥まぁ‥‥‥‥‥」
　和美ちゃんも青小の出身。
「愛してないのか？」
　まるで人質事件の**立てこもり犯説得**みたくなってきました。
「愛と霊は別です」
　そんな手にのるか。

第18章　枯れる花　咲く花　　35

「ヘェ〜〜〜。恋人いるんだ？　ザリガニくん」
「ええ‥‥まぁ‥‥‥‥」ザリガニじゃありませんけど。
「青小出身なの？　カノジョ。じゃ、わたしの後輩だ〜」
「そうなりますね。だからって、引き受ける理由にはなりません」

「愛してないの？」
　繰り返すなよ‥‥‥。
「そりゃぁ‥‥‥。愛してます、けど‥‥‥‥」
「ヤだ。照れちゃう♡」
 なんでオマエが？

「なんなら、特別にカノジョも連れて来てもいいぞ？」
　え‥‥‥‥‥‥！
　すごく弱いトコ突いてきやがった！　さすがは駐在さん！
　でも、チョット冷静になって考えれば、
「和美がウンって言うわけないでしょ？」
「愛されてねぇなぁ、ママチャリー」
　好き放題。

「和美ちゃんって言うんだ？」
　今度はこっちか？
「同じ高校なの？」
「え？　ええ‥‥‥‥クラスは違いますが」
「そう‥‥‥‥」
　これが誘導尋問でした。

　泉巡査、席を離れまして、放送設備の前まで行くと、

カチ！
"県立西高校の和美さ〜ん、和美さ〜ん、迷子のヤドカリくんが泣いてます〜〜〜、お心あたりの和美さんは〜、今すぐ警ら本部・迷子センターまでおこし……"
どわぁああああ！
「な、なんて放送するんですかぁーーー！　ってか、ヤドカリくんって誰ですか！」

「じゃぁ、協力してくれる？」
「それとこれとは話が………」
"訂正します。県立西高校の和美さ〜ん、和美さ〜ん、迷子のザリガニくんが愛してないって………"
「わ、わかりました！　協力します！　しますから！」
「心がこもってない」

「心より宿直したいな〜〜〜〜」

第7話　黄昏ランデブー

　和美ちゃんが僕を「お引き取り」に来ました………。
「どうも、この度は、ご迷惑をおかけしまして……」
　そういう本格的謝罪しないでくれる？
「よかったわネ！　ヤドカリくん！」
　そういう本格的対応もしないでもらいたい。
　傍目(はため)からは、まるで本物の迷子……高校生で……
　……ってか、なんで「ヤドカリくん」で判ったんだ？
「だってー……。放送に君の声が入ってたし……」

あ‥‥そうか‥‥‥。
　あらためて恥ずかしーー。お祭りで恋人に引き取られるってこと自体、かなりかなり恥ずかしーー。

「カノジョ！　もう手え放したらダメよぉ？」
「エヘ‥‥♡」
　なに照れてんだよ！　そういう意味で言われてないんだから照れるなよ！
「男なんて、すぅーーぐ迷子になっちゃうんだから。ネ？」
うまくまとめたつもりか？
　勝手に迷子呼び出ししておいて？
「ホントですネ♡」
「同調しなくっていいから‥‥‥‥」

「ママチャリぃ。せっかく引き取りに来てくださった身元引き受け人に対してその態度はないだろ」
「身元引き受け人じゃありませんから！」
　こっちはこっちでシャバに出た受刑者みたいに‥‥‥。

　駐在さん、今度は和美ちゃんに、
「ママチャリのヤツ、婦警さんに色目つかいやがってな〜」
「マァ‥‥！」
「なに耳打ちしてんですかっ！」
　ここは早めに退散に限ります。

「それじゃ、宿直、お願いネ〜。心霊研究会！」
「ハイハイ‥‥」
「心がこもってない！」
「心より宿直したいな〜〜〜‥‥‥」

「よろしい！」「わはははは〜〜〜」

　くっそ〜〜〜〜〜〜〜〜
　おぼえてろ〜〜〜〜〜〜

　あ。そうだ‥‥！
「あの‥‥、婦警さん。帰る前に、彼女にワタアメ作ってあげたいんですけど。ダメですかね？」
「はは〜ん、病み付きになったネ？　ワタアメづくり。わかるわ〜」
　確かに、病み付きになります。アレ。
「せっかくだから、駐在さんと婦警さんの分も作ってさしあげますよ！」

ヴィ〜〜〜〜〜〜〜〜ン‥

「コラコラ！　どんだけザラメ入れるつもりだ、お前。そんなに入れたら‥‥」
「駐在さんは黙っててください。こう見えてプロなんですから」さっき1回だけやったプロ。
　ほどなく、
　シューーーーーー‥‥
　回転釜（回転する部分のこと）から、勢いよくワタアメが吹き出し始めました！
「ちょ‥、ちょっとザラメ多すぎなんじゃない？」
「ほらぁ！　だから言ったろうが！　バカが！」
「いいんです。多すぎくらいが」
　と、駐在さんたちが寄って来たところで割り箸を捨て、
　ガッ！
　卓上扇風機を手にとり、

第18章　枯れる花　咲く花

ブワァーーーーーーーーー!!!

　ワタアメ製造機のビニールカバーを外し、ボウルめがけて風力『強』！
「くらえ！　わた飴(あめ)ハリケ‥ー‥ー‥ー‥ーン！」
「のわ〜〜〜〜〜〜〜〜！　や、やめんか！　バカ！」
「キャーーーーーーーーーーーーーーーーー!!」

☞☞☞☞

　……駐在さんたちばかりでなく、本部テントそのものがワタアメだらけになり、和美ちゃんともども後始末の掃除までさせられましたが、けっこう気分は晴れました。
「まったくぅ〜〜！　どうして君ってそうなの？」
「ゴメン……和美……」
　おかげで、昼祭りに来たつもりが、境内にはヒグラシの声が響き渡り、すっかり黄昏(たそがれ)時。
　露店のクリア球が一斉に灯(とも)り、参道はメインの夜祭りに向けていっきに盛り上がり始めます。そんな時間。

「あー‥‥資料室のピアノねーー……」
「あ。やっぱり知ってた？」
　青小出身の和美ちゃんは、さすがに『ピアノの怪談』を知っていました。
　それどころか、

「あたしも聴(き)いたことあるもん。ピアノ鳴るの……」

「じゃ、ホントなの？　あの話」
「ウン‥‥。４年の時。児童会の活動中に。顧問の先生が慌てて２階の資料室まで走ったんだから」
「そ‥‥‥それで？」
「鍵(かぎ)、かかってたって‥‥」
「マジ？」
「嘘(うそ)つくような先生じゃないもん‥‥‥。どっちかって言うと、UFOとかも信じないタイプ？」
「どんな‥‥‥‥音だった？」

「低い音‥‥。ボーーーン‥‥っていう‥‥‥‥‥」

　ぞわぁ～～～～～‥‥‥
　和美ちゃんが言うと、説得力あります。
　とんでもないこと引き受けちゃったなぁ‥‥。

　でも、
「ヤだ‥‥‥。なんか。思い出したら怖くなってきちゃった‥‥‥‥」
　和美ちゃんは、そう言って腕をからめて来ました。
　肘(ひじ)あたりにヤンワリと和美ちゃんの胸‥‥‥。
　た‥‥‥‥たまらん♥
　黄昏の怪談。悪くありません。ホント‥‥。

　それから僕たちは、西条くんが案内してくれた「穴場」へと向かっていました。二人きりになりたくって。
　なのに和美ちゃんは、
「西条クン、どこ行っちゃったのかな？」
「西条？　‥‥さぁなぁ‥‥‥‥」

第１８章　枯れる花　咲く花

西条くんは、おそらくケンちゃんの露店にいます。
　さらに敵が潜伏しているとすれば、最も安全な場所。

「西条が気になる？」
　ちょっぴり皮肉混じりに言いました。
　我ながらケツの穴の小さい‥‥‥。
「そういうワケじゃないけど‥‥‥。君に用事って言ってたじゃない？　あれ、穴場教えるためとかじゃないと思うんだよね」
「ああ‥‥‥うん」
　僕もそれは思っていました。
　僕が祭りに来ているのを知ったのは電話でですから。時系列がまるっきり逆です。

　そしていきなりの暴漢‥‥‥‥‥。
　なにがあった？　西条‥‥‥‥‥。

　そのヒントのようなものは、すぐ近辺にありました。本当に目と鼻の先の、雑踏の中に。
「ねぇ、あの子‥‥‥」
「どこ？」
「あの子‥‥‥。西条くんとつきあってた子じゃない？」
「あ、ホントだ‥‥‥」
　竹内さん‥‥‥‥‥‥だ。

　この日、最後に出会った「お知り合い」は、西条くんの元カノジョ・竹内ゆかりさんと、
「一緒に歩いてるのって‥‥‥‥‥‥」
「久保‥‥‥‥‥‥？」

第8話　縁結び

　間違いありません。
「久保だ‥‥‥‥‥‥‥‥‥」
　駐在さんが言ってた通りです。
　でも‥‥‥なんで‥‥‥竹内さんと？
　いかにも仲良さそうに。
　まるで恋人同士みたいに。

　駐在さんは、竹内さんとも面識があります（4巻）。
　僕に伝えなかったのは‥‥‥‥‥たぶん、西条くんとの関係を知っているから。ひょっとすると、青小の不審者の話も、僕をもどさないための「ただの時間稼ぎ」だったのかも知れません。
　僕が二人の方へ向かおうとすると、
「ちょっと、よしなさいよ」
　和美ちゃんが引き止めますが、
「いや、そういうわけにいかない。西条とハチ合わせでもしたらエライことだぞ？」
「あ‥‥‥。そうか」
　それこそ『心霊研究会』は崩壊です。
　今は全員協力でお金稼ぎをしている最中（10巻）。チームワークが乱れるようなことは極力避けたい。
　2人が向かっている方向は参道の露店街。ケンちゃんの出店の方向です。
「とにかく引き止めないと！」

「久保ーーーーーーーーーー!!」
　雑踏に分け入りますが、石段前で、いっそう混雑がひどくなり、なかなか思うにまかせません。
「イテぇな！　気いつけろ！」
「す、すいません！　**久保ぉおーーーーーーー!!**」
　僕の大声にはまったく反応しなかったのに
「久保く～～ん」
「え？」
　和美ちゃんの小さい声には振り向きやがりました。
　腹の立つ‥‥‥。

「あ？　オマエらも来てたのかよ？」
　悪びれる様子もなく、久保くん。むしろ和美ちゃんに対しての方がバツが悪そうです。
　対する竹内さんは、さすがに気まずそうに、
「へ‥‥変態先輩‥‥‥！」
　変態扱い‥‥。カノジョといるのに変態扱い‥‥‥。

「久保、ちょっと来い！」
「あんだよ？」
「いいから、来い！」
　久保くんを引っぱって、参道横の杉の下。

「え！　西条、来てんのか？」
「Ａ市内だぞ？　少しは考えろよ！」
　が、久保くんは、予想外だにしなかった答えを返しました。
「いや。西条、今日からオマエんちに泊まるっつってたからよー」

僕の家？　だって？
「そっか。オマエらと来たのか？　西条」
「ちがう」
「チッ！　ここなら誰にもツラ合わせなくって済むと思ったんだけどなぁー」
　それは、僕もそうです。

　続けて僕は、
「つきあってんのか？　‥‥その、竹内さん、と‥‥‥‥」
　一番、聞きにくいを聞いたつもりでしたが。久保くんは、
「ああ」
　即答しました。あっけないほどに。
「だって‥‥‥」
「告白ルール、か？」
「うん‥‥‥。それも、あるし‥‥‥‥」
　僕たちには「好きな女ができたら公表する」暗黙のルールがあります（9巻他）。女でトラブることを避けるためなのですが、
「ありゃ元はって言えば、お前がいつ和美とつきあうか、っていう、ただの賭けだったんだぜ？」
「えっ!!　ウソ‥‥‥！」
「ウソじゃねぇって。みんなに聞いてみな？」
「‥‥‥‥‥‥‥‥‥」
　ショック‥‥‥！　我々にしちゃ、すごくいい規則だと思ってたのに‥‥‥そんなしょーもない‥‥‥。
「お前がダラダラしてっから悪いんだろが！」
　なんでこっちが説教くらってんだ？

「‥‥‥俺はよ。竹内が最初に西条と別れた時から気にはな

第18章　枯れる花　咲く花

ってたんだ」
「最初って、エロ本見つかった時だっけ？」
「ちがう。他の女にパンツの色聞いてるとこめっかった時だろ」
　いずれにしても、たいへん不名誉なフラれ方です。

「あ、誤解すんなよな。今回は、西条のほうから別れたんだからな！」
「西条から？」
　意外でした。僕はてっきり、西条くんがなにやら「変態チック」なことを実践しようとして、三行半をつきつけられたとばかり‥‥‥‥。その逆ってのは、ありえませんから。

「そいで‥‥‥いろいろとな。相談とか聞いてるうちによー」
　なるほど‥‥。よくあることです。
　哀しみに沈む女の子って、つい手をさしのべてみたくなる。と、伊勢正三も言ってます。(『ほおづえをつく女』by風)

　正直なとこを言えば、僕はチョットだけ不愉快でした。
　なぜって、これまで竹内さんが別れる度に、必死こいて仲をとりもっていたのは、誰あろう僕だったのですから。
　エロ本で別れた時には、一緒にエロ本買いにまでつきあいました（13巻）。
　それを‥‥‥なんだって久保。

　ひょっとすると彼女は、俗に言う「常に周りに男がいないとダメなタイプ」なのかも知れません。
　そういう女って、フェロモンまき散らしてるって言うか。

僕も相談にのりながらクラッ‥‥と来た瞬間が、なかったと言えば嘘になります。
　ケンちゃんとこの京女とは、またちがう意味での「魔性の女」？

「しかたねぇだろ？　なっちまったもんはよ」
　そこに和美ちゃんと竹内さん本人がやって来て、西条くんの話は中断せざるをえませんでした。
　きっと、気になって気になって仕方がなかったのでしょう。

　和美ちゃんは、空気を変えたかったのか。
「御神輿、出るみたいだよ？」
「え‥‥？」
「ほら、祭り囃子‥‥‥‥」
「ホントだ‥‥‥‥」「ほんとだな‥‥‥‥」
　いよいよ夜祭りの始まりです。

第9話　祭り囃子の終わりに

　はるか古より、田舎では、お祭りの夜というのは「特別な夜」です。
　田舎の婆ちゃんたち捕まえて、『ファーストキッスはいつどこで？』とアンケートをとれば、「あれは、お祭りの夜だったねぇ〜、隣り村の吾作さんが‥‥‥‥」の割合が75％、残り25％は「じいさんが畑で無理矢理」です。

　僕にしても。あるいは和美ちゃんにも、その「覚悟と期

待」が交錯しているのは疑いもありません。
　そして久保くんも……。おそらくは。
　しかし、その重圧（？）は、恋愛ド素人の久保くんに耐えられるものではなかったのです。
「**あーーーーーーーーーーーー!!**」
「ど、どうした？　久保」
「御神輿来るってことは……表参道は？」
「御神輿が通り過ぎるまでは、しばらく通れないと思うけど……？」と、和美ちゃん。

「し、しまった～～～～～～～!!」
「だから、どうした？」
「なんか、腹が‥‥祭り囃子だ‥‥‥‥‥」
　祭り囃子？
　あー‥‥‥‥、ピ～ヒャラドンドン？
「風流だな～」下痢のくせに。
「言ってる場合かっ！　くっ‥‥‥‥」
「御神輿来るまで我慢しろよ」
「それが‥‥祭り囃子、今、サビ前だから‥‥‥」
　祭り囃子にサビがあるとは初耳ですが、
「え！　そんなにピ～ヒャラドンドン？」
「う‥‥‥‥‥‥！　サビ‥‥‥‥‥来てます！」
「マジかよ!?」

「久保くん。下に行ったとこにトイレあったよ？」
　さすが和美ちゃん。ダテに長く僕を待っていたわけではありません。
「ホントか？　和美。どこだ、それ！　どこどこ？」
「こっち！」

「ありがてーーーーー!!」

　和美ちゃんが、今まさに「祭り囃子サビ」の久保くんを連れて雑踏に消えると、僕と竹内さんが気まずく残されました。
　沈黙の重さに耐えかねたのは、僕の方が先。
「御神輿、見る？」
「でも、ここで待ってないと、久保さんたちがもどった時‥‥‥‥」
　言えてます。
「**高校生にもなって迷子呼び出し**とか恥ずかしいし‥‥‥」
　とっても言えてます‥‥‥。
「さっきも、ウチの学校の生徒に**変な迷子呼び出し**が‥‥‥‥」
「‥‥‥‥‥‥‥‥」
　再び沈黙は訪れました‥‥‥。

　そして再び僕から、
「西条に、フラれたって？」
「ハイ‥‥‥‥‥‥」
　酷な質問でした。「なぜ？」とは続けられないくらいに。
「久保とは‥‥いつから？」
「１ヶ月くらい‥‥かな‥‥‥」
　ぜんぜん気づきませんでした。普段、僕たちのこうした情報源は、いつも久保くんでしたから。まさに『灯台下暗し』。
「久保のこと‥‥好きなの？」
　竹内さんは、少し間を置いて、
「ハイ‥‥‥。好きでなきゃ、おつきあいしません」

第１８章　枯れる花　咲く花　　　４９

この子‥‥ウソついてる‥‥‥‥。

普段、ウソつき放題の自分だから判ります。
それに気づいたからと言って、僕がどうこうできることでもなく。
三度目の沈黙を、近づいて来た賑やかな祭り囃子の音が埋めていきました。

僕には１時間余りにも感じられましたが、実は10分もたたずに、
「ふぅ〜〜〜〜〜ク〜ルミント〜〜〜〜♪」
久保くんがスッキリ戻って来ました。
思えば、久保くんが戻る時って、半分はこのパターンな気がします。

「いやぁ。サビ部分がリフレインで苦労したぜ〜〜〜」
「リフレイン‥‥‥‥‥‥ね」
「なんつーか、潮騒のようにひいてはおとずれるっつーか？」
どんなに奇麗な表現したって**下痢は下痢**です。

「久保。それで、和美は？」
「あれ？」
スッキリ忘れたようです‥‥‥。
「まぁ、すぐもどんだろ」
連れてってもらう時は、あんなに大騒ぎしたくせに‥‥‥。

久保くんに遅れること５分。和美ちゃんが、ようやく戻って来ました。

「なんだよ〜、和美〜、はぐれてたのか？」
　だから「連れてってもらったのはテメェだ」という、大切なことを忘れています。
「え？　ウン……、ちょっと」
「あ！　わかった！　和美も便所？　女って、男よりアクションがふたっつ多いから混んじゃうんだよな〜」
　お前と同じアクションだよ‥‥。
　パンツ脱がないでやったのか？

　和美ちゃんは、僕にピッタリくっつくと、片手で僕の背中になにか文字を書き始めました。
　んんん？

"西""条""ク""ン""が""い""た"

ウソ!?
「おーおーー、相変わらず仲いいなぁ〜〜〜オイ」
　久保くんが冷やかしますが、それどころじゃありません。
　どうやら和美ちゃんは、西条くんをどっかに引っ張ってって遅れたようです。
　さっそく、僕も和美ちゃんの背中に、

"フ"

「きゃっ！　イヤン♡　くすぐったい」
くすぐったがっちゃダメだろーーーーーーー!!
「ご、ごめんなさい。だって〜〜〜‥‥‥」
　おかげで、"それで？"と書こうとしたのに、1画目の途中の"フ"で終わってしまいました‥‥‥。

「"つ"ってなぁに?」
　聞くなよ……。"つ"じゃねーよ。
「なにやってんだ?　オマエら?」
「え?　い、いや………**ただの愛撫**だよ、愛撫」
　なんかスゲーこと言っちゃった?　僕。

　しかし、竹内さんはともかく、久保くんには隠し立てすることではありませんから、
「………西条がいたらしい」
　耳打ちしました。
「マジか!?」
「後はこっちでなんとかするから、久保たちは裏から帰れよ」
「わ、わかった………!」

　が、竹内さんは当然不審に思いまして、
「どうかしたんですか?」怪訝な表情。
「えっとよ～～～………それがよ～～………」
「ちゅ、駐在さんがいたんだよ」
「そ、そうそう!　うちの町の駐在が!」

「あー………」
　なるほど、と竹内さん。でも、よく考えれば「警察官がいるとマズい」という高校生もどうかと思います。
「だ、だからよ、少し早ぇけど引きあげっからよ!」
「でもぉ～～………」
　竹内さんは、なおも不服顔。

「駐在さん、もう、そこにいますケド?」

「は?」「へ?」
　右向け右。
「まだいたのか。ママチャリ」
　ちゅ、駐在ーーーーーーーーーー!!
「ちゅ、駐在さんこそ、な、なんでここに?」
「神輿が出たからに決まってんだろ」
　そりゃそうだ。今、雑踏警備しないでいつするんだって話。

「ママチャリぃ。なんかさっきから、変な虫がたかって困ってんだが!」
「へ、変な虫?」
「小バエとか!　小バエとか!　小バエとか!」
　ワタアメのせいです……。駐在さん、現状「警らするスイーツ」ですから。
「本部テントなんか、ワンワン言っちゃってんだけど?」
　あいかわらずネチっこい………。
　これ以上、ここで時間をくうわけにはいきません。

　ガシッ!

　いきなり駐在さんを鷲掴み!
「な、なにしやがるっ!?」
「ここは僕が押さえる!　おまえらは、さっさと逃げろーーーーーー!!」
「わ、わかったぜ!　さ、行くぞ!　竹内!」
「こら!　放せ!　放さんか!　ママチャリ!」
「モタモタするなーーー!!　僕もいつまでも持たない!!」
「え?　あ……ハイ!」
「お前のことは、けして忘れないぜ〜〜〜〜〜」

第18章　枯れる花　咲く花　　53

すげぇ～～～～。テレビドラマみたいです！
「は、はなせ！　はなさんかっ!!」
　それにしても、駐在さん‥‥。

　ベタベタする。

第10話　招かざる客

　すごく肝心なことを忘れていました。
　お祭りの警らって、駐在さんだけじゃないわけです。
「巡査長！」「大丈夫ですか！」
　とたんに周りにいた警察官が「応援」にかけつけまして、大騒ぎ！
　あわや本格的逮捕、ってとこで、駐在さんが、なんとかごまかしてくださいました。
「あーーー、みんな！　違うんだ！　これはその～‥‥‥」

「本官の生き別れてた弟なんだ！　うん！」
　言うに事欠いて‥‥ホント、嘘のヘタクソな人だ‥‥‥。

　かけつけた若い警察官たちもリアクションに困りまして、
「あ、じゃ、感動の再会‥‥‥ですか？」
「そ、そういうことだな～～～。いやぁ、生きててくれてうれしいぞ！　弟よ！」
　しかたありません‥‥。
「駐在にいさんっっ!!」
　またしっかと抱き合いましたが。

ベタベタする。

☞☞☞☞

「西条ーーーーーーーー！」

　和美ちゃんが西条くんを隠した（？）のは、西条くん自身がさっき教えた「穴場」の社務所裏。
　昼は（ゴロツキ以外）誰もいなかった社務所裏でしたが、夜はまるで様相を変えていました。
　どのように変化したかと言いますと、
「シッ‥‥！　静かにしろ！　バカ！」
「え‥‥‥？」

　なんと！　カップルのメッカ？

　眼を凝らしますと、暗がりのあちらこちらで、あーんなことや、こーんなこと‥‥‥
「こ‥‥こんな時間から‥‥‥？」
「な？　ここは穴場なんだよ」
　ノゾキの穴場!?
「んもぉ～！　なにやってんの！　行くわよ！」

☞☞☞

　移動したのは、かき氷屋の屋台。ここの祭りでは貴重な座れる場所。
　そこで西条くんは、とんでもないことを吐露したのです。

「家出〜〜〜〜〜〜〜〜〜？」

「うん。家出した‥‥‥」
　それで、僕を捜してたのか‥‥‥。
　久保くんの情報は本当でした。
「しばらくやっかいになっていいか？」
「しばらくって‥‥‥？」
「３日か、４日か‥‥１年くらい？」
　いきなり単位が飛躍してるな‥‥‥。
　平均して１週間ってとこ？（平均になってないけど）

「なんだって家出なんか‥‥‥‥」
　西条くんの家は母ひとり子ひとり。お父さんは彼が中学の時に亡くなってすでにいません（４巻ほか）。
　そのせいかたいへんな母親思いで、そのお母さんも朝から晩まで外に働きに出ていますから、実質一人暮らしのようなもの。家出する理由がありません。
「‥‥‥‥‥‥‥‥」
「ま‥‥。言いたくなきゃ、いいんだけどさ‥‥‥」
　あるいは竹内さんと別れたのと関係あるのか？

「でも、それだけの連泊となると‥‥‥。さすがにウチの親でもなんて言うか‥‥‥‥」
「‥‥‥‥和美んとこでもかまわねーけど」
　真剣味はいまひとつ足りない（怒）

　☞☞☞☞☞☞☞

「え～～～～～！　家出～～～～～～～？」
　母もビックリ。
「‥‥‥西条くんてば、仏の道に入るのかい？」
「それは**出家**だろ？　母ちゃん」
　字が逆転しただけでだいぶ意味が違います。
「あ～～～、あれだ！　あれ！　長崎で一カ所だけオランダとの貿易を許されたっていう‥‥‥‥」
「それは**出島**。母ちゃん、マジメに聞く気ないだろ！」
　すでに『出』しか合ってません。これだけ遠いと、つっこんでいいものやら悩みます。
「そんなことないよ。出島ねぇ～」
　出島じゃないってのに‥‥‥。

「シーボルトも出島にいたって知ってたかい？」
　どうやら母、僕に「実は歴史に弱い」という欠点を指摘されてから（9巻）、かなり勉強した模様。
「知らない‥‥‥」
「♪～」
　ほら‥‥。うれしそうだ。

　でも、ここは上機嫌に乗じて、
「で、しばらく泊まると思うから。よろしく」
　サクッと。
「シーボルトが？」
「西条が！」
「出島に？」
「**ウチ**に！」
　サクッと、いきませんでした‥‥。
　まぁ、それはそうでしょう。けれども、何泊かわからない

第１８章　枯れる花　咲く花

のでは、親に隠し立てしてもしょうがありません。

「じゃ、とりあえずオランダ人の言い分も聴かないとね。呼んでらっしゃい。部屋に来てるんでしょ？」
「いや、日本人だから」
「シーボルトが？」
「シーボルトはオランダ人。西条が日本人。来てるのは西条で日本人」
　これ以上つけいる隙(すき)を与えないようキッチリ説明しました。

「シーボルトは**ドイツ人**よ？」

「う・・・・・・・・・・！」
　くっそぉーー！　見事にひっかけられた・・・・！
　くやしい！
「♪〜」
　くぅ〜〜〜・・・・！

　母の前に神妙な面持ちで座る西条くん。
　母、ひと言目は、
「西条くん、出島したって？」
　出島。出島と言い出したら出島。

「そりゃぁ、いくらでも泊めてあげるけど・・・・。お母様はご存知なの？」
「書き置き・・・・・・してきました」と、西条くん。
「そう・・・・・・」
　母は、なにやら思うところがあるようですが、それが西条

くんの家庭事情についてなのか、シーボルトについてなのかは、皆目見当がつきません。

「ま。ご存知ならいいわ。落ち着くまでいらっしゃいな」
「ありがとうございます！」
「あ。なにか用事がある時は、執事に言ってね！」
「えっと〜‥‥‥執事って〜〜〜〜〜‥‥‥？」
「それくらいは**自分で用意してちょうだい**」
　そんな「替えの下着」みたいに‥‥。執事。

　そんなこんなで、許可までは漕ぎつけたものの‥‥‥。
　結局、久保くんのことも言い出せないまま、夜。
「僕の部屋、三畳しかないから客間に布団とるぞ？」
「うん。狭いんだな、出島」
「まぁね‥‥‥。週末には、千畳敷に泊まれるって」
「千畳敷？　あーーー、和美の小学校だっけ？」
「そういうこと。次の雨の日に宿直だ」
　なにぶん、人影が見えるのもピアノが鳴るのも雨の日。
　雨天決行、と言うよりも、晴天順延なのです。

「ホントに、ピアノ鳴るのか？」
「鳴るらしい‥‥和美も言ってた。けど、夜にその話はナシだ」
「あ。それもそうだよな。和美、色っぽくなったよな〜」
「ああ‥‥でも、その話も夜には‥‥ナシだ‥‥‥‥」
「あ。エネルギー保存の法則？」
　つまんねー言葉が流行っちゃったなー。つまんねー意味で。
「灯り。消すぞ？」
　蛍光灯を落とし、二燭光だけの灯りの下。

第１８章　枯れる花　咲く花

「眠れないのか？　西条」
「‥‥今日、竹内‥‥来てたな‥‥‥‥」
　目撃してたか‥‥‥。
「なんだ。気づいてたのか」
　すっトボけたように言いましたが
「ああ‥‥‥。久保と一緒だった」
　まいったな‥‥‥。まさか先に言い出されるとは‥‥‥。

「よりによって久保かぁ。アイツも男見る目ねぇなぁ。はは‥‥‥」
　西条‥‥‥。
「けど、よかった。竹内、相手見つかって」
「え‥‥‥‥？」

「アイツはよ。常に周りに男いないとダメなタイプなんだよな」
　僕が思ったことと、一語一句ちがわずに言いました。
「アイツ、中学まで施設で育ったろ？　男女一緒だから。それこそ朝から晩まで周りに男いたんだからよ」
「うん‥‥‥」
　その結束は固く、西条くん襲撃の際には、施設のOBたちが竹内さんの復讐を手伝いました（4巻参照）。
　そもそもが、その復讐の元が、施設の先輩である「茶木」(ちゃき)
（2巻登場）を西条くんが少年院送りにしたため。
　竹内さんは、あの悪名高いフダツキを「茶木にいちゃん」と呼んで慕ってたほどで‥‥‥。

「女ってなぁ、男で左右されっからなー‥‥‥‥」
「うん‥‥‥‥そうだよね」

「なんか……。気の毒だな。竹内なんか生まれて来た時から不幸背負っちゃってから………」

僕は、
「西条…………。なんで竹内さんと別れたんだ？」
ようやく、思ったように口が動きました。
西条くんは、
「いろいろ……あらーな………」
とだけ。

「夜中に………竹内の話は、ナシだ…………」
「あ………。ああ、うん」
それっきり。
西条くんは、「寝たフリ」を決め込んで、しゃべろうとしませんでした。

第11話　割り切れない心（1）

明けて朝食の食卓です。
「あ……あれ？　母ちゃん。今朝、パンなの？」
驚き！　だって『生タマゴご飯』か『納豆ごはん』がレギュラーの我が家。
「何言ってんの〜〜〜。ほほほ〜〜〜。毎朝、ブレックファストはト〜ストでしょ？」
いつから？　何処(どこ)の家で？　出島で？

「卵はサニーサイドアップ（片面焼き）でいいわよね？　西

条くん」
　サニ〜サイドアップ〜〜〜〜？
　なに見栄はってんでしょうか？
「あなたのはターンオーヴァー（両面焼き）ね！」
　ようは黄身がブッチャケたから、ひっくりかえしただけです。まず間違いありません。
　けれども、普段はひっくり返しようもない「生卵」ですから、火が通ってるだけゴージャスです。

　こうして我が家は、時ならぬブリリアントな朝食。
　しかし、にわか仕立てですから、マーマレードだとかバターだとかマーガリンだとかのシャレたもんはないわけで。
　食卓の中央に鎮座しておわすのは『キューピーマヨネーズ』。
「えっと、パンはマヨネーズ塗るの？　母ちゃん」
「そうよ〜〜〜」
　そんなもんだ‥‥‥‥。
　しかも、
「う‥‥‥美味い‥‥‥‥」
　くやしいことに美味い‥‥。トーストwithキューピー。
　キューピーを褒めてあげたい‥‥‥。

　トーストもありますから、サラダもあります。
　同じキューピーマヨネーズがかかってますが。
　万能だな。キューピー。

「なんかサラダに変わったもん入ってるけど‥‥‥。なにコレ？」
「あ？　それね。パスタ切らしちゃったから〜、代わりに」
　パスタなんて買ったことないだろ？

言ってみれば、我が家創立以来「切れっぱなし」
　それがどう見ても
「ベビースターラーメンじゃん！」
　しかも、
「う‥‥‥美味い‥‥‥‥」
　腹立つくらい美味い。サラダwithベビースター。
　さすがスターだけあります。

　西条くんが居候らしく気を使いまして。
「タカさん。料理うまいんですね！」
「おほほ。そう言ってもらえると、腕によりをかけた甲斐(かい)があるってもんだわ～」
　しくじった目玉焼きにトーストにマヨネーズ。
　生サラダにベビースターラーメン。
　どのへんに「腕によりをかけた」のか教えてもらいたい。
　これで腕によりをかけているのなら、日本の標準的主婦は千手観音くらい腕によりをかけてます。

　ああ、それなのに。
「美味い‥‥‥‥‥‥‥‥」
　腹立つくらいに。

☞☞☞☞☞☞☞

　そして今日は、心霊研究会議with駐在さん。
　青小出身者を集めての下調べです。
　ヤン坊マー坊が言うには「明日の午後から雨」。約束では「直近の雨の日」決行ですから、今日しかありません。

第18章　枯れる花　咲く花

会場は、ご案内の通り青小グランドです。
　出席者は、青小出身のグレート井上くん、チャーリー、村山くん。そして和美ちゃん。
　そこに僕と、(居候)西条くん。
　そして、
「みなさん、遅いですね～～～～」
　なぜかジェミー‥‥‥‥。

「なんでジェミーがいるんだ‥‥？」
「オブザーバーとして」
「オブザーバーなんて頼んでないぞ？」
「みなさん、遅いですね～～～～」
　例によって素通り。

「遅いんじゃなく、集合時間になってないんだよ」
「え！　そうなんですか！」
　実は、昨日、まったくもって「デート」にならなかったので、事前に和美ちゃんとの時間を作っておいたのです。
　その間、西条くんには、孝昭くんの迎えに行ってもらったのですが‥‥‥‥。
　‥‥‥‥それなのにジェミー。
　いったいどうやって嗅ぎつけたのでしょう？

「サラダにベビースターラーメンって合うらしいですね！」
　母ちゃんか‥‥‥‥(泣)
「じゃーーーー、始めましょうか！」
「始めるって、なにを始めるかわかってんのか？」
「さぁ～～～～～？」
　コイツは‥‥‥‥。

「考えてこなかったんですか?」
「考えてるよ!」
 オブザーバーに言われるスジアイはない。

 もちろん和美ファンであるジェミーに「事前に和美ちゃんと会う」などとは言えません。
 そんなことを言おうものなら、
『ジェミー。今日は悪いけど和美と会うんだよ』
『わ〜〜〜〜い♪』
『お前とじゃなくって‥‥デートなの、デート。わかる?』
『わ〜〜〜〜い♪』
 と、なることはこれまでの経験により火を見るより明らか。

 ですから、
「今日は小学校使って、みんなで、かくれんぼするんだよ」
「おもしろそうです〜♪」
 のってきた!
「僕が鬼で、すでにみんな隠れてるんだ」
「え! そうなんですか!」
「だからジェミーも早く隠れろ。今から100数えるからな? い〜〜〜ち〜〜〜〜、に〜〜〜〜〜‥‥‥‥‥」

「‥‥‥**25〜〜〜、26〜〜〜**、27‥‥‥‥」
 いなくなりました。
 案外簡単でした。

 ジャストタイミングで、アスファルト道路の陽炎(かげろう)の向こうに和美ちゃんの白い帽子が。
「あ、和美ーーーーーーーー!」

第18章　枯れる花　咲く花

「ゴメ〜ン、待った？」
「うん。27まで待った」
「27？」
　が‥‥‥‥。

「先輩めっけ〜♪　和美先輩もめっけ〜♪」

　ジェミー!?
「なんで鬼をめっけてんだよっ‼」
「え？　早く隠れない方が悪いんじゃないですか〜」
「いや‥‥、数えたのは僕だろ？　つまり僕が鬼だろ？　隠れた方がオマエで、隠れる側が鬼を見つけるってパターンはないの」
　かくれんぼのルール説明をするのって、生まれて初めてかも知れません。少なくとも高校生になってからは初めてです。

「どうして‥‥‥‥丹下(ジェミー)クンが？」
「オブザーバーです〜」
　事情説明、
「どうやら母ちゃんが電話で教えたらしいんだよ‥‥‥‥」
「そうなの？」
「よし！　オブザーバー。僕らがめっかったから、僕と和美が鬼の番だ！　100数えるから隠れろよ？　**い〜〜〜ち〜〜〜〜、に〜〜〜〜〜**‥‥‥」
　いなくなりました‥‥‥。
　まさか同じ手が二度通じるとは思いませんでした。

「**18〜〜〜〜**。今のうちだ！　和美！　**19〜〜〜〜〜**」
「え？　鬼が逃げるの？」

おまえもか!!
「いいから！　**20〜〜〜〜〜**」
　21〜〜〜〜〜、22〜〜〜〜〜‥‥

　が‥‥‥‥‥
「先輩めっけ〜〜〜♪」
　どこを回って来たのか、前から現れたジェミー。
　ものすごくうれしそうです。
「先輩、かくれんぼヘタクソですね〜」
「‥‥‥‥‥‥‥‥‥」
　なんとかしないと、昨日の二の舞です。
「じゃ、今度はジェミーが鬼の番だ！」
　あんまり現状と立場は変わりませんが。
「わかりました〜」

「じゃ、10数えろよ？」
「はい！　**123456789じゅ！**」
「いや‥‥‥、早すぎ‥‥‥‥‥」
「そうですか？　よく『丹下クンって早口ね』とは言われます」
「うん‥‥。早口とかのレベルじゃなかった。２ｍ離れられるか離れられないかだから。やっぱり100数えて？　もっとゆっくり」
「わかりました〜」

「１〜〜〜〜、２〜〜〜〜３〜〜〜〜‥‥‥‥」
「そうそう。それくらいの速度で」

「７〜〜〜、13〜〜〜、17〜〜〜、31〜、29、53、99、

100！」
　小学生かっ！
「なんだ、そのテキトーな数え方！」
「いや、素数を」
「‥‥‥‥‥‥‥‥」
　ん？　99は素数じゃないぞ？
「かくれんぼとかは、素数あんまり使わないから‥‥‥」
「素数だけ飛ばすって、かえってむずかしくないですか？」
　そういう意味で言ってない。

　ん？
「じゃ、素数だけで200まで！」
「わかりました〜♪」
　なんででも楽しめるのは、ジェミーの長所です。
「**1〜、3〜、5〜、7〜‥‥‥‥**」
　これでかなりの時間を稼げるでしょう。
　なんと言っても素数には出現を割り出せる「公式」がないのです。（←本当。見つけ出すとノーベル賞もの）

　♪もういい〜か〜〜〜い
　♪ま〜〜だだよ〜〜〜〜
　♪もういい〜か〜〜〜い
　♪ま〜だ素数があるよ〜〜

第12話　割り切れない心（2）

　ふぅ〜‥‥‥‥‥‥。

「あのまんま置いて来ちゃってよかったの？」
「いいんだ」
 そもそも呼んでないのですから。オブザーバー。
 そしてなによりの理由として、
「ジェミーだから！」
 1日は24時間。あらゆる人に共通です。この貴重な青春の時間を、有意義に使うか、ジェミーに浪費するかは心構えひとつ。

 ようやく二人きりの道。
 安堵したところで、和美ちゃんが言い出したのは、
「西条クン、どうした？」
 また西条の話かよ‥‥‥。
 まぁ、昨日の今日だし。無理もないか‥‥‥。
「昨日はウチに泊めたよ。今、孝昭んちに行ってる」
「久保クンのこと‥‥‥話せた？」
「いや。それが‥‥‥西条、見かけたって。久保たちのこと」
「ウソ‥‥。2人いっしょのとこ？」
「らしいよ‥‥‥」
 おかげで今回の「宿直」に、久保くんは呼べません。そのマブダチである河野会長も×。
 恐れていた「女からグループ崩壊」のパターンです。

 しかし、それはまったくもって「他人事」ではありませんでした。
「西条クンってさー‥‥‥‥」
「なんだよ、まだ西条の話？」
 カチン！ という、脳内スイッチの音が聞こえてくるかの

第18章　枯れる花　咲く花　　69

ようでした。
「あ……ゴメンナサイ。そんなつもりじゃ………」
　こっちは、後輩の魔の手（？）ふりきって時間つくってんのに！
「そんなにムクれないで。ネ？」
　和美ちゃんは言いますが、これでむくれない男に会ってみたい。

　僕には、親友・西条くんに、口にできない変なコンプレックスがあります。こと和美ちゃんとのことにおいては特に（8巻）。
　西条くんは、あの通りですから。平気で和美ちゃんに「パンツの色」とかをたずね、和美ちゃんもまた、それがまんざらでもなさそうに答えます。
　つきあう前は、さほど気になりませんでした（むしろ一緒に楽しんでた？）が、いざ、つきあい出すと、アレも気に触るしコレも許せない。ジェラシーの素に暇ありません。

「だいたい、和美はさー！」
　僕は、自分がなにを言っているのかさえわからないほど興奮状態で、和美ちゃんを責め続けました。
　ついには、
「まぁ、西条は悟（5巻登場）とタイプ似てるもんな！」
　中学時代にまで遡って。
　さすがに、この言葉には激しい自己嫌悪がついて来ました。
　が、僕が「ゴメン」という言葉を口にする前に、和美ちゃんは、想定外の反応を返したのです。
「なによ、君だって！　あっちの女にもこっちの女にも、いい顔するクセに！　ケーキ屋さんの看板娘さん？　浴衣姿に

デレデレしちゃって〜！　どういう仲？」
　とんだ言いがかり！
「な……！　京女にデレデレしてんのは、それこそ西条だろ！　西条へのヤキモチを僕にぶつけるなよ！」
「西条くんへのヤキモチって……！　まだそんなこと言ってんの!?」
　いわゆる痴話ゲンカです。
「久保クンとつきあってる子だって！　あたし、知ってるんだから！」
「竹内さん？　なにをだよ！」（13巻参照）
　あー言えばこー言う。こー言えばあー言う。売り言葉に買い言葉。犬も食わない冷戦状態に突入！
　……かに思われたのですが、

　ブロロロロ……
　後方から来たバイクが真横で止まり、
「おーおー、昼間っから街道で〜〜〜」「見せつけるな〜〜〜〜」
　ホンダCB250。
「た、孝昭！」「西条クン………！」
　その場を西条くん当人に目撃されたことに、僕たちはずいぶんとキマリの悪い思いをしなくてはなりませんでした。

「いや〜、西条がよ〜、不意をついて早めに行けば、オマエらのキスシーンくらい拝めるかも知んねぇ、とか言うもんだからよ〜」「孝昭！　バラしたらダメだろがー！」
　西条………。人の気も知らないで。
「それどころじゃないよ………」
「それどころじゃない??」

第18章　枯れる花　咲く花

「もっとスゲぇことしてたのか!?」
 そんな思春期最高潮みたいに見えたか?
 とは言え、西条くんのことが元で痴話ゲンカしてたなどと、本人を前にしてどうして言えましょう?

 姉（早苗さん）のいる孝昭くんは、女性の機微、特に「機嫌の悪い女」に、たいへんに敏感ですので、
「なんだ？　痴話喧嘩かぁ？　犬もくわねーぞ？」
 すでに〝お見通し〟。
 お見通しじゃないのは、
「あはははは。バカだな孝昭は〜。チワワは犬だぞ？」
 この男。
「**ちーーー・わーーー**。『チワワ喧嘩』じゃなくって、**ちわゲンカーーーーー**」
 西条くんの理解、
「チワワ並みじゃ嫌われてもしょうがねーかもなぁ〜」
 なにが？　チワワ並み？

 第三者から、露骨に「チワ（ワ）喧嘩」とまで言われると、こっちもさすがに気恥ずかしくもなります。
「そ、そんなんじゃないわよ‥‥‥‥」
 和美、和美‥‥‥そこで否定すると、「チワワ並み」を否定してるように聞こえるぞ？
（もちろん「チワワ並み」なんてことは断じてありませんとも）

 誰だってそうでしょうが、こういう気まずい男女の所には長居はしたくないもの。
「俺ら、ちっと駐在んとこでも行ってくるわ！」

青煙を残し、立ち去る孝昭くんのCB。
取り残される二人と、それぞれのジェラシー。

『ナカナオリシヨウヨ』この言葉の難しさは、世界中の恋人たちが知っています。
　僕も頭の中では、もう何度も何度も言っているのですが。
「ねぇ、丹下クン‥‥‥どうしたかな？」
　だから、仲直りのキッカケはいつも「他人様の話」です。
「もどる‥‥‥か？」

☞☞☞

「あ、いたいた」
　はたしてジェミーは、さっきの場所にいました。
「433〜、439〜、443〜、449〜、457〜、461〜、463〜、467〜、479〜、487〜、491〜、499〜503〜‥‥‥」
「まだ数えてる‥‥‥」

　ん？　ひょっとして‥‥‥‥‥素数？
「541〜、547〜、557〜、563〜、569〜、571〜‥‥‥」
素数だーーーーーーーーー!!

し、信じられん‥‥こんなにスラスラと‥‥‥‥！
　ジェミーって、バカに見えて実は「天才」なのでは？
「ジェミー！」
「**邪魔しないでください！**　599〜、601〜、607〜、613〜〜‥‥‥」
「悪かった‥‥‥でも、200まででいいんだぞ？」
「だって、200は素数じゃなかったんですよ」

第18章　枯れる花　咲く花

なるほど‥‥。それで通り越したわけか‥‥‥‥。
もとい。バカに見えて実は「素数以外バカ」です。

「じゃ〜、先輩と和美先輩、めっけ♪」
「はいはい‥‥‥‥」
もはや、どういう遊びであったかも忘れました。

第13話　恩師

　青小。
「ここが和美先輩のボーコーなんですね〜〜」
「膀胱じゃなくって、母校、な？　母校」
『ミクロの決死圏*』じゃないんだから。
【*ミクロの決死圏＝1966年アメリカ映画。脳に重傷を負った科学者を救うために、人間をミクロ化して体内へと送り込むという人体を舞台とするSF映画】

　青小と僕たちの黒小は、二中学区内ではたった２つの小学校ですが、年に１度の『連合運動会』と、数年に１度の『合同音楽会』以外、これといった交流はありませんでした。
　規模・児童数・学力もほぼ同じですが、青小の方が「商店街もある都会」にあり、さらに「学校で馬を飼っている」ことで全国的にも有名で（12巻）、それをまた青小の連中が鼻にかけるものですから、黒小側からは、ヒガミとでも言いますか、ソネミと言うか‥‥‥
　ハッキリ言って「敵」でした。

それが、こんなふうに、青小の女子である和美ちゃんと一緒に青小の校門をくぐるなんて。
　これが小学校時代なら「袋だたき」もんです。「青小に魂を売った！」とか言われて。
　今や、魂大安売り。

　校庭をはさんで、小高い丘にそびえ建つ青小の木造二階建て校舎。
　見た目、我が黒小とソックリですが、合併でできた黒小よりも歴史はずっと古く、そこをまた青小の連中が鼻に‥‥‥‥‥まぁ、いいや。

　歴史がある分、怪談話も多く、『勝手に鳴り出すピアノ』も、その中のひとつでしかありません。
『窓に見える人影』くらいの話は、それこそ、かつて何度出て来たかわからない、言わば「怪談の宝庫」。

「あの辺りかな‥‥。人影が映る窓って‥‥‥‥」
　校舎を見る限りで、フラワーボックスすらない２階の外に人間が留（とど）まるのは、やはり不可能です。
「校舎内が怪しいですね〜〜」と、ジェミー。
「え？　どういうことだ？　ジェミー」
　ジェミーが自分の推論を言うのは極めて珍しいことです。が、素数をペラペラと並べ立てられるくらいですから。なにか天才的発想でも思いついたのかも‥‥‥‥。

「いや、他の先輩方が隠れているのが」
まだ、かくれんぼしてたのかっ!?

第１８章　枯れる花　咲く花

「間違いありません！　123456789**じゅっ！**」
「あ、コラ！　待て！　ジェミーーー‥‥‥‥！」
　‥‥行っちゃいました。
　わざわざ数え直してから行くあたりが律儀ですが。
　意味はあるのか？

　おかげで、外の探索もそこそこ、校舎に向かうハメに。
「鬼の方を探すって‥‥‥‥」
「君が、かくれんぼとかって言ってダマすからでしょ!?」
「僕はただ‥‥」
　二人の時間を作りたかっただけだよ‥‥‥。
　それも言い出せず。まだチワワ喧嘩が完全には抜け切っていない僕たち。

　校舎前には駐車場があり、そこに
「あ‥‥‥ミニパト‥‥‥‥‥‥」
　スバルREX*のミニパトカーが。
【*スバル・レックス＝1972年、富士重工が発売した軽乗用車。RR（リヤエンジン後輪駆動）で、37psの出力を誇りパトカーとして各県警で採用された】

　ひょっとして？
「あーーーーー！　君たちーーーーーー」
　ミニパトがあれば婦警がいると思え。なんの格言にもなってませんが。

「早いのね。ヤドカリくん！」
「ザリガニでしょ？」
「そうだった！　ザリガニくん！」

それも正解ってわけじゃないんですけど‥‥‥‥‥。
　僕は、どうにもこの婦警さんが苦手です。警察全体が苦手ですが。青小出身ってとこが特に。

「これ、婦警さんのミニパト？」
「そうよ〜。こう見えて『ミニパトの天使』って呼ばれてるんだから！」
「誰からですか？」
「今日も暑いわよね〜〜。やんなっちゃう」
答えろよっ!!
「そちら、和美ちゃん、だったかしら」
「あ‥‥‥ハイ。泉先輩」
　結局、誰が泉巡査を『ミニパトの天使』と呼んでいるのかは不明のまま。おそらく『自称』なのでしょう。

「アラ。名前、覚えてくださったのネ」
「え？　ええ、彼から‥‥‥‥」
「そう。『ミニパトの天使先輩』って呼んでもいいのよ？」
今から募集するのか！
　なんだ‥‥「ミニパトの天使先輩」って‥‥‥。
　戒名じゃないんだから‥‥‥。

「やっぱりカワイイよね〜。和美ちゃん！」
「そんな‥‥‥」
「さすが青小出身よね！」
　遠回しに自分を褒めてる泉巡査。
　僕たちが小学校時代に「敵」視した典型的青小生です。

「和美ちゃんは、いつの卒業？」

「えーっと。今高3ですから、6年前の卒業です」
「あ、そう。それじゃ、私の〜〜〜‥‥」
　お。これで泉巡査の年齢が明らかに‥‥‥‥
「ひとつ下ネ!」
　‥‥‥なりませんでした。
　いくらなんでも19ってことはない。サバ読みもサバ読み。サバの女王です。(byレーモン・ルフェーブル)

「今から先生にお会いしにいくとこなのよ」
「あー、今回の依頼をされたって言う?」
「そうそう」
「先生って、誰ですか?」同じ卒業生の和美ちゃん。
「小野寺(おのでら)先生よ?　知ってる?」
「あーーー、小野寺先生!」
「和美も知ってんの?」と、僕。
「ウン。すっごくきびしくって‥‥‥」
　とまで言ってから
「‥‥‥やさしくて、カッコイイ先生だった」

「えぇえ?　かっこいいいいいいい??」
　泉巡査が猛反発!

「アハハハハハ。それはないない。あんなリアス式頭!　アナタどういう趣味してるの?」
　ひとりでバカウケ!　リアス式頭って?
「いえ‥‥‥ホント。カッコよかったですよ?」
「だって〜〜〜、わたし達ンときのアダ名が『**シーモンキー***』よ?『**シーモンキー**』!」
「シーモンキー‥‥‥」

78

「そ！ **シーモンキー！** 知ってるでしょ？ ザリガニなら！」
　本物は見たことありませんが、誰がそのアダ名をつけたのかは、なんとなく判りました。

【*シーモンキー＝当時、少年雑誌の広告で流行った「謎の海洋性微生物」。卵は乾燥性で保存がきき、塩水に入れると半日で孵化する。モンキーとは名ばかりで実は海老類だが、パッケージのイメージは、まんまウーパールーパーだった】

「君も今日会えば、すぐわかるからっ！　アハハハハハハ」
「はい。よくわかります」
「そう？　とにかくシーモンキーの絵とソックリなんだから～～～。アッハッハッハハハハ」
「はい。今、婦警さんの後ろにいらっしゃるかたですよね？」
「**えっ？**」
　恩師シーモンキー。

第14話　教師たる者

　塩水に入れるまでもなく、シーモンキーは泉巡査の真後ろに孵化されておりました。
「ヤ、ヤだ～～、先生！　いらっしゃったんですか？」
「あいにくと‥‥‥‥」
　おかげで初っぱなから気まずい雰囲気です。

シーモンキー先生。和美ちゃんを見るなり、
「あ！　君は和美さんじゃないかーー」
「ごぶさたしてます、小野寺先生」
「いやぁー、あのおテンバさんが見違えるよーだねー」
　やっぱり。和美ちゃんは、中学時代同様、小学校時代も「ボーイッシュ」な女の子だったようです。現在の「大人びた和美ちゃん」からは、ちょっと想像しがたいイメージ。

「それに比べて、泉クンは**小学校時代そのもの**だねっ！」
「はぁ‥‥。おかげさまで〜……」
　もっと言ってやって！　シーモンキー！
「だって先生〜。卒業して5、6年で、そんなに変わりませんことよ〜」
「え！　泉クン、5、6年だっけ？」
　さらにサバ読みがひとつ増えてる…………。
　それだと和美ちゃんと同じ18歳か、それ以下です。
　驚愕の現役女子高生婦警、泉巡査。

「えーっと。こっちの人は……」
「あ。はじめまして。僕、和美さんと同じ高校の……」
「んんんん？」
　シーモンキー先生、眉間にみるみるシワをよせると、
「君、会ったことあるね。黒小じゃないかね？」
「あ〜〜〜、はい。せまい町ですので、どっかでお会いしたのかと………」
　なのに、

「連合運動会で、なんかしなかったか？」

う・・・・・・・・・・・・・・・！
「た、確か、100m走に出ました・・・・・・・・・・・・・・・」
「100m走は全員参加種目だから」
「そ、そうでしたかね・・・・・・」
　よくない流れです。
「**綱引きのロープにマーガリン塗った黒小の生徒がいたっけなぁ〜〜〜**」
　たいへん、よくない流れです。
「そ、そんな可愛(かわい)らしい事件もあったんですね・・・・・・・」
「うん、あった。綱引きって、1ターンで陣地とっかえるのに、バカなヤツらだった！　**あんとき叱(しか)られてた黒小の子にソックリだね、君！**」
「そ、そうですか？　他人のソラ豆です、きっと」
　なんて記憶力のいい先生でしょう・・・・・・。
　まさか青小の先生に、今さらになってイヤミを言われるとは。

「そいじゃーーー、玉入れは？」
「た、玉入れがなにか？」
「我が校の玉だけ**発泡スチロールに入れ替えられててなぁ〜〜〜**」
「そ、そんな、ささいな事件もあったんですね・・・・・・」
「うん。和美さんが6年生のときだね！　君、いくつ？」
「か、和美さんと同じ学年です・・・・・・6年ほど留年してますが・・・・・・・」
「そうか？　あれで怒られてた子にそっくりだね。君！」
「いや・・・・他人の・・・・・・」

「あの年は、スターターの火薬にもイタズラされててなぁ‥‥‥」
　まだあんのかよ‥‥‥。って、あるんですけど。
「耳、痛かったなぁ～～。音でっかくて！」
「まぁ‥‥‥毎年‥‥‥ありがちなことですね」
「ない！」
　ああ‥‥耳が痛い‥‥‥。
「叱ったっけなぁ。黒小の生徒なのに！」
　思い出しました。
　青小学校の小野寺先生。連合運動会の運営責任者だ‥‥‥。
　ヤな人に会ったなぁ‥‥‥‥。よりによって。

「それから二人三脚！」
　で、とうとう
「すいませんでした‥‥‥‥‥‥‥‥」
　この調子で、プログラム順に全競技やられたのではかないません。
「やっぱりあの時のーーーーー!!」
「いやぁ‥‥その‥‥黒小学校友人代表として‥‥‥‥」
　やっぱり宿直はヤメにしよう、と決意したところで、

「でも、まぁ‥‥‥‥‥‥。泉クンに比べたら可愛いもんか」
　はあああああああああああ？
「やっだぁ～！　小野寺先生ったらぁ～！」
　照れる現役女子高生婦警。
　なんか、イメージ以上にスゴイ女性みたいです‥‥。

「なにしろ、泉クンたちは、運動会の『中止案内』まいちゃったからねぇ～‥‥‥‥黒小の主力選手に」

スゲッ！
「おかげで、開会式になっても黒小だけ全員集まらなくってね〜」
「それ以上しゃべると逮捕しますよ？　先生」
　な、なんという‥‥‥‥！
　今まで、史上最高にメチャクチャな警察官は、駐在さんだとばかり思っていましたが、考えを改めなくてはなりません。

「その泉クンが、いまや婦人警察官とはねぇ‥‥‥。世の中わからんものだ。ハハ‥‥」
　力なく笑うシーモンキー先生。
「ミニパトの天使って呼ばれてますわ」
「誰から？」
　やっぱり誰だってそこは疑問に思いますよねー。
「そう言えば、もうすぐですわね〜。連合運動会」
　やっぱり答えないし。
「誰から『ミニパトの天使』って？」
「今年は晴れますかしら？」
「だから、誰から『ミニパトの天使』って？」

　生徒のテキトーは許さない。
　教師たるもの、こうでなくては！

第15話　プラタナスの木の下で（1）

　連合運動会は毎年９月の末。青小と黒小ばかりでなく、地域の小学校10校以上が参加する一大イベントです。

勝敗は、各校ごとの得点で競いますが、それぞれ規模が違うため、躍起になっていたのは、規模も地区も同じ青小と黒小くらいでした。

「和美サンも、けっこう速かったよね。いつも赤リボンだったもんねー」
「ハイ。毎回いただいてました」
　赤リボンは1等賞。2等は黄色、3等が緑。
　順位ごとにもらえるリボンが違い、それによって入る得点も違います。
「君らの年だけ、偽装品がイッパイ出回って‥‥‥‥」
「ありましたネ。偽リボン事件」
　一部の悪い児童が勝手に増やして配りまくったのです。
　赤、黄、緑ばかりでなく、オレンジリボン、ピンクリボン、紫リボン、茶リボン、水玉リボンまでありました。
「誰がやったんだろうねぇ‥‥‥‥」
「誰でしょうね‥‥‥」
　コッチ見んなよ！　和美！

「その昔は、メダルだったから偽造しようもなかったんだけどねぇ」
「へぇー。メダルだったんですか！」
「そう。君らが知ってるより、ずっと大きなイベントだったんだよ」
「あ、聞いたことあります」
　連合運動会の歴史は古く戦前に遡り、かつてはもっと広域の小学校を集めた一大スポーツ大会だったようです。
　が、戦争が起こって、子供たちも貴重な労働力として「学徒動員」させられるようになると、やむなく中断。

規模を縮小して再開されたのは、終戦後のことなのです。

「最近はどうなんです？　シーモ‥‥先生」と、泉巡査。
「ああ？　連合運動会？」と、シーモ先生。
「ええ。あいかわらず熱いんですか？」
「まぁ、そうだね。今年は30周年だし。悪しき伝統みたいなもんだから。黒小対青小は。ハハハハ‥‥‥」
「ヘェー‥‥‥‥またもどりたいなぁ‥‥‥‥‥」
　遠い目で言う泉巡査でしたが、
「もどらんでくれたまえ！」
　シーモ先生、目がマジです。

　指折り数えてみると、
「あれ？　じゃ、第1回って、戦後すぐからですか？」
　昭和21年には始まっていたことになります。
「そうだよ。日本中がへコんでたからこそ、子供たちに夢と娯楽を与えようって再開されたんだから。熱心な先生がいらっしゃったんだね」
「へぇ‥‥‥‥‥‥」
　では、その先生の情熱のおかげで、僕たちは争っていたわけですね。

　加害者と被害者（？）思わぬ連合運動会談義でしたが、
「泉クン、それくらいでいいから。中へ入ってくれ」
「あ、はい」

　アリャ？

「あのーー‥‥‥‥僕たちは‥‥‥‥‥‥」

第18章　枯れる花　咲く花　　　　85

「え？」
　きょとんとするシーモンキー先生と、なにやらさかんに目をパチパチさせてる泉巡査‥‥‥‥あ、あれ、ウィンクか。わかんなかった。
　つまり「これから話を通すのよ」という意味？

　おかげで、僕らは中に入りそびれてしまいました。
　中にジェミーがいるのに‥‥‥。
　ま、いいか。「ジェミーだし！」

　☞☞☞

　グレート井上くんたち青小連は、村山くんのトレノに乗せられて、まとめてやって来ました。
　一番はしゃいでいるのは、言うまでもなくチャーリーです。
「おーーーー！　なつかしの我が膀胱ーーーーー！」
「母校だろ？『ミクロの決死圏』じゃないんだから」
　似たようなツッコミされてます。

　青小の校庭の端には、昔の卒業生たちが記念樹として植えたという大きな大きなプラタナスがあり、その木陰が臨時の会議場所になりました。
「へぇー、リアス先生、元気だった？」
　先生のアダ名はつれづれに。
「ウン。相変わらずだったよ？　少し髪の毛がうすくなったかナァ」
　しかし、小野寺先生以外の話題では、僕だけ蚊帳の外です。

「この木の下で、よく遊んだっけな」

「ウン。このプラタナス、大好きだった」
　それがどういう遊びであったのかも、僕には判りません。
　が、チャーリーは口が軽いですから。
「ほらぁ、5年の時にスカートめくりが流行ってよー」
（60年代末期〜70年、永井豪の漫画『ハレンチ学園』のヒットから、「スカートめくり」が全国の小学校で大流行。社会問題化した）
「へ、ヘンなこと思い出さないでよ！」
「またまたぁ〜。女子もイヤんとか言って悦(よろこ)んでたクセに〜」
　そこには僕の知らない和美ちゃんがいて、やっぱり面白くありません。談笑の笑い声、笑顔そのものまでが。

　これに村山くんがいち早く気づいて
「よせよ‥‥。チャーリー」
　‥‥‥くれた、まではいいのですが。黒小の僕を交えるために、出した共通の話題というのが、

「連合運動会」

　またしても！
「連合運動会、熱かったもんなぁーー」
「黒小って、メチャメチャやってたよな？」
　来たーーーーーーーー！

「そ、そうかな？」
「綱引きのロープに食用油塗るし」
「マ、マーガリンだって‥‥‥給食の‥‥‥‥」
「得点ボードにマイナスつけるし」

第18章　枯れる花　咲く花　　　87

「そ、そんなこともあったかなぁー‥‥」

「村山が青小の幅跳びの選手だったんだけどさ」
「そ、そうだったんだ？」
「それが着地砂場に犬のウ●コ入っててさぁ‥‥‥」
　う‥‥‥‥‥‥‥。
「あれも、黒小だろ？」
「な、なにゆえそんな根も葉もない推論を？」

「お前がいるから」「お前がいるから」

「そんな‥‥口揃えて言わなくっても‥‥‥‥‥」
　これなら和美ちゃんのスカートめくりの話題のほうが、まだマシでした‥‥‥‥‥。
「幅跳びの砂場のは‥‥‥あれは、久保だって‥‥‥‥‥」
「黒小じゃん！」「黒小じゃん！」
　そんな‥‥口揃えて言わなくっても‥‥‥‥

「そ、それより勝手に鳴るピアノの謎だよ。それと２階の人影とさ！」
　ようやっと話をそらしました。
「あー‥‥‥‥ベーゼンドルファーね」
「ベーゼンドルファー？　って、なに？　井上」
「資料室にあるピアノ。オーストリア製で、スタインウェイと並ぶ名器だ」
「へーーーー‥‥そんなもんがあるんだ？　青小って」
「まぁね。黒小とは違うよ」
　く‥‥‥‥‥‥っ！
　これです。これが青小との確執を生んでるわけですが。

幅跳びしてウ●コ踏んづけろ！

「なにしろ戦前からあるみたいだから。その頃、ピアノはほとんど輸入品だったみたいだよ？」
「戦前から？　そんな古いんだ？」
「黒小とは歴史がちがうよ、歴史が〜」
　くそ〜〜〜！　いちいちいちいち！
　幅跳びの砂場は、久保のウ●コにするんだった！

　見栄っ張りチャーリーが、
「確か、平安時代くらいのヤツなんだよな！」
「いや。いくらなんでもそれはない」
　グレート井上くんがあっけなく論破。
「ピアノは、確か江戸時代になってからだ。長崎の出島に持ち込まれたんだよ」
「**出島〜〜〜〜〜〜〜〜〜〜〜〜〜？**」
「確か、シーボルトだったと思ったな」
「**シーボルト〜〜〜〜〜〜〜〜〜〜？**」
「なに、いちいち声あげてんだよ」
「いや・・・・・・・・・・・・」
　母、予言者・・・・・・・・・・・・。
（シーボルトの「日本最古のピアノ」は、山口県の熊谷美術館に現存する）

「じゃ、オランダ人によって持ち込まれたんだ？」
「シーボルトはドイツ人だぞ？　バカだな」
　くそ・・・・・・。ひっかからなかった・・・・・・・・。
　それどころか「バカ」扱い。

第１８章　枯れる花　咲く花

「青小じゃ常識だよ、常識」
「ウソつけーー！」
　しかし、シーボルトのピアノについては、和美ちゃんも村山くんも知っていました。
「資料室のピアノの解説の時に、教えられるんだよ」
「それほどのもんなんだ？　ベーゼンドルファー」
「ああ。かなりな物らしいよ？」
　すげぇ！　青小……！
「だから絶対、手を触れるなって」
「資料室、かなり厳重に鍵かけられてたもんな」
「うん‥‥通称『開かずの間』」
　開かずの間……。なのにそのピアノが鳴る……？

第16話　プラタナスの木の下で（2）

「よーーーー！　やってんな！」
「あ、千葉ぁ！」「って。なんで水着？」
「今日はプール監視員」
「あ、ここのプール監視も、うちの水泳部なんだ？」
　学区内の小学校のプール監視は我が校の水泳部のボランティア。その代わりに、終わった後には「何時までででもプールを使ってもよい」という交換条件付きなのです。
　高校のプールは、夏休み中、午後５時までなので、大会を控えた水泳部にとって、実にありがたい制度なのでした。

　なんにせよ、これで黒小が２名になりました。久保くんは呼んでいませんから、これが黒小最大人数。

「ううう……よく来てくれた……千葉。これで人間のウ●コにしないで済む」
「は？　ナニ言ってんだ？」
　それでも和美ちゃんも含めると４：２。圧倒的に不利です。

「千葉クンも青小来たことあるの？」と、和美ちゃん。
「今、来てんじゃん」
「そうじゃなくってー……小学校時代」
「あー、あるぞ。連合運動会でリボンの入れ替えで忍びこん……」
「千葉、千葉！」
　めったなことしゃべるもんじゃないぞ！

「とんでもねぇヤツら！」「他校に忍び込むとは！」
「しょうがねーだろ？　連合運動会の道具は全部青小保管なんだから」
　あんまり「しょーがねー」理由になっていません………。
　しかし、こういう犯罪めいた話をし出すと、決まって

「どこに忍び込むって？」

「どわぁあああああ！」「ちゅ、駐在さんんん！」
「い、いつの間に！」
　盗人あるところに警察アリ。去年の花火泥棒計画を彷彿させます（２巻）。
「今来たとこだ。なんだ、これしか集まんなかったのか？」
「青小全員と……。あと、西条と孝昭が、もうすぐ来ると思いますけど」
　あとジェミーが、校舎内でひとりでかくれんぼしてます。

第１８章　枯れる花　咲く花

「で？　**どこに忍び込むって？**」
「え！　い、いや‥‥‥あ、そうだ！　ミニパトの天使、もういらっしゃってますよ？」
「ミニパトの天使ぃ〜〜〜〜〜〜〜？　誰だ、そりゃ？」
　やっぱり。警察でもそう呼んでない‥‥‥。
「‥‥‥あ、泉クンのことか。そうか！　ママチャリにとっては天使か！」
　今度は和美ちゃんが面白くない顔をしました。
「ち、ちがいますよ‥‥‥。自分でそう言ってたんですよ」
「泉クンが？　ミニパトの天‥‥‥‥‥‥**ブフッ♪**」
　吹き出されてますよ？　泉巡査。ブフッって。

　一方、駐在さんは、愛車スミレちゃん（日産バイオレット）を駆っての登場でした。
「今日は、シビックパトカーじゃないんですね？」
「言ったろ。これは正式な公務じゃないからな。それにパトカーが２台も停まってたんじゃ何事かと思われるだろが」
　それもそうです。駐在所員ってのは、ここまで地域に気を配るものか、と感動した一瞬でした。

　と‥‥‥駐在さんのスミレちゃんの所に、プールにやって来た５、６年生くらいのガキンチョが群がっておりまして、
"なになに〜、このピッカピカの車""バイオレットだよ、日産の新車""へ〜〜〜カッコイイ〜〜"
（当時の男の子たちにとって車は憧れで、見慣れない新車にはすぐに群がった）

「あ〜あ〜、バイオレット、この辺りじゃ珍しいから停めと

くとすぐ子供らが群がっちゃうんだよな〜♪　困ったもんだ〜。これこれ、君たち。触るんじゃないぞ〜♪」
　と、ちっとも困ってない風に駐車場に去って行きました。

「……ひょっとして、見せびらかしたかっただけ？」
「……みたいだな」
「……わざわざ磨いて来たんだぜ、アレ」
　感動して損した一瞬でした。

「井上……。そろそろ飛行機の時間が……」
「あ、そうか。しまった！」
　なんか、カッコイイ。「飛行機の時間」ってとこが特に。
　グレート井上くんは、この頃、ビジネスで頻繁に飛行機で東京と往復していました（10巻参照）。
　飛行場までは村山くんが車で送っていたので、話はここで中断。
「河野じゃなくって助かったよー」
「アハハ。河野は制限速度厳守だからな〜」
「でも…。河野のランサーにはカーエアコンついてるから。涼しいぞ？」
「いいよ。村山のトレノで。間に合わなきゃ意味がない。急ごう！」

「あ。井上。明日は？」
「泊まりは無理だな……」
「そっか……」
　３年生になってからと言うもの、バラバラ感が強くなっていましたが、この夏休みは特にです。

第１８章　枯れる花　咲く花

村山くんのトレノが出て行ったのとほぼ同時、打ち合わせていたかのような入れ替わりで、西条くんたちが到着。
「遅かったなーー。孝昭」
「わりぃわりぃ。そうかぁ～～～、ここが～～～～」

「夕子ちゃんの母校！」

　なぜに基軸が夕子ちゃん？
「グランドにスリスリしちゃおうかな、俺」
　いいかも知れません。土を愛する男。
　クボタのCMに出て来そうです。
「それなら、夕子ちゃんがかつて入ってたプールがあるぞ～？」
「お！　さすが水泳部だな！　千葉！」
　いくらなんでも、水は入れ替えられてると思うんですが。夕子ちゃんが卒業してから、かれこれ４年の歳月。

「あれ？　で、兄は？」
　妹のついでで思い出される同級生の兄。
「井上はさっき帰った。飛行機の時間あるから」
「そうか。あれ？　あと誰か来なかったっけ？」
「駐在さんが来てる」
　すでに忘れ去られている町の警察官。
「え？　するってーと、奥さんは？」
「来るわけないだろ？」
「なんだぁ～～～～」
　しかも重要なのは妻。

「井上たちがいねぇんじゃ話になんねーなー」「帰るか？」
「待て待て。駐在さんは来てるってば。今、先生としゃべってる」
「うーん。駐在がいてもなぁ………」
「妻が来てないんじゃなぁ………」
　やれやれ………。
　こうやって考えると、青小卒業生って、全般にやっぱり品格があるって言うか。他の学校の卒業生とは違います。
　さすがベーゼンドルファーなんてもんを持ってるだけある。

「それにしてもアヂ〜な〜〜、これでホントに明日、雨降んのか？」と、わりと暑がりの孝昭くん。
　夏の午後２時半。木陰とは言え、暑さのピーク。
　ここで千葉くんが再び、
「だからプールでも入っか？」
「小学校のプールに入れっかよ！」
「大丈夫だ！　育ち盛りってことにすれば」
　いくらなんでも育ち過ぎ。

「知らねーのか？　青小も黒小も、プールの監視員は、代々ウチの水泳部がやってんだぞ？」
「あ！　そうだった！　じゃ、今、監視員してるのも？」
「わが可愛い部員たちであ〜〜〜る」
「なるほどーーーーー！」
「だから、小学生が出た後は泳ぎ放題なのであ〜〜〜る」
「いいなぁ！　それ！」
「だろ？」
「西条、水着なんか持って来てんのか？　家出中なのに」

第１８章　枯れる花　咲く花　　　９５

「家出に水着は必需品だろうがよ！」
　よくわかんない‥‥‥‥‥。

「和美も入っか？」
「入るわけないでしょ？　水着なんて持ってきてないし」
「あ、だよな。俺の貸そうか？」
「あのねぇー‥‥‥‥‥‥‥‥」
「バカだな。西条は。お前はどーすんだよ？」
　それよりも上はどーすんだ、って問題もあるわけですが、
「俺は千葉のを借りて、千葉はサポーターで」
　どういう変態プールだ？

「和美が水着もってきてればな〜〜〜。俺が借りたのに」
「貸すわけないでショ」

　孝昭くんは、
「クッソ〜〜。なら、俺も水着持って来るんだったぜ〜」
「だから俺のを貸してやるって」
「いらねーよ！」
　そうなのです。西条くんにとっては、和美ちゃんと孝昭くんとの差は、人が思うほどにはありません。
　共に、なんでも話せる友人であり。それが男であるか女であるか、というだけで。
「あ！　夜なら水着なくても見えないぞ？　和美」
「イーヤーでーすー！」
　ほんと‥‥判ってはいるのですが‥‥‥。

　‥‥‥‥‥‥ん？
「千葉、それって何時まで？」

「何時までって?」
「プール!」
「だから無限。けっこう遅くまで使わせてもらってるなー。夏は大会だらけだから」
「そうだよね」
　いつだったか、朝方までプールに浮いていた「プロのドザエモン」みたいな水泳部員がいて、話題に出たことがありました。

　だとすれば‥‥‥‥
「不審者も‥‥‥‥!」
「あ、そうか!　ありえるなーーーーーー!」
「だろ?」
「水泳部員が犯人ってことだな?」
「ちがうよ‥‥目撃してるかも、ってこと‥‥‥」
　少しは「わが可愛い部員」を信じてやれよ‥‥。部長。

「さ〜〜〜?　それはどうかな〜〜〜?」
　犯人はいるかも知れないが、目撃者はどうだろう、っていう判断基準がイマイチわかりませんが。

第17話　炎天下のレシピ

　それにしても‥‥‥‥。
「駐在、おっせーーーーーー!」
　職員室に小野寺先生を訪ねたっきり。
「この炎天下で待つほうの身にもなれってなぁ」

「まったくだ!」
 ただでさえ暑い盛り。プールの話が出ていたからなおさらにイラつきはピーク。

「いっしょの婦警さんが、ここの出身なんだよ」
「え! 婦警さん来てんの?」
「ほら、駐車場にミニパト‥‥‥‥‥」
 孝昭くん、
「婦警って、西条が言ってた女か?」
 まぁ、「婦警」ってくらいですから。男だったらビックリです。
「そうそう。なかなかだったぜ～?」
 西条くんには「なかなか」に映ったようです。泉巡査。
 もっとも、西条くんの基準は「お尻」ですから。並の高校生とは違います。今まで「なかなか」じゃなかった女性を探すほうが難しいくらい(除・老婆)。

「へぇ～、これがミニパト～」
「普通のパトカーより、装備が少ないな」
 あまりに暇なので、ミニパト鑑賞会。
「あのシートに婦警さんのお尻が～～～～」
 ひとりはシートのみ鑑賞会。
 その隣りには、駐在さんの乗って来たスミレちゃん。
「あのシートに奥さんのお尻が～～～～」
 やはりシート鑑賞会。

 が、
「おアチィッ!」

突然、奇声を上げる西条くん。
「ボディ、あっちぃぃーーーーーーー！」
「あー、この炎天下だからなぁ」
「ふぃ〜〜〜火傷(やけど)したぜ！　駐在のヤローーーーー！」
　いや、それで駐在さんを恨むのは‥‥さすがに。
　もともと助手席に釘付(くぎづ)けになった方が悪いのであって。

「目玉焼き、焼けんじゃねーか？」
「あははは。かもなー‥‥‥」
「あはは‥‥‥‥」
「‥‥‥‥‥‥‥」
　やってみよう、ということになりました。

〈用意するもの〉
● 生卵（１個）
● 食用油（少々）
● 型枠（卵がすべり落ちないようにする。ボール紙可）
● 見張り（警察官の妨害を防ぐ人）

　では、レシピです。

① 卵を買ってくる
② 見張る
③ 卵を割る
④ 「焼けない‥‥‥‥‥‥‥‥」
⑤ ひたすら待つ
⑥ 「焼けない‥‥‥‥‥‥‥‥」
⑦ 「なにやってんだ？　お前ら」
⑧ 「のわ〜〜〜〜！　お、俺のスミレちゃんが〜〜〜〜！」

第１８章　枯れる花　咲く花　　99

⑨　ひたすら逃げる

　結論：炎天下でもボンネットで目玉焼きは焼けない

　でも、お目玉はくらいましたとさ。
「ったくぅ！　人の新車なんだと思ってんだ！」
「いや、エネルギー保存の法則を‥‥‥‥‥」
「やかまし――――――――――‼」
　おかげで、駐在さんが戻っても、まったく話し合いにはなりませんでした‥‥‥。
「とにかく、明日、ガン首そろえて来い！　わかったな！」
「へいへい‥‥‥」
「心がこもっとら――――――ん！」
「心よりへいへい‥‥‥‥」

　☞☞☞☞

「で？　これからどうするよ？」
「そうだなー、目玉焼きも焼けなかったし」
　呆然と眺めていたグランドに、プール帰りの子供たちの歓声が響くと、
「あ、小学生の時間、終わったな。オレ、ひと泳ぎしてくるわ。お前らどうする？」と、千葉くん。
「いいなーーーーー！　俺も泳ぐ！」と、西条くんも。
「じゃ、俺、ひとっ走りして水着とって来る！」
　孝昭くんが走り去り、

　ようやっと僕と和美ちゃんとジェミーと3人きりになれました‥‥‥

‥‥‥って、「**なんでジェミーがいるんだよっ!?**」
「先輩が捜しに来ないからじゃないですか～～」
「いや‥‥‥‥お前、捜す側だったろ？　10数えたろ？」
「あれ？」
　頭イテ～～～～～～～～。

「じゃぁ、今回は特別にそれでいいことにしてあげましょう」
「たのんでねーよっ!!」
　と言うか、なんで立場が上になってんだ？
「次からはダメですよ？」
「次っていつ!?」
「あ。先輩も楽しみにしてるんですね？」
「ちがうぅ！」
　ああ‥‥、ジェミーと話していると毛細血管が何本あっても足りません。

「な～～んだ～～～。もう終わっちゃったんですか～」
「ああ。だからもう帰っていいぞ」
「今日は先輩ん家に泊まるんですよ」
「**聞いてないぞ？**」
「おかしいな～。念は送ってたはずなんですが」
「念じゃなくって、言葉で送れ！」
　なに星人だ。
「言葉で言ったら、断るじゃないですか～」
「そのとおりだよ！」
　冗談じゃない。ただでさえ出島の居候がいるってのに。

「今日は、両親が磁器婚式で旅行に行ってるんですよ～」

第18章　枯れる花　咲く花　　101

「磁器婚式?」
「結婚20周年ですね」
（25年めが銀婚式で50年目が金婚式。それぞれの経過年数に応じて1年目の紙婚式から少しずつ高価な物になる）

「あら、素敵♡」と、和美ちゃん。
　ご両親には「素敵」ですが、我が家にはまったく関係ありません。
「先輩んとこにも、ご案内は送ったはずなんですが」
「ウチに？　ハガキかなんかで？」
「いえ、念で」
「‥‥‥‥‥‥‥‥‥‥」
　受け取れる人材が我が家にはいません。

「わかったわかった。じゃぁ、お前から母ちゃんに許可とれよ？」
「わかりました～」
「念は受け取れないからな！　電話でな！」
　念を押しときました。あ、使えるじゃん！　念。

第18話　坂道を下れば

　ところがジェミー。あっと言う間に戻って来ました。
「それが～‥‥‥‥‥」
　ひどい落胆です。
「晩の献立が～‥‥‥‥‥‥」
献立まで聞いたのかっ！

「先輩んち、今夜は湯豆腐と、冷や奴と、おカラと豆腐のすまし汁だそうです～‥‥‥」
　あはははは。やるなぁ～、母ちゃん。

「先輩んち、お豆腐屋だったんですね？」
「ちがうよ‥‥‥」
「ちなみに和美先輩んちは、なんですか？」
「ば‥‥‥晩の献立？」
「和美んとこは伯母さん家に下宿だぞ？　無理に決まってんだろ？」
「え？　和美先輩、下宿なんですか？」
「ウン‥‥‥‥。ごめんネ？」

　ここでジェミーは、
「ヘェ～～～～。竹内さんと一緒ですね～～」
「そうなの？」
　思わぬころで竹内さんの名前。
　ど田舎の我が校では、親元から通学するのが普通。下宿しているのは、おそらく和美ちゃんと彼女くらいです。奇妙な共通点。

「ジェミー。早苗さんとこは？」
「あ！　早苗さんは、お料理じょうずですよね～」
「うん。孝昭んとこならほとんど親いないから。泊まることもできるかも知れないぞ？」
「電話してきますっ！」
　うまくいった～～～～～～♪

「またぁ。押しつけちゃって～」

第18章　枯れる花　咲く花

「いいんだって。早苗さんもジェミーのことまんざらじゃないし」
　なんてったって、制服共有した仲ですから（4巻）。
　そしてなによりの理由として、
「ジェミーだから！」
　これ以上、デートの邪魔されてたまるか。

　桜の木の根元に置いてあった自転車のところまで行くと、
「乗れよ」
「重い、よ……？」と、今さらに和美ちゃん。
「大丈夫。僕は和美の重さも好きなんだ」
「え……？」
　ヘンな言い方でしたが、本当にそう思っていました。

　校門から長い坂道を下って。
　デコボコのない道を選んで、少しだけ遠回り。
　交差点をひとつ過ぎたあたりで、和美ちゃんが、
「ねぇ、次のT字路、左に曲がって？」
「え？　家から遠くなんないか？」
「いいから……」
　言われた通りに左折。
　少し走ると、造り酒屋の竹林に出ました。

「ここ……覚えてる？」と、和美ちゃん。
「え？」
「お祭り……初めて一緒に来たの……」
「あーー、中2ん時？」（5巻）
「そう。君は、紗英ちゃん乗せて……」
「うん」

和美ちゃんの従妹の紗英ちゃん（5巻・8巻登場）。あの頃は、まだ5つくらいでした。

「あの時ね‥‥。紗英ちゃんがうらやましかった」
「え？　従妹？」
「ウン‥‥‥。それが、こんな風に君の後ろに乗るなんて。思ってもみなかった‥‥‥‥」
「そう、なんだ‥‥‥‥？」
　へんにくすぐったくって。
　へんに気はずかしい、不思議な感覚でした。

　その時のお祭りで、あの悟と出くわして、僕は和美ちゃんの手を引きました。
　あの頃の和美ちゃんは、きっと悟に未練タラタラで。
　あの頃の僕には、悟こそが典型的な青小で。
　ただただアイツに負けたくなかった。

「そう言えば、あのお祭りでも久保と会ったっけ」
「あ。そうだっけ？」
「うん。どこの祭りでもいるな、アイツはー」
「あはは‥‥‥ホントだネ」

　それから僕たちは、あの時と同じ、造り酒屋の裏に自転車を停めて。
「ここの神社も、もうすぐ夏祭りだね」
「ウン‥‥‥‥‥」
「ほら。練習してるみたい」
「ホントだ‥‥‥‥‥」

第18章　枯れる花　咲く花

どこかの家の風鈴の音に混じって。祭り囃子の太鼓の音が……。

第19話　ジェミーの時間割

　しかし、少し道くさが長すぎたみたいです。
　神社を抜けて、次の交差点で信号が赤。
　停止線で待って、青。
「よし！」
　スター―………　ぐぅっ！
お、重い！
「え………、そ、そう？」
「なんで………？」
　と思ったら、
「先輩〜〜〜。待って下さい〜〜〜〜〜」
「ジェ、ジェミーーー！」
　後ろで荷台を懸命に引っ張ってます。そりゃ重いわけだ。

「ど、どうやってここまで……？」
「孝昭先輩に乗っけて来てもらいました〜」
　なるほど……。
　孝昭のヤツ、避けやがったな………。
「それが〜〜〜、孝昭先輩んち、イワシ屋なんだそうです」
「イワシ屋？」
「ボク、イワシ嫌いなんですよね〜〜〜」
知ったことかっ！
「それなら、まだ豆腐屋さんのほうがマシなんで」

「だから豆腐屋じゃないってのに！」

　このすったもんだで、信号が３度めの青に変わり、交差点の向かい側から。え？　気づいたのは、ジェミー。
「あ！　竹内さんだ！」
「竹内さ〜〜〜〜ん！　君んち何屋〜〜〜〜〜？」

「ありゃ？」
　竹内さんは、ジェミーの声に気づかなかったのか、そのまま逆側の脇道へと消えて行きました。
「えっと〜〜。豆腐屋さん、ここで待っててくださいね！」
　誰が豆腐屋だ？

「竹内さーーーーーーん」
　晩ご飯を追いかけるジェミー。

「あの子も下宿って言ってなかった？」と、和美ちゃん。
「言ってた」
「じゃ、晩ご飯、無理なんじゃないかしら？」
「まぁ、同級生だから」
　僕たちだって、同級生を偶然街で見かけたら、声もかけるし、追いかけもします。
　特にジェミーと竹内さんは、ロッカーまで共有する仲ですから（9巻）。そういう風に見れば、ジェミーもまた彼女の周りの「男」のひとりです。セーラー服のよく似合う。

　それからわずかして、ジェミーが大慌てで戻って来ました。
　信号待ちまでもどかしそうに、青になったとたんに、ダッシュで僕たちの所に駆けもどるジェミー。

第１８章　枯れる花　咲く花

「ジェミー。なにそんなに焦ってんだ？」
「それが。竹内さん、車に乗せられてったんですが〜〜」
「え？　それって連れ去られたってこと？」
「よっくわかりません。でも人相の悪いヤツが運転してました！」
　人相の悪い？

「詳しく聴かせろ。どういう車だった？」
「えっと〜〜〜〜〜。3台くらいいたんですが」
「3台……？」
「1台が〜〜〜〜えっと〜〜〜〜〜」
　ジェミー。めずらしく顎に手など当てて考え込みまして、
「月曜日の時間割みたいな車でした！」
「時間割？　なんだそりゃ？」
「え！　知らないんですか？」
「知らない……」

「月曜日の時間割、1時間目から言ってみてください」
「1時間めが確か古文…。次がグラマーで…3時間めが世界史……」
「ボクらとちがう…………」
当たり前だろ？　お前2年生だろうが！
「あはは〜〜〜。それもそうですね」
　たいした事件ではなさそうです……。

「僕らは、英　国　社　なんです」
「あーあー、そりゃよかったな。それで？」
「やだなぁ。**英国車**ですよ〜〜〜〜〜」

108

「バ、バカヤローーーー！　クイズやってる場合かっ！」
「え！　井上先輩なら笑ってくれます〜！」
「僕は井上じゃないんだよ！　で、残りの２台は？」
「２台は〜〜〜。火曜日の時間割‥‥‥」

「まさか国　算　社　って言うつもりじゃないだろうな？」
「あ！　当たりです！　国産車！」
「高校に算数はないだろうが」
「あ‥‥‥そうですね。国数社だ‥‥‥‥‥‥‥」

「どうしたらいいでしょう？　算数」
　そこは悩むところではない。

「それでどうした？」
「ん〜〜〜。さっきすぐ行けば見れたかも知れませんが。先輩が、こんなとこでウダウダしてるから。きっともう行っちゃいましたね」
「お前がくだらねークイズやってるからだろ!?」
「解けなかった先輩にも責任が‥‥‥‥」
「ないっ!!」
　断じてないっ!!

　しかし、車種は絞れます。
「英国車っていうと、ジャガーか、ローバーってとこかな？」
　いずれにせよ田舎には珍しい車です。
　もしジャガーであるとするならば、（当時は）十中八九「その筋」の人。おだやかな話ではありません。
「英国車、デカかったか？」

第１８章　枯れる花　咲く花　　　109

「英語はでっかいですけど、国語の先生はそれほどでもありません」
「時間割じゃねーよ!」

「さぁ……大きさまでは……」
　いや………。
「一番最初にわかるだろ?　大きさ。車だぞ?」
「ウチの母の車よりはデカかったですね」
「ジェミーんちの車、なんだっけ?」
「ダイハツのミラです」

「たいていの車はミラよりデカいんだよっ!」
　それ軽自動車だろ、軽!

　ったくもう…。コイツの使えないこと、使えないこと。
「ただ…………」
「ただ?」
「強いて言うなら、ジャガーでした!」
「車種わかってんなら最初っからそう言えよ!」

　ただただ時間を浪費したとしか思えませんでしたが、これがそうでもありませんでした。
「あ……ああいう車です!」
　なんと交差点の目前をモスグリーンのジャガーが通過。
「ああいう車じゃなくって、あの車だろ!」
　運転手の男は、やはりタダ者でないことが一目瞭然。当然、久保くんではありません。
　しかし、助手席に乗っていた竹内さんに「連れ去られた」雰囲気はサラサラなく、笑顔さえ浮かべていました。

「気づきましたか？　先輩」
「ああ‥‥‥‥」
「英国車って、右ハンドルなんですね」
　そこか!!

「ジェミー。追っかけろ！」
「え？　ジャガーをですか？」
「そう！」
　僕にすれば、ジェミーを遠ざければよかったのですが、
「いや～～。ジャガーやチーターには敵（かな）わないでしょう」
　くそ～～～。ダマせなかったし理解が少しおかしいし。
「だって、お前の靴パンサー*だろ？」
「先輩。バカじゃないですか？」
　う‥‥！　コイツに言われると、実質以上に腹がたちます。

【*パンサー＝1964年『世界長』が発売した運動靴。ス
　　ニーカーという言葉が登場する直前まで、学童運動靴と言
　　えばパンサーというぐらいの大ヒット商品だった】
「追っ付いた後のマンドリルもおっかないです～」
「マンドリルって。運転してたヤツ？　あはははは」
　確かに。そういう顔だった。
「竹内さんって、もともとああいう『サファリ系』の友達、
多いんですよね～」
　サファリ系‥‥‥確かに。彼女は不良たちとのつきあいが
盛んで、それは僕の知る範疇（はんちゅう）を超えていました。

　彼女の場合、高校入学時からすでに「道をふみはずして
る」感があり、施設つながりなのか、校外に「好もしからざ

第18章　枯れる花　咲く花　　　111

る」交友関係を持っていたのです。
　それが、「近隣最強」の西条くんを好きになったのは、考えてみればごく自然な成り行きであったのかも知れません。
　次は久保くんと。
　さらに今のジャガーのマンドリル？

第20話　真夜中のプール

　和美ちゃんを送った帰り、僕は再び青小に立ち寄りました。
　西条くんがいるかと思ったのですが、千葉くんはすでに管理小屋に入っていて、孝昭くんがたったひとり、ゆうゆうと泳いでいました。
「いや〜、こんなにゆうゆうと泳げるとはな〜。これほど千葉と親友でよかったと思ったことはないぜ〜」
　意外に低い「親友」の価値。
　どうでもいいけど、孝昭くん。唇がディープパープルです。大丈夫でしょうか？

「西条は？」
「女子がいないプールは価値がねぇ、とか言って、先に帰った」
　わかりやすい。しかし、それはむしろ好都合でした。

「マンドリルぅ？　そいつと竹内が一緒にいたのか？」
「ああ」
　孝昭くんは、それだけで、おおよその起きている事態を把握したようでした。

「そいつは茶木だろ」

　茶木‥‥‥‥。やはり。
　竹内さんが兄と慕う、同じ施設の出身者であり、去年、美奈子さんへの暴行未遂を起こした工業の札付き。
　僕は面識がありませんが「マンドリル」で通じるというのも哀れなヤツです。
　もし、茶木であるとしたなら。西条くんはむろんのこと、僕たちにとっても死活問題です。
「でも、茶木って、まだ少年院の刑期終えてないんじゃなかったっけ？」
「おおかた模範生にでもなって、仮退院になったんだろ。たいてい早まっから」

　孝昭くんは、それを意外なところに結びつけました。
「どーりでなー。今さら西条に襲いかかるヤツがいる、ってとこで、おっかしいとは思ってたんだよな」
「お祭りの？」
「ああ。あそこらへんはもともと西条のシマだろ。１年坊の頃ならいざ知らず、今さら西条にカラむってのがよ」
「うん‥‥‥‥」
　言えています。しかも兄弟子で元ヤーさんのケンちゃんもいる所ですから。
「たぶん、茶木の手下だろ。そいつら」
　駐在さんは教えてくれませんでした。が、教えてくれなかったことで、むしろその確率は高くなりました。

「茶木が、報復に出たってこと？」

「ま、そうだろうな。年少送りだもんなぁー。ぶち込まれてた間、ずっと報復だけ考えてただろ」
　そうかも知れません。

「ジャガーに乗ってたって？」
「うん。深緑色の。デカいヤツ」
「うーむ‥‥‥‥‥。西条の家出も、案外そこに関係あんのかも知んねぇな」
「でも、西条は逃げるようなヤツじゃないぞ？」
「バカだな、お前は。あん時と違って竹内がいんだろうよ！」
　けれど今は、お別れ中。
　つまり、西条くんは争いを避けてる？

「だとすりゃ‥‥‥」
「だとすれば？」

「いや‥‥‥。俺が決着つけるしかねぇ‥‥‥‥？」

「おいおい、面倒おこすなよ？　孝昭」
　それこそ卒業が危うくなります。

　孝昭くんは、またプールにザブンと入ると、しばらく背泳ぎで泳いでいましたが、
「できれば避けてぇがなー。なにしろ相手は茶木だからな」
「茶木って、そんなに強いの？」
「ただでさえ西条とタメだったんだぜ？　それによ」
「それに？」
「年少出はパワーアップすっからな‥‥‥。取り巻きも」

僕は、プロのヤクザとも平気でやりあってきた孝昭くんの、弱気な発言に少し驚きました。

「考えても見ろ。施設出のチンピラがよ。おいそれとジャガーなんぞ乗れるわけねぇだろ？」
　その通りです。
　ということはつまり？
「それなりのバックがついたってことだろ。たぶん、な」
　そう言ってから孝昭くんは、
「お前。いつもみたいに、茶木のこと嗅ぎ回るんじゃねぇぞ？」
「あ？　……うん」
　僕は歯切れの悪い返事をしました。
　なにしろ、西条くんが転がり込んでいるのは僕の家。
　何事もなければよいのですが。

「西条のこと、心配なのはわかるがよ。今度ばっかは、コトは思ったよりやっかいかも知んねぇ……」

「……勝手に鳴るピアノなんぞより、ずっとな」
　言い終わると、孝昭くんは、自分を襲ってくる雑念を振り切るかのように、
「ど〜〜〜れ、もうひと泳ぎすっか〜〜〜〜カチカチカチ」
「やめたほうがよくないか？　孝昭」
　声、震えてるぞ？　歯カチカチ言ってるし。
「な〜〜〜に、これしき〜〜〜〜〜カチカチカチカチカチ」
　ザブン！

　ブク。。。………。。。。………。。。゜

第18章　枯れる花　咲く花　　115

「**孝昭～～～～～！　しっかりしろ～～～～～～～～!!!**」

第21話　やがて悲しき

　孝昭くんの介抱で、すっかり帰宅が遅くなってしまいました。

　まったく。いくらめったにないからって、低体温で倒れるまで泳ぎやがって。ホント、喧嘩でもなんでも「限度を知らない」ヤツです。

　でも最後は、姉の早苗さんに引き取りに来てもらいましたから。もう大丈夫でしょう。早苗さんが『母をたずねて三千里』を見ている途中だった、という点は気になりますが。

「遅かったね」と、母。
「あー………うん」
「お前、今日は、みどりちゃん（スライドで和美）と一緒だったんじゃなかったっけ？」
「う……うん。いや、ずっと夜まで一緒だったってわけじゃ………」

　手厳しい………。

「じゃ、なんにもなかったって言うの？」
「和美と？　あ、あったり前だろ？」
「証明できる？」
「え、証明………？　も、もちろん！」
「本当だね？」
「あ、ああ！」

「次の図で、三角ABCがAB＝ACの二等辺三角形である場合、AB，ACの中点をそれぞれM，Nとし、BNとCMの交点をPとします。この時、三角PBCが二等辺三角形になることを証明せよ」

「なんだよそれ………わかるかよ…………」
　次の図ってどれだよ………。
「ほら！　証明できないじゃないのっ！」
「無茶言うな」

　ようやっと部屋にもどると、心配顔の西条くん、
「だいぶ手厳しくやられてたようだなー」
「あ？　厳しいって言うか…………」
　絶対解けないって言うか。
　まったく、どこで丸暗記して来たのでしょう？　母。

「ま、怒られるうちは花ってな。ウチなんかもう枯れてる、ってーか」
「え？　西条の母ちゃんって怒んないの？」
「ああ。めったにな」
　これまで西条くんは「母親思い」のイメージ（11巻）。母子仲がうまくいっていないようには思えないのですが。
　でも、僕らが知っているのは高校に入ってからの西条くんであって、中学時代はもっと荒れていたようですから、あるいは僕たちの知らない一面があったのかも知れません。

　僕は、孝昭くんの言葉に従って、西条くんに茶木と竹内さんのことを伝えませんでした。

そうだ。ジャガーに乗っていたマンドリルが、茶木でないということだって十分に考えられます。
 あるいは本物のマンドリルだった、とか……それはそれでビッグニュースですが。

 西条くんとの二泊目。
 男同士で迎える夜っていうのは、いつも「修学旅行の夜」と同じです。
 夜の魔法、とでも言いますか。翌朝には、赤面してしまうようなことでも平気でしゃべってしまうから不思議。
 そして、たいてい、
「なぁー、誰にも言わないからよー」
 この「導入部」で始まります。
「実際、和美とどこまでいってんだ？」
「ど、どこまでって…………？」
 すっとぼけました。
「いや、縄とか鞭とか」
「そりゃ、お前だけの基準だろ！」
 高校生の恋の「A」「B」「C」には、縄とか鞭とかは入っていません。そこまでいくと「S」とか「M」とかです。

 これ以上、好き勝手に憶測されてはかないません。「誰にも言わないからよー」は、必ず裏切られることに決まっているからです。
「えっと……。胸には触れた…………」
 お祭りで肘で触れただけですが。こういうのって、なんか見栄を張りたいものなんです。
「えーーーー！ まだそんなのか？」

「わ、悪いか？」
「それじゃぁ縄はほど遠いな〜」
「いいんだよ！　遠くって！　目指してないんだからよ！」
「え？　目指さないの？」

「‥‥‥あ！　お前って、ひょっとして赤ちゃん系？」
　なんだ「系」って！　いつ系列に入った？
「カズミちゃ〜ん、オッパイほしいでちゅ〜って？」
「あのなぁ‥‥‥‥！」
　しかし敵はコイツだけではありませんでした。
　客間は、僕の部屋と違って、廊下に接していますから、

　ゴトトッ

　戸の外側で音がして、
「盗み聞きすんなーーーーーー！」

「声がしたから立ち止まっただけ。聴いてないから」
「ホントか？」
　にわかには信じがたい。
　今までも、僕の電話は好き放題盗聴してますから。
「母ちゃん、もう歳だから耳遠くなってるしね‥‥‥‥」
　また‥‥‥‥「歳」を出して同情ひく‥‥‥‥‥。
　ほんっとうまいんだから。

「いいから寝ろよ。母ちゃん」
「はいはい。おやちゅみなちゃいね！　ぼうや」
しっかり聴いてんじゃん!!

楽しくて、やがて哀しき‥‥‥‥‥。
　修学旅行の夜もそうですが、こういう打ち明け話は、夜が深まるほどに、ヒソヒソしゃべるほどに、だんだん深刻になっていきます。
「お前、パジャマ着ないんだ？」
「うん。寝るときは下着だけ。西条こそ。パジャマ着てるって意外とおぼっちゃんなんだな」
「ん‥‥‥ああ‥‥‥これ、オヤジのおさがり」
　亡くなったお父さんの‥‥‥‥？

　天井の一点をじっと睨んだままの西条くん。
「最初っころはデカかったんだけど。けっこう好きだった。オヤジの煙草(タバコ)の匂いがついててよ」
「ふうん‥‥‥‥」
「なのによ。母ちゃん。洗濯しちゃってな」
「そりゃパジャマだから‥‥‥」

「ああ‥‥‥。でも、俺も中坊だったから‥‥‥。オフクロのこと、責めたっけ。オヤジの匂いもどせって‥‥‥‥」
「‥‥‥‥‥‥‥」
「わかってたんだよな、もどんないこと。匂いも‥‥‥オヤジも」
「うん‥‥‥」
「ただ、誰かに当たりたかっただけなんだよな」

「そしたらよー、次の日からオフクロ、煙草吸い始めてよ」
「‥‥‥‥‥‥‥」
「オヤジと同じ煙草な。したら、やめらんなくなってやんの。

ははは」

「な？　バカだろ？　はは・・・・・・・・・」
　西条・・・・・・・・・・・・・・・・。

「そのくせ、俺が煙草に手ぇ出したときゃ、いやってほど怒りやがってな」
「ショートホープ、だろ？」
「え？　よく覚えてんな。そうそう、ショッポ」
「のぶ君の時、お前、持ってた」（4巻）
「ああ・・・・・・うん。それよりずっと前だ・・・・・・・・・」

「オヤジ・・・・・・、でかかったから足速くってな。学校時代、陸上の選手だったらしいんだよな。家にさぁ、いっぱいメダルとかあって。憧れたもんだった」
「へぇ・・・・・・それでお前も陸上選んだのか」
　あれほど武道に長けている西条くんが「陸上部」に属しているのは、解せないことのひとつでした。

　西条くんの子供への接しかたを見れば、彼の父親がどのように西条くんを育てたか、よくわかります。
　そのお父さんが中学2年で他界。
　父親を愛して止まなかった西条くんは、父の歩いた足跡を、たどってみたかったのかも知れません。

　それから西条くんは、また黙ってしまいましたが。
　しばらくして・・・・・・
「父ちゃん・・・・・・・・・・・・・・・」
「ん？」

第18章　枯れる花　咲く花

なんだ……寝言……？
　西条くんは、寝言では「オヤジ」ではなく、「父ちゃん」と呼んでいました。
　それが僕には、なんか可笑(おか)しくって。哀しくって。

第22話　Aランクの女（1）

　翌朝は、どんよりと曇り空。
　午後には思いきり降ってきそうな空模様です。
「さすがヤン坊マー坊だなぁ……」
「まったく」
『晴天順延』の予定であった宿直は、当然決行になります。

　朝からあわただしくメンバーに連絡網をまわしていると、意外な人物が僕たちの「お迎え」に来ました。
「おっはよ〜〜〜〜〜♪」
「おっはよ、って………」
　それはミニパト。そうです、泉巡査。

「ど、どうしたんです？　よくここがわかりましたね」
「警察の捜査力を馬鹿にしちゃいけないわよ？」
　その謎は、すぐに解けました。
「昨日、俺、送ってもらったんだよ」
「西条が？」
　じゃー、警察の捜査力、関係ないんじゃ？
「でも、なんで……？　僕たちバイクで行きますよ？」
「いいから、さっさとお縄ちょうだいして乗んなさい！」

「いや、お縄って‥‥‥。逮捕じゃないでしょ？」

「う～～～ん。婦警さんをお縄にしたい～～～～♥」
　うおいおい‥‥‥。

　ミニパト。その後部座席の狭いこと狭いこと！
（現代のミニパトはけっこう広いが、当時のミニパトは後部に人を乗せることは、ほとんど想定されていなかった）
　しかも後ろに積まれたパイロンやらがやたらに当たって、乗り心地最悪。
「ごめんネ～～～。狭いでしょ？」
　だったら、せめてガタイのある西条くんを助手席に乗せてくれればと思うのですが。なぜか二人して後部座席。
　僕と西条くんは、ほとんどベッタリくっついています。

「だって～～～、横顔、見つめちゃうでしょ？　君たち」
　どんだけナルシスト？
　と、思いましたが、実際には、助手席に民間人を乗せているのは、規約上まずいのだそうです。

「午後からじゃなかったんですか？」
「わたし、午後からY市に行かなきゃいけないから。午前だけなのよ。こっちいられるの」
「そうなんですか？　あ、こっちじゃ駐車違反とか、とれないから？」
　田舎じゃ、ほとんどの道路が停め放題。

「それは、交通巡視員サンの仕事。制服は同じでも婦人警官とは違うのよ？」

第18章　枯れる花　咲く花　　　123

「あ、そうなんだ？」
「手錠、持ってたでしょ？　交通巡視員は手錠、拳銃は持っていないから」
「ええ、お持ちでしたね〜〜〜〜」
　それで罪もない高校生に、迷子のガキのひと言で手錠をかけやがりました。
「い、意外に細いこと気にするのね〜。君って」
「ぜんぜん細かくありませんよ？」
　生涯でも、何度もないことです。ってか、普通は一度もないことです。

「私も交通課に所属はしてるけど、今日は特務なの」
「特務？」「って？」
「特別任務。婦警は人数少ないから、他の課の仕事も兼ねること多いのよ」
「へぇ〜。なんかカッコイイですね。特別任務って」
　なんか『特捜最前線』みたい。
「うーん。そうでもないのよ〜。これが‥‥‥‥」

　その特務なのか、本署からミニパトに無線が入りました。
　ミニパトとは言え無線は立派なもの。シビックパトカーと同じです。
「了解！　このあとただちに向かいます！」
　おおお‥‥‥‥警察官だ！　こんなんでも！

「なんかお姉さん、カッコイイ♥」と、西条くん。
「でしょでしょ？」得意満面の泉巡査。
　でも、世の中には、褒めていいタイプとそうじゃないタイプがいます。この婦警さんは後者。

「小型警ら車で無線ついてるのは珍しいんだから」
(小型警ら車＝ミニパトのこと)
「え？　そうなんですか？」
　僕はパトカーと言えば、大小にかかわらず全部無線はついているとばかり思っていました。
「ないない。半分くらいしかついてないんだから〜」
(昭和51年当時装備率は40％前後。業務用無線は非常に高価で、警察と言えど全車に搭載するに至らなかった)

「私はAランクだからね！　特別につけてもらってんのよ」
「Aランク？」
「パトカー運転するのには別な検定があるの。A、B、Cの3ランク」(←本当)
「へぇ〜〜〜」
　恋のランクにもあります「ABC」。一部で「S」と「M」。

「Aランクになんないと、雨天や夜間は緊急執行できないのよ？」
　これだけ警察と付き合いがありながら、まったく初めて聴く話ばかりでした。
　なにしろ最も親しい警察官は、説教たれるばかりで、警察のことはほとんど話してくれませんので。

　が、ようは、
「ウチの婦警でAランク持ってんのは、ま、私だけかしら。お〜ほほほほ〜〜」
　ただの自慢話。
　なんか笑いかたが母と似てて不快です。
「Aランクの女とお呼び！　ほ〜ほほほ〜」

第18章　枯れる花　咲く花

Sランクの女？

　しかし、どうやらAランクは本当らしく、出発してわずかな間に2度も無線連絡が入りました。
　その都度に泉巡査は、
「耳ふさいでてね？　聞いてほしくない通信もあるから」
　と、カッコつけて言うのですが、
「はい」「わかりました〜」
　もちろん耳なんか塞ぎません。だって、興味シンシン。
　すると、

「キャーーーーーーーーーーーーーーーーー‼」

　キーーーーーーーーーーーーーーーーー……ーーン
「ど、どうしたんですか、いきなり！」「み、耳が〜〜〜！」
　軽自動車で叫ばれると地獄！
「だから耳ふさげって言ってんでしょ？」
「……………」「……………」
　やるな、このアマ…………。

　やがて、駅前にさしかかった所で、泉巡査は突然にミニパトを停めました。
「このまま乗っててね？」
　そう僕たちに伝えると、
「あ〜〜〜、Aランクの女は忙しいわ」
　ひとりミニパトを降りると、スタスタと駅のほうへ歩いて行きました。
「ん？　便所か？」
「そんなもんだろ」

「それにしても、あ～～～‥‥耳イテ～～～‥‥‥‥」
「うん。僕もまだ耳キンキンしてる‥‥」
「俺、耳の処女膜やぶれたかも」
「それは鼓膜」
「出血してない？」
「してねーよ‥‥‥‥‥」

　しかし、それほどの暴挙。許すまじ！
「西条。お前の靴、貸してくれよ」
「え？　俺の靴？　なにすんだ？」
　というわけで西条くんから、靴を借りました。
　クン‥‥‥‥
「むわぁ‥‥‥‥！　う、うん。これなら上出来！」
　さすが夏の盛り。

　しばらくしてもどってきまして、ミニパト再出発。
「婦警さん、なにかあったんですか？」
「ん。まぁね‥‥‥‥‥‥」
「ハウドゥユドゥ？」
「ハウドゥユドゥって、なあに？」

〝本部より警ら○○号〟
　走り出したとたん、また無線連絡が入ります。
「ほら～～。Ａランクの女は忙しいんだから～～ン。耳ふさいでてね？」
　ええ、ええ。塞ぎますともさ。
　泉巡査、僕たちが耳を塞いだのをルームミラーで確認すると、さっそうと無線のマイクをとりまして、
　チャッ！

第１８章　枯れる花　咲く花　　　１２７

「ハイ！　こちら警ら‥**くっさーーーーーーーーっ!!**」

　ミニパト無線は、西条くんの靴の香り。
　匂いはＡランク。

第23話　Ａランクの女（2）

　が。Ａランクの女をナメてました‥‥‥‥。
キキキキッ！
　ミニパトは、なんでもない直線道路で急ブレーーーーキ！
　とたんに、後部に積まれているパイロンが襲ってきて

ガコッ！

　後頭部直撃！
　なにしろ（当時の）軽自動車。後部座席にヘッドレストなどというシャレたものはありません。
「痛っ〜〜〜〜〜〜っ！」
　パイロンってこんなに固い！
　プラスチックだからって甘く見ちゃいけません。
「お〜ほほほ。ごめんあそべ〜〜〜。今、車の前にヒトコブラクダが飛び出して」
「ヒ、ヒトコブラクダ〜？」
「あ〜〜〜あぶなかったわ〜〜〜。ヒトコブラクダ！」
　くっそ〜〜〜〜〜！　どこにいるんだそんなもん！

「ナメるんじゃないわよ黒小！　おほほほ〜〜」
　まだ小学校時代の遺恨ひきずってんのか！
　こうなったら、黒小を代表して負けるわけにはいきません。

"本部より警ら○○号"
「あ、耳ふさいでてね？」
　次の無線が入り、
「ハイ！　こちら警ら426号……」
　泉巡査が通信を始めた、と同時に、
「泉〜〜〜〜、そこのホテル入ろうぜ〜〜〜〜〜〜」
「んな！　なに言ってんの！　アンタ！」
「オレもう我慢できね〜よ〜〜〜〜泉〜〜〜〜」
「んバ！　バ……、バカ！」

「キャーーーーーーーーーーーーーーーーーー!!」
　キーーーーーーーーーーーーー…………ーン
「うう……み、耳が〜〜〜」

「オーーリーーハールーーコーーーーーーン!!」
（手塚アニメ『海のトリトン』より）
「うっさいわねーーーー！」
「そっちこそ！」

「あ！　危ない！　ウォンバットが飛び出して来た〜！」
キキキキッ！
　スッ………
「ハッハッハ！　同じ手にはのりませんよ！」
　なんだ、ウォンバットって………！

第18章　枯れる花　咲く花

くらえ！　西条シューーーズ！
「**くっさ〜〜〜〜〜〜〜〜！**　靴くらい洗いなさいよ！」

キキキキッ！
ガコッ！
「痛って〜〜〜〜〜〜！」
「ほほほ！　同じ手にのってんじゃないの！　バカ？　黒小ってバカ？」
　ミニパト内は、車の外見の大きさからは想像もつかない、すさまじい**バトル！　バトル！　バトル！**

　小学校に着いた時には、
「や、やるわネ……黒小」
「そ、そっちこそ……青小」
　お互い、精も根も尽きているのでした………。

「遅かったな。ママチャリ」
　ああ、どうしたと言うのでしょう？　駐在さんが普通の警察官に見える。
「ええ……婦警さんが‥‥」「下痢して駅の便所に‥‥」
「誰が下痢ですって〜〜〜〜〜〜！」
「あ、まだいたんだ」
「**乗せて来ていただいてアリガトウでしょっ!?**　黒小じゃ教わんなかったのっ!?」
　カッチーーーーン！
「今度は、ウォンバットの通らないコースを選んでください」
「キィーーーーーーッ！」
　その言葉を最後に婦警さんは、去ってしまわれましたが。

初めて聞きました。本物の「キィーーーーッ！」

「なんか‥‥ずいぶんと泉クンと親しくなったんだな‥‥‥‥ママチャリ」
「そう見えました？」

　小学校には、すでにほぼ全員が集まっていました。
　千葉くんはバイク。青小連は、昨日と同じくトレノで。グレート井上くんを欠くのは痛いですが、代わりに霊関係（？）では、最も頼りになる森田くんがいます。
　そして僕と西条くんで、計6名。

「ん？　これで全員か？　今日は少ないな？」と、駐在さん。
「だから、みんな忙しいんですってば」
　下級生たちは、今日もお金稼ぎ（10巻参照）です。
　久保くんと河野会長は、やっぱりNG。むしろ「声をかけないよう」全員に伝達してありました。
　孝昭くんは‥‥‥‥‥‥‥
　たぶん、三千里くらい遠回りしてくるので、遅刻でしょう。

「よ～～～～‥‥おはよ～～～～‥‥‥‥‥‥‥」
「あ、ほら！」
　唇にまだ生気がもどってないようにも見えますが、大丈夫でしょうか？

「これだけか‥‥‥」
「駐在さんは、森田がいればよかったんじゃないんですか？」
　森田くんは宿泊まではできませんから、宿直は駐在さんを

第18章　枯れる花　咲く花　　　131

入れて7名。ビビリ屋のチャーリーが途中で逃げ帰ったとしても6名で、十分すぎるように思えますが‥‥‥‥‥？
「それが、そうでもない」
「？」

「プ‥‥‥プ‥‥‥プ‥‥‥‥」
「ププププ‥‥」
「ププ、プール掃除だぁああああああ？」
「当たり前だろ。天下の警察官が、高校生に夜回り手伝ってもらうなんて言えるか！」

「そ、それでプール掃除!?」
「な、なんちゅうヤツ！」「じょ、冗談じゃねーぞ！」
「やってられっかぁーー！」
　当然、非難GOGO！　一斉に帰ろうとするも。
　そこは自称「天下の警察官」。備えは万全でした。

「みんなぁ〜〜〜〜♡」
　ぱぁ〜　☆。.:*‥˚
「お‥‥‥‥‥」「奥さん!?」
　スミレちゃんから、奥さんが荷物を持って降りてこられまして、

「これ〜、みんなのお弁当〜♡」

　え〜〜〜〜〜〜〜〜〜〜〜♥♥
「お、奥さんの手作りですか？」
「モチロンよ？　みんなのために、早起きしたんだから♡」

「みんな！　プール掃除、がんばってネ♡」
「がんばりますっ♥」

・・・・・・・・・・・・・・・・・・・・・・・・・・・・・

第24話　ホッケー in the プール

　ゴシ、ゴシ、ゴシ……
　Brush、Brush、Brush……

「男って、けっこうつらいよな………」
「うん。なんで、こうできてんだろな………」
　ゴシ、ゴシ、ゴシ………
　Brush、Brush、Brush……
　デッキブラシを手に、いまさらボヤきますが後の祭り。

　しかも、始めてしばらくの間は、駐在さんではなく、奥さんが監視に着かれまして、
「みんな〜〜〜？　ふぁいっ♡」
「ファイト〜〜〜〜〜〜〜〜♥」
　ゴシ！　ゴシ！　ゴシ！　ゴシ！
　Brush♪　Brush♪　Brush♪　Brush♪

　学校のプールの水は防火用水を兼ねているので、あまり抜いたりしません（なんてったって水を抜くだけでも４時間以上かかる）。
　が、夏休み中は入る人数が人数ですから汚れるのも早く、ボウフラもわきやすいので何度か入れ替えを行います。今日

は曇りでまさにうってつけの日。
　駐在さんは、「雨の日」決行に着目され、僕たちを助手としてではなく、「プール掃除作業員」として申請していたのでした‥‥‥。
「腹立つよな〜〜」「ったく、自分が恐がりのくせに！」

「みんな〜〜〜。ふぁいっ♡」
「ファイト〜〜〜〜〜〜〜〜♥」
　ゴシ！　ゴシ！　ゴシ！　ゴシ！
　Brush♪　Brush♪　Brush♪　Brush♪

　法則：美人の声援はエネルギーに変換できる

　が。エネルギー源が帰ってしまえば、当然、話は別です。
「くっそ〜〜〜〜！　女子校のプールならともかくよ〜〜」
　不満カムバック。
「女子校のプールはもっとデカいぞ？　西条」
　西条くんは独自の不平を展開。
「女子小学生じゃなぁ〜‥‥‥‥」
　それ以前に、男子小学生も入ってますが。いずれにせよ眼中にはないようです。

　しかーし！
　すでに何度か出ているように、僕たちは「労働」を「娯楽」に変えることに、たいへん長けていました（9巻）。
　掃除中のプールの底は、たいへんよく滑りますから、そこで始まるのが、全国水泳連盟推奨の、

　プールアイスホッケー！

裸足でプールの底をすべりながら、デッキブラシでタワシをパックに大ホッケー大会開始！
「よーーーーし！　西条！　パス、パス！」
「千葉ーーーー！　こっちまわせ、こっち！」
「させるかーーーーー！」
　おそらくは、あらゆる高校の水泳部がやっていると思われるのですが、まーーーーーー面白い面白い！
　で、おそらくは、同じことをやったあらゆる水泳部が体験したと思われるのですが…………
「チャーーーリー！　パーーーース！」
　西条くん、チャーリーに向けておもいっきりパス！
　したはずが………

スコーーーーーー……ン！

　なんとデッキブラシのブラシ部分だけがスッポ抜けて、チャーリーの頭部直撃‼
「痛って〜〜〜〜〜〜〜〜〜〜！」
「あー、よく抜けるんだ。気をつけろよ？」と、今さら千葉くん。
「おせーーーよ！」
　こめかみを押さえ、かがみこむチャーリー。
「痛タタタタ………」
　デッキブラシはブラシ部分が木製であるため、竹でできた柄の部分と外れてしまうことが、よくあるのです。

「あーあー、これ元にもどんねーぞー」
　孝昭くんが竹の柄を穴にもどすのですが、スポスポ抜けて

第18章　枯れる花　咲く花

来ます。
「湿気吸ったからだ」
　しかし、こういう棒に穴セットを見ると男子高校生の会話は、
「チャーリーのなら入るかもな！」
「わはははは。いや〜〜〜、余裕だろ、余裕〜〜〜」
　100%の確率でそっちへ。
なんだとーーーーーー!!
　ブラシぶつけられた上に、言われたい放題のチャーリー。

「ちなみに、オレのだとプールの排水口じゃないと無理だ」
「ミエはってんじゃねーよ！」「千葉だけ排水口にチン○°吸い込まれて死ね！」

「心配すんな、チャーリー。デッキブラシと結婚するわけじゃない！」
「そうそう。こんな剛毛な女いないって〜〜」

　あゝ、男子高校生。なにを見ても女。
　女ったら女。

第25話　世界新

　僕たちがプール掃除に疲れて（と言うか、ホッケーに疲れて）スタート台にたむろしていると、駐在さんが小野寺先生と一緒にやって来ました。
「やーやーやー。きみたちー。ごくろーさんー。つかれたろ

ーから、きょうはーー、がっこう泊まってっていいぞーーー」
　なんだその無理矢理な事の運びは・・・・・・・・・・・・。
　自分が怖いもんだから、高校生に頼んで来たクセに。

　ここまで言われたら黙っていられません。
「別に俺らは、なぁ？」「泊まらなくってもなぁ」
「うん、別にまだまだ元気だしぃ〜」
　口々に泊まるまでもない「元気」アピール！

　駐在さん、「ちっ！」という顔をしてから、
「そうかーーー。元気かーーー。じゃ、小プールもーーー掃除ーーー・・・・・・」
「**え・・・・・・・！**」
　そうでした。小学校のプールは、低学年用の小プールってもんもありました。
　そうきたか・・・・・・。
「泊まらせて・・・・いただきます・・・・・・」
「もう動けません・・・・・・」
　プライドを捨て『労働』よりは『宿泊』の楽しさをとりました・・・・・・。
「じゃーー、後で宿泊の届け書きに職員室まで来い」
　天下をとったような大いばり！

「くっそーーーー！　バカ駐在がぁ！」
「なーにが泊まらせてやる、だ！」「ザケやがって！」
　不平不満MAX！

第18章　枯れる花　咲く花　　137

「あのさぁ。駐在さんって、元陸上部とか言ってたよな？」
「ああ。速かったよな。レーダー測定のときは」（1巻）
　ここで素朴な疑問、
「100m全力疾走したら何秒かな？」

　と、いうわけで、駐在さんにも「連合運動会」してもらうことにしました。
「こっちだ！」
　チャーリーの案内で、体育館裏から長巻き尺とライン引きを調達。
「ここが100mだな」
「じゃ、そこにスタートライン引け」
　ゴールは、駐在さんの大事な大事な新車「スミレちゃん」
　準備完了！

　校舎の窓に向かい、
「駐在さーーーーーーーーーん」
「お。終わったかーーーーーーー？」
「はーーーい。終わったのでーーーーー、駐在さんの車もついでに洗っておきますねーーーーーー」
「え？　俺のスミレちゃんを？」
「はいーーーーーーー」

　駐在さん。僕たちのデッキブラシを見ただけで、
「あーーーー！　バカーーーー！　そんなもん使って洗ったら傷だらけになるだろーーがーーーーーー！」
「えーーーー？　聞こえませーーーーーん！　なんて言ったんですかーーーー！」
「そんなもん使ったらーーーー　傷だらけになるだろー

ーがーーー！」

「あ、さっさと洗え、ですかーーーー？　わかりましたーーーーーー！」
「ちがううーーーーーーーーーーーー！」
「さっさと洗えって」「よっしゃーーーー！」
「バ、バカヤローーーーーーーーー!!」
　駐在さん。校舎を飛び出すと、予想を裏切らぬ全力疾走！

　ラップスタート！
　3秒、4、5‥‥‥‥

「やめろーーーーーーーーーーー!!!」
　速い速い！
「すげぇ！」「さすが元陸上部！」
　7秒、8、9‥‥‥‥

　そしてゴーーーーーール！
　ピッ！

「やめろっつってんだろーーーー！　ゼェ、ハァ‥‥‥」
　汗だくの駐在さん。
「え？　別に、なんにもしてませんよ？」
「ブラシ持って立ってただけ」
「んあ？」

「ご苦労様でした。駐在さん！」
「疲れたでしょ？」
「学校泊まります？」

第18章　枯れる花　咲く花

「くぅっっっそーーーーっ!!　ゼェ、ゼェ………」

　ところでタイムは？
「100m、9秒5！」
「速え〜〜〜〜〜〜！」
「ウソ！　世界新じゃん！」

　しかし、実に残念ながら、この記録は日本陸上史に残ることはなかったのでした。
　ああ、もったいない。

第26話　ベーゼンドルファーの謎（1）

「え？　君ら、みんな青小じゃないの？　いや、君が黒小なのは知ってたけど………」
「ええ。村山くんと、チャ…麻生くん以外は」
　チャーリーと村山くんはともかく、僕たち他のメンバーは青小には縁もゆかりもありません。
「こんな時に、連合運動会の罪滅ぼしするなんてエライね！君！」
　少しだけ縁とゆかりがありました…………。

　小野寺先生は、たいそう恐縮され、青小学校内の案内を申し出てくださいました。
「先生。別に、俺と村山で案内するからいいですよ？」
　と、OBチャーリー。
「あ、そうだったね。じゃぁ頼むよ」

「西条、来い！　女子更衣室はこっちだ！」
「え？　いや～～、俺は小学生は～‥‥また5年後にでも案内してくれや。チャーリー」
「5年後でも、更衣室は小学生のままだぞ？」
「どこに案内するつもりかねっ!?」

「チャーリー。ピアノがあるっていう資料室ってつれてってくんない？」
「ああ、いいぜ。こっちだ！」
　1階の渡り廊下を通り、校舎の逆側へ。
「こっちこっち！」
　理科室を横に、さらに奥へと入っていきます。廊下の角を曲がって、
「ここ、ここ‥‥‥‥‥って、‥‥あれ？」
「ん？　どうした？」
「資料室が‥‥‥ない‥‥‥‥！」
　じゃぁ。ベーゼンドルファーは？

「センセ、センセ、先生ーーーーーーーー！」
「なんだね、麻生クンは。高校生になっても騒々しいな」
　職員室に小野寺先生をたずねました。
「センセ、資料室、なんでなくなってんスか？」

「あーー‥‥‥‥あの部屋ねーー‥‥‥‥‥‥」
　小野寺先生が少々、顔をこわばらせて語り始めました。
「そうか。君らが卒業してからだな‥‥‥。もう卒業してる

第18章　枯れる花　咲く花　　141

から言うけど………。あそこのピアノが鳴るのは知ってたろ?」
「あー……」「はい。ベーゼンドルファー」

「それを、前の校長がね………」
　そこに駐在さんも入って来られたので、先生の話し方は少し丁寧になりました。
「あんまりピアノが鳴るもんだから、偉い宮司さんに『お祓い』を頼んだんですよ」
「へぇ‥‥お祓い‥‥」「そんなことやったんだ?」
「ま、近所の工場の地鎮祭かなんかのついでだったんですがね。こちらにいらっしゃるならぜひ、ってことで……」
　これで確定。ベーゼンドルファーが「勝手に鳴る」のは、まぎれもない事実のようです。

「そしたら、おフダ貼っていかれましてね〜……」
「おフダ…………」
「生徒たちが気味悪がっちゃって。PTAからも苦情来たんですが……剝がすに剝がせないしで………」

「あいにくと、その宮司さんが亡くなられましてね。いよいよ誰も剝がせなくなってしまって……」
「宮司さんのほうが……」「亡くなった………」
　それって‥‥エクソシストで、エクソシスト側が悪魔に負けるパターン……。
「まぁ、けっこうなお年の方ってのもあったんですが……。それで、いっそ目張りしてしまおう、ということになりまして」
　資料室は壁で埋め込まれたのです。

「じゃぁ‥‥‥ピアノは‥‥‥」
「ピアノはそのままです。デカいですから。他もほとんど手つかずです」

「なんでそんな気味悪いピアノ、処分しないんです？」
　素朴な疑問でした。お祓いは安くありません。同じくらいの料金で処分もできるはずです。
「んー、あのピアノは、本校にとっても歴史的に大事な物であった、ということもあるみたいなんですが‥‥‥。なにしろ、まだ台帳に載ってましてね」
「資産台帳ですか？」
「いや。学校は『財産台帳』って言うんだけどね。台帳に載ってる限りは、おいそれと処分はできんのですよ」
「え？　でも資産なら減価償却はするでしょう」

「減価償却？」
　西条くんの理解、
「あーーー、減価償却すれば火もまた涼し、ってヤツだな？」
「ちがうって‥‥‥」（正：心頭滅却すれば火もまた涼し）
　却のみ一致。

　どんな財産（机とかコピー機とか建物とか）も、使っていれば消耗し古くなっていきます。つまり「価値が下がっていく」ので、この分を償却＝値下げしていきましょう、という会計上の処理のこと。
（ちなみにパソコンは５年、机は15年で価値０円になる）
　西条くんの理解、

第１８章　枯れる花　咲く花　　143

「あーーー、エロ本も傷むもんな？　償却期間は１週間？」
「ちがうよ‥‥。心頭滅却してろ」「次のヤツに回せんだろ」
（正：エロ本は消耗品なので償却期間はない）

「詳しいねぇ、君。商業科？」
「いえ。黒小では教えられましたから！」
「嘘つけ！」

「アコーディオンとか吹奏楽の楽器は５年くらいで償却なんだけど、ピアノは財産の中でも例外中の例外でしてね。償却期間が定められていないんです」
（現代でも、ピアノには法定減価償却期間は定められていない）
「あ、美術品とかと同じだ？」
「そうそう。その通り！」
　同じ資産であっても、美術品などは減価償却されません。経年による価値の低下がないからです。

「読み飽きないエロ本と同じ」
「５年は無理だろー」
「いいから黙れ。それで台帳に残ったまま、ってことですか？」
　台帳に残っている物は、当たり前ですが、必ず現物がなければなりません。特に公的機関である学校は厳しく、勝手に処分はできないのです。
「なにしろねぇ。あのピアノ１台で、全児童の机と椅子（いす）よりも高かったらしいですから」
　それはそうでしょう。世界の名器ベーゼンドルファーです。

「あの‥‥‥。いつ頃からあったんですか？」
「さーーー。調べてみないとちょっと‥‥‥‥。戦前からって話だけど。私が赴任した時には、すでに資料室入りしてましたからねぇ」

「昔っから、あのピアノはけっこう騒動でしたけどねー‥‥。古い学校にはいろいろつきまといますわ。ハハ‥‥‥‥」
　すでに創立90年を迎えようという老朽校舎。
　いろんな人たちの、いろんな思いがしみ込んで。
　確かにいろいろありそうです。

「それじゃぁ、もう資料室は入れないってことですか？」
　僕が言うと、
「あーーーそりゃー残念だなーーーーー」
　激しく棒読みの駐在さん。
　顔に『大安心』って描いてあります。
「え？　入れますよ？」
　あっけらかんと小野寺先生。
　駐在さんの顔に『大不安！』

「資料室は、もともと空き教室を２つに分けた部屋ですからね。子供たちは『開かずの間』とか言って怖がってましたが、消防法で学校にそんな部屋はつくれんですよ。ハハハハ」
「そりゃーーーそーーーですなーーーー、わははーはー」
　駐在さんの顔に『なおさら大不安！』
「で、その分割した隣りの部屋ってのは？」

「今日、みなさんに泊まっていただく研修室が、その部屋です」

第18章　枯れる花　咲く花　　145

「え～～～～～～～～～～～～………！」
「なにしろ、この人数ですから。他に畳敷きの部屋ってなくってね。宿直室は２人がせいぜいですから」
「いや～～～～……別に体育館でも……………」
「お客様にそんな失礼はできません！」
　別に失礼でいいんですけど………。

「あ……でも………」
「まだ………」「……なにか？」
「そっちからも**おフダ貼ってありますから**、くれぐれも剥がさないように」

第27話　ベーゼンドルファーの謎（2）

　研修室は、畳敷きで20帖以上あり、西条くんが
「広っ！　まるで道場だなぁ！」
　と、言うほど広い。
　しかし、気になるのは、
「あの～～～、資料室の扉ってのは～～～……」
　資料室側のほうを見ても、おフダが見当たりません。
「あ、ここです、ここ。でも開けないでね」
　押し入れとばかり思っていた扉の、一番端を開くと

おわ～～～～～～～～～………

ありましたありました！

おフダが２枚も貼ってある隠し扉出現！

「ということで、私はこれで‥‥‥」
　なにが「ということで」？
「え？　先生、帰られるんですか！」
「私は帰りますよ。今日はなんてったって‥‥‥」

「天下のおまわりさんが泊まってくださるんですから！」

「わははーははーはーはははーー」
　天下のおまわりさん。顔が「大不安！」なままなんですけど？
「君たちも安心だね！　おまわりさんと一緒だから！」
「‥‥‥‥」「‥‥‥‥」「‥‥‥‥」「‥‥‥‥」

「大丈夫。めったにピアノ、鳴りませんから」
「そ、そうですよね～‥～‥‥‥」
「あ、くれぐれも、おフダ、剝がさないように」
　慰めるのか脅すのかハッキリしてもらいたい。

　小野寺先生が去りし後‥‥‥‥‥‥。
　残された僕たちと、隠し扉と２枚のおフダ。
　その向こうには、勝手に鳴るピアノ。
　心霊研究会は、今までも数々の心霊スポットでキャンプ活動を行って来ましたが、これほど現象がハッキリしているのは初めてです。

第１８章　枯れる花　咲く花

駐在さんは、さかんに窓から顔を出して外を見ていました。
　さすが警察官。すでに不審者が二階に現れる原因と状況を探っているようです。
「ふむ…………」

「こりゃ降り出しそうだな〜〜」

　お天気かよッ!
「駐在さん。降り出す前じゃないと、外は調べられませんよ?」
　高校生からこんな抜本的指摘を受ける警察官って‥‥。
「だ、だから、こうやって外、見回してんだろが〜」
　ウソつけ。

「ママチャリはどう思ったんだ?」
「あーあー。降るんじゃないですかー。ヤン坊もマー坊もそう言ってたし」
「あ? ヤン坊とマー坊は自己紹介しかせんだろ」
　まさか、そこをつっこまれるとは予想だにしていませんでした‥‥‥。
　♪ボクのなまえはヤン坊
　♪ボクのなまえはマー坊
　♪ふたりあわせてヤンマーだ〜
　あ‥‥‥‥ホントだ‥‥‥‥‥‥。

「それが、目撃した先生がたによると、窓からはけっこう離れてたって言うんだな」
「人影がですか?」
「ああ。‥‥ってことは、ハシゴって線はない」

「そうですね」
 ああ、ようやっとまともな話です。
 ビビるだけじゃなく、見る物は見てます。さすが警察官。

「なんで２階で窓から離れてるんだ〜！　ママチャリぃ〜〜！」

 やはりビビってるだけでした‥‥‥‥‥。
 ここは、
「森田はどう思う？」
 やはり『エネルギー保存の法則』の科学者・森田くんです！
「なぁ、森田？」

「観自在菩薩行深般若波羅蜜多時〜‥‥‥‥‥‥」

なんで般若心経!?
「‥‥‥ん？　あーー、ゴメンゴメン。なんかこの部屋、**邪気がただよってた**もんで」

 邪気ってなんだよっ！
『エネルギー保存の法則』で説明しろよっ！

第28話　ベーゼンドルファーの謎（3）

 森田博士の公式見解。
「まぁ、泊まることは決まってるんだから。今からグダグダ

言ってもしょうがないよ」
　科学的でも、論理的でもなく、ただの投げやり。
　だいたい、泊まるのは僕たちであって、森田くんは泊まらないんですけどね？

「とにかく、人為的面と霊面で、解明する用意をしよう」
「霊面って……」そんな岩手県名物みたいに……。
　が、
「そうじゃないと、連泊になるんだろ？　6泊だっけ？」
　その通りでした！
「さぁ、みんな！　準備しようーーーー！」

「なんだ、それ、カメラか？　ママチャリ」
「ただのカメラじゃないんですよ？」
　それは、僕たちが心霊写真を撮るために改造したモータードライブ（自動連写）カメラ。
　普通のモータードライブはコマ撮り連写ですが、森田式は、おおよそ10分置きという、ゆっくりしたペースで撮ることができるのです。「おおよそ」ってとこが高校生。
　これで、36枚撮りフィルムなら6時間の連続自動撮影ができます。
「あー、美奈子ちゃんが天体観測の時に（2巻）、井上から借りたヤツか？」
「そうそう、それです」
　その三脚が茶木たちに襲われている現場を教えてくれました（2巻）

「赤外線のほうがいいよね？」

「そうしよう」
「え！　赤外線カメラなのか！　それ！」
「ちがいますよ、これです、これ」
「なんだ？　ネガ？」
　レンズに、カラーフィルムの露光した部分を貼り付けると、可視光線が遮られ、簡易の赤外線フィルターになるのです。
心霊写真撮影の必需品。

「へぇ〜、お前ら、研究会ってだけあって、けっこう‥‥」
「え？　ええ、まぁ」
「暇なんだな〜〜〜〜〜」
　ほっとけよ‥‥。

「じゃ、西条たちは、森田と設置たのむ」
　僕は、メンバーにカメラの設置をまかせ、ピアノについて調べることにしました。
　ありていに言ってしまえば、「二階に映る人影」が、もし窃盗であった場合、それは駐在さんのお仕事であって、僕たちには関係ありません。
　僕たちとしては、「駐在さんが怖がりだから」宿泊につきあっているだけ。
　むしろ関心は「勝手に鳴るピアノ」の方で、こっちは取り組み甲斐がありそうです。
　しかも名器ベーゼンドルファー。

　いつ頃から日本にあったのか？
　この学校に来たのはいつなのか？
　なぜ持ち込まれたのか？
　そして、なぜ勝手に鳴る、のか‥‥‥‥‥？

第18章　枯れる花　咲く花

玄関横の公衆電話。
　ピ♪　ポ♪　ペ♪　ポ♪
「もしもし、コーチ。お久しぶりです」
　電話の向こうは、
　"あら！"
　コーラス部顧問の相模(さがみ)コーチ（9巻登場）。
　相模コーチは、武蔵○音大卒業の声楽家。親は音楽業界にも顔がきく有力者。これだけ歴史のあるピアノのことを知っている可能性は大です。

「コーチ‥‥あの‥‥実は‥‥‥‥」
　が、
　"‥‥‥もう、電話はダメって言ったでしょ？"
「はあ？」
　"私はかりそめにも教師。あなたは生徒なの‥‥。わかるわね？"
「ええ‥‥それはまぁ‥‥‥‥」
　そのまま、その通りですが。
　"若く美しい女教師に恋こがれる気持ち。わからないでもないわ‥‥でもね‥‥‥"
「いや‥‥あの、‥‥僕の話、聞いてください！」
　"ううん‥‥‥聞かない方が幸せだわ。お互いに‥‥ネ"
「**はぁあ？**」
　"二度とかけてきちゃダメよ‥‥‥？"
　ガチャ。

　酔ってた‥‥‥‥‥酒にも、自分にも‥‥‥‥‥‥‥‥。

ピ♪　ポ♪　ペ♪　ポ♪
「もしもし!?」
〝ダメって言ったでしょ？　イケナイ子ね･･･････〟
「いえ、そうじゃなくって････！」
〝貴方はね。強いて言えば、恋に恋してるだけ････。おわかり？〟
　ガチャ。
　わかるかっ！　なんだ「強いて言えば」って！

　ピ♪　ポ♪　ペ♪　ポ♪
〝貴方は、わたしの幻を愛したの･･･････〟
　ガチャ。

　結局、僕は、『青小のベーゼンドルファーは、戦前、浜松から持ってこられたらしい』ということを聞くのに、180円もかかったのでした･･･････。
　強いて言えば。

第29話　清めの塩

「ああ、そうだよ。浜松からだ･････」
「わかってたんなら、さっさと言えよ！　村山！」
　寡黙すぎるのも考えものです。僕の180円は･･･････。
「他に知ってることは？　あるんなら話せよ」
「他には･･･････別にピアノに貼ってあるよ」
「そうなのか？」

でも、今はお札で封じ込められていて、開けられません。

　その村山くんが、
「僕‥‥井上のこと空港に迎えに行かないと‥‥」
「え～～～～～～～！」
　これに心細くなったのがチャーリー。
「今日くらいは河野会長にたのめよ～～～」
「それがダメなんだ‥‥‥」
　河野くんに頼めば、僕たちがこっちに集まっていることがバレてしまいます。河野くんにしても、自分にはナイショで集まっていると知ったら、面白いはずありません。
「夜までにはもどるって‥‥」
「裏切んなよ！　村山ぁーーー！」
「大丈夫だって‥‥。じゃ、な」

　さらには、森田くんが、
「あ、じゃぁ村山。ついでに僕のこと送ってくんない？」
「ああ‥‥いいよ」
　頼りがいのある上位２人がいなくなると、心細さはピークに。
「や、やっぱ、俺も帰る！」
　案の定、チャーリーが騒ぎ出しました。
「待て待て待て！」
「お前、村山には裏切んなとか言っといて」
「村山は裏切っちゃダメだけど、俺は裏切る！」
　なにを不条理なことを自信タップリに。

　チャーリー、みんなの隙をついて一目散にDash！
「あーーー！　チャーリーーー！」

「捕まえろ！　孝昭！」「おお！」
　予見していたことでもあり、仲間が見逃してくれるはずがありません！
「**逃がさねぇからな！　チャーリー！**」
「**ったく！　ふてぇ野郎だ！**」
「か、かんべんしてくれ～～～～」
「**二度と逃げられねぇように窓に縛りつけとけ！**」
「おお！」
「ゆ、許してくれ～～～～～」
　なんか‥‥‥別な集団に思えて来た‥‥‥‥。

　チャーリーは縛ったままで、夜の準備にとりかかります。
　西条くんと千葉くんは、トラップ係。
　僕と孝昭くんは‥‥‥
「なにやってんだ？　お前ら？」興味本位の駐在さん。
「ええ、『清めの塩』作ってんですよ」
　粗塩を和紙で包む『清めの塩』は、心霊研究の必需品でした。
「清めの塩？　あーーー、葬式とかで配る？」
「あ。それは間違いです。仏教では『清めの塩』はないんですよ？」（←本当）
「うん。森田が言うんだから間違いない」
（葬儀などで『清めの塩』がよく配られるが、実は仏教には『清めの塩』の風習はない）
「え？　そうなのか？　じゃぁ飲食店の盛り塩とかの類いか？」
「飲食店の盛り塩は、牛車を止めるためなんで、それも違います」
「牛車？」

第18章　枯れる花　咲く花　　　155

(『盛り塩』＝中国で、皇帝の寵愛を独り占めしようと考えた女が、皇帝の牛車を止めるために家の前に塩を盛った。牛は塩分摂取のために塩があると舐めるので、その家の前で必ず停まった、という故事からきている)

「清めの塩は、どっちかって言うと神事ですね。ほら、地鎮祭とか相撲でも最初にまくでしょ？」
「あー、なるほどなーー」
「もともとは、イザナギが‥‥‥‥‥‥」
　ふと、ここで言葉が止まりました。
　神道における『清めの塩』は、イザナギが離縁した妻イザナミに会いに黄泉の国へ行った時、すでに腐敗した妻の姿に驚いて逃げ帰り、その際、黄泉の国から身にまとってきた様々な災いを海水で清めた、というのが起源と言われています。
　そうです。和美ちゃんと行った『縁結び』の神様イザナギ・イザナミ。実は、とっても悲恋で終わっているのです。

「どうした？　ママチャリ」
「‥‥‥‥あ、いえ。塩が邪気を追い払うってのは、世界共通みたいで、キリスト教にもピュリフィケーション・ソルト（カトリックの『浄化の塩』）ってのがあるんです」
「ホントに研究してんだなぁー、お前ら」
「なにしろ得体の知れないものですからね。心霊って」
「その分、勉学に向ければなぁー」
「なにしろ得体の知れないものですから。‥‥勉強って‥‥‥‥」

「で？　俺の分も『清めの塩』、あるんだろうな？　ママチ

ャリ」
　はい？
「え……？　え～～～～、もちろんですとも！」
　とは言ったものの………
「どうする？　駐在さんの分なんか準備してないぞ？　粗塩、まだあるか？」
「もう全部包んじゃったぞ」

　僕たちの『清めの塩』は、粗塩を神社に祭ったものを使っていました。「世界中に共通してある」となれば、持ってるだけでそれなりに心強いってもので、チャーリーなどはオバケ屋敷にまで持ってったくらい。
「どうしよ？　他のから少しずつ分ける？」
「いいって、駐在のだし」
　という孝昭くんの意見で、駐在さんの分は、台所にあった「アジシオ」で代用することに決定。
「アジシオに清めの効果、あるかな？」
「さぁ……。それは『味の素』に聞いてみねーと……」

　でも。
「そうか～～～～～これで悪霊を防ぐのか～～～～～♪」
　駐在さんは大満足。
「よーーし！　そいじゃ見回り行くぞーー！　お前らーー！」
　うって変わって元気です。
　アジシオなのに。

第18章　枯れる花　咲く花

第30話　剥がれたお札（1）

　これも予想はしていましたが‥‥‥。まだ9時前と言うのに、夜の木造校舎の怖いこと怖いこと！
　明かりをつけてなお暗い、長い長い廊下。
「うーん。想像以上のおっかなさだなぁ‥‥‥」
「うん。こんなにすごいと思わなかった‥‥‥」
　屋外と違い、逃げ場所のない恐怖と圧迫感はまた格別です。
　しかし、『清めの塩』アジシオバージョンを持った駐在さんは、至って元気！
「なんだ、西条。お前らビビってんじゃないだろうなぁ？　わはははは〜〜」
　信じられないほど元気！　なんて単純な人でしょう？

「清めの塩ってのは、なにか？　毎回つくるのか？　ママチャリ」
「ええ。そうですよ。撒いたりもします」
「そうか。こんなもんにも有効期限あるのか」
「ん〜〜〜。駐在のは、どっちかって言うと賞味期限だな」
「バカ！　孝昭！」
「んあ？」
「あ、いえ。駐在さんのは特製なんで、1ヶ月以上持つと思います。値段もみんなの倍のヤツですから」
　値段は間違いなく粗塩の倍です。アジシオ。
「特製かぁ。そーかそーか♪」
「うん。グルタミン酸入ってるからな！」
「バカ！　孝昭！」

「んあ?」

　一周目の2階見回りは、『清めの（アジ）塩』のおかげで、こともなく終了。
　人影が現れるという部屋の窓にも、なにも見えませんでした。
「なんということもないなぁー。わはははは！」
「でも、なにも出ないんじゃ困るんですよ」
「それもそうだ！　わはははははは！」
　すっかり自信をつけた駐在さん。これも『味の素株式会社』のおかげです。
　が、その笑い声が途切れると、

　ミッ‥　ミッ‥

「ん？」「なんだ？」
「シッ！　誰か来る！」「廊下からだ！」
　ミッ　ミッ　ミッ
「ほ、ほんとだ‥‥‥‥‥」
　廊下のきしむ音に、みんなの緊張が一気に高まりました。

　ミッ‥　ミッ‥　ミッ‥
「誰だ？　こんな時間」
「村山じゃねえか？」
「いや、村山じゃない‥‥‥」
「なんでわかんだ？」
「村山、もうここにいるから」
「おわああああぁ！」「村山！　テメェ寡黙にも程があんぞっ！」

第18章　枯れる花　咲く花

「悪い‥‥」
　別な意味で恐怖でした。
「シッ！　静かに！」

　ミッ‥　ミッ‥　ミッ‥　ミッ‥

「ち、近づいて来てる」
　全員が固唾をのむ中。
「お前ら、どいてろ」
　駐在さん。アジシオ持ってから、まるで別人です。
　ミッ‥
　その音は僕たちの部屋の前で止まり。

　スー‥‥‥‥‥
　扉が開いて
　‥‥‥‥**目!?**

「**うわーーーーーーーー！**」
「く、くらええ！」
　駐在さんが扉めがけて清めの塩をまきました！

「**キャーーーーーーーーーーーーーーーーーー！**」
　ん？　聞き覚えのある叫び声？　確か、午前中に‥‥‥‥

「な、なにすんのーーーーーーー!?」
「な、なぁんだぁ‥‥」「婦警さんかぁ‥‥‥」
「脅かさないでくださいよ‥‥」
　立っていたのは泉巡査。お気の毒に塩だらけです。
「なんだとはなによ。ぺっ、ぺっ！　これ、なにかけた

の？」
「ああ、泉クン、すまんすまん。幽霊かと思ってな。わははは」
「ひど～～～～い。ん……？　これ………」

「……アジシオ？」
「んあ？」
　さすが婦警さん……。味覚もスルドイ………。

第31話　剝がれたお札（2）

「**きっさまらーー！　またダマしやがってーーーー！**」
「すんません………」

「ところで泉クン、なにしに来たんだ？　特務は終わったのか？」
「あ。奥様からお弁当おあずかりしてきたんですよ」
　と、大きな風呂敷(ふろしき)包みを置く泉巡査。
「え？　奥さんから！」
「やった～～～～～～♪」
「持つべきものは人妻だな～～～♪」
　人妻は、高校生の持つものではありません。

　泉巡査。オニギリを口にしながら、
「資料室なくなってたねー」
　青小の後輩であるチャーリーに言いました。

「あ。あれは壁で目張りされただけなんですって」
「え？ そうなのぉお？」
「はい。この部屋から入れるんですよ」

「しかも扉には魔除けのフダが‥‥‥‥」
「お、お札〜〜〜〜〜〜〜〜〜あ？」
　女性が恐がり出すと、男子ってのは止まりません。なんでなんでしょう？
「前の校長先生が宮司さん呼んだら、貼ってったんだって‥‥‥」
「しかも‥‥その宮司さんのほうが亡くなった‥‥‥‥」
「わ、わたし、帰るっ！　さよならっ！」
　西条くんがトドメを刺そうと
「ほら〜〜〜、こっちです、こっ〜〜〜」
　と、間の押し入れ風の扉を開けました。
　が‥‥‥

「げ‥‥‥‥‥！」
　西条くん、絶句。
「ん？ どうした？ 西条」
「お札が‥‥‥‥‥」

「あっ！」「ウソ？」「まさか！」

　お札が‥‥‥‥剝がれてる‥‥‥‥‥‥‥。
「2枚‥‥‥とも‥‥‥‥‥」

「帰る〜〜〜〜〜〜！　あだぢ帰る〜〜〜〜〜〜！」
　泉巡査、大騒ぎ。

「まぁまぁ。婦警さん」
「なんで平気なの〜〜〜〜〜？　お札はがれでんでしょ〜〜〜〜〜？　黒小ってバカ？　バカばっか？」
「見てください。お札の位置」
　自由落下なら、紙とは言え真下に落ちるはず。引き戸と引き戸の間にあったのですから、無風状態です。
「こっちの部屋に出て来るはずがない」

「ってことは‥‥‥？」「誰か入った、ってことか‥‥‥？」
「可能性はあります」
「駐在さん、ここの鍵は？」
「ああ。宿直室には全部屋の鍵があるが‥‥‥」

　持って来ました。開かずの間『資料室』の鍵。
　鍵とは言え、やはりネジ式で止まっているタイプ。
　キリ‥　キリリ‥‥
　回す音が、なんとも不気味‥‥‥。

「外れた‥‥！　よし！　開けるぞ！」
「‥‥‥‥‥‥はい！」
「‥‥‥‥‥‥はい！」
「‥‥‥‥‥‥はい！」
　あれれ？
　かけ声だけかけた駐在さんでしたが、
「さっさと開けろ。ママチャリ」
「え〜〜〜〜〜？　また僕ですか？」
「お前が持ってんのはアジシオじゃないだろ？」
「またそういうこと根に持って‥‥‥‥」

第18章　枯れる花　咲く花

「いいから開けろ！　今から10数える間に開けんと承知せんぞ！」
　なんだ……そりゃ………。
「い～～～ち、じゅ～～～～～」
「飛ばしすぎでしょ？」
　ジェミーか！
「わかりました、わかりましたから………」
　襖の取っ手に手をかけると……

　スー………
　その奥に、お札のはがれた扉。
「開けます！」

　ギギギ……キキ……キ………

第32話　資料室の怪

　扉が開くと、図書室をホコリっぽくしたような？　カビ臭い匂いが鼻をつきました。
「お前ら、まだ入るな」
　なんとここで駐在さんが一番前に！　アジシオなのに！
　駐在さんの後ろから、おっかなびっくり、部屋を覗き込む僕たち。
　駐在さんが、ひととおり部屋中を懐中電灯で照らします。
　そこに一瞬、照らし出される、大きな大きな木目のピアノ。

「ベーゼンドルファーだ‥‥‥‥」
「でけーー‥‥‥‥」

　僕は、てっきりアップライト（縦型ピアノ）とばかり思っていたのですが、なんとベーゼンドルファーは立派なグランドピアノでした。

　資料室は、思ったよりは狭く、棚とあちこちに積まれた資料類で、人の隠れるスペースはありそうにありません。
　駐在さんは、なおも懐中電灯でその奥を照らしながら、
「誰かいるのか！」

　シン‥

　積み上げられた本棚の資料に吸い取られる声。
「誰かいるのか！」
　駐在さんが叫ぶと、ベーゼンドルファーから、かすかに、ワン‥‥‥というような、本当にわずかな反響音がします。
　まるで、ピアノが小声で返事でもしているかのように。

「ふむ‥‥。ママチャリの言う通りかも知れんな‥‥」
　やはり。誰かがこの部屋に入った？
「なにか‥‥‥痕跡ありますか？」
「勘だ」
　そんなもんだ‥‥‥。

　駐在さんが、抜き足差し足、奥へと入って行くと、室内灯をつけました。
　今時めずらしいクリア電球。お祭りの出店と同じです。

駐在さんは、特に「入っていい」とも言わなかったのですが、それを合図に、みんながおそるおそる室内に入りました。
　ひとりを除いて。
「そ、そのピアノなのね〜〜呪われだピアノ〜〜〜〜」

　たくさんの古い書物。束ねられた書類。写真類。
　古くさい段ボール。トロフィーやペナント。
　そこは、さながら部屋ごとタイムカプセル。

　そして、その中で、うす赤い光に照らされ、
　威風堂々とたたずむベーゼンドルファー。
　その上にも、たくさんの書類などがのせられていて、そこがただの「倉庫」と化していることを物語っていました。

「駐在さん、懐中電灯お借りします」
　懐中電灯片手に、ピアノの下にもぐりこもうとするのですが、ピアノの下も資料だらけで、入り込めません。
「なにずるづもりなの〜〜〜〜〜〜〜〜！」
「下に、このピアノの由来みたいなのが書いてあるかと思って」
　昭和中期までは、学校に限らず、個人でも、貴重品には『いつどこから購入したか』を書くのが習わしでした。それだけ物を大事にしていた、ということです。
　村山くんが、
「そんなことしなくっても‥‥このピアノの説明の紙が上に貼ってあるはずだ」
「あ、そうか。見たって言ってたもんね」
　しかし、ピアノの上にもたくさんの資料が乗っています。それでも、下の物を引きずり出すよりは、ずいぶんと楽そう

でした。

「じゃ、ここの資料の山、そっちに出すの手伝ってくれる?」
「おお、いいぜ〜」
　しかし、駐在さんが、
「コラコラ!　お前ら!　人の学校のもんを勝手に触んな!」
「ちゃんともどしますよ」
　正直、僕はベーゼンドルファーに興味津々でした。
　だって、初めて見る外国製のピアノでしたから。
　そしておそらく、かつて見た最も古いピアノ。

「とにかくダメだ!　勝手に触るんじゃない!」
「はい‥‥‥‥‥‥‥‥」
　僕が諦めて、ピアノの上に荷物をもどしたのと同時でした。

ボーーーーン
　　　　ボーーーーーーーーーーーーーン

「う、うわーーーーーーーーー!」
「わああああああああ!」
「キャーーーーーーーーーーー!」

　ピアノが、それを待っていたかのように、突然、鳴り出したのです。

第18章　枯れる花　咲く花

第33話　鉄と木（1）

「ア、ア、アジシオ！　アジシオ！　早く！」
「だがら言っだじゃない〜〜〜〜〜〜〜〜〜〜」
「に、に、逃げろ――――――――――」
　泉巡査ばかりでなく、みんな腰を抜かさんばかりです！
　冷静沈着な村山くんまでが顔面蒼白。無理もありません。

「な、な、な、なんで、なんでアンダは平気でピアノの側にいれるのぉ〜〜〜〜？」
　気の毒に、泉巡査は、畳の上に腰を落とし、ズリズリと後ずさりしているような状態。
　駐在さんはというと、感心なことにその泉巡査を守ろうとしていました。さすが警察官です。後で奥さんに言ってやろ。

「だって、音が２回でしたから」
「な、なじ、なじ言ってるの？　やっぱ黒小だがら？　バカだがら？」
　僕も驚きはしましたが、いえ、実は慌ててピアノの足にしこたまスネを打って逃げ遅れたくらいでしたが、その分、他のみんなより冷静になれました。
　ピアノの音は２回。同じ音程でした。
　基準音の440Hz（ラの音）に近く、和美ちゃんたちが聴いたような低い音ではありません。ずっと高い音。
　もし、これが３回以上鳴っていたならば、僕もほうほうのていで逃げ出さなければならないところでした。

「ど、どういうことだ？　ママチャリ！」
「エネルギー保存の法則ですね」
「な、なに言ってんだ。今さら！」
「音が鳴るだけのエネルギーがあった、ってことですよ」

「アダマいいふりすんぢゃないわよ～～～黒小のグセに～～～～」

「パンツ見えてますよ？　婦警さん」
「う‥‥う‥‥うっさいっ！　うっさいっ！」
　それでも、慌ててスカートを下げる余裕だけはあるようです。

「この荷物の山、どかしていいですか？　駐在さん」
「あ、おお、特別だぞ？」
　今度は許可してくれました。
「みんな、手伝ってくれ」
「あ‥‥‥‥おお」「いいぜ‥‥‥」

　恐怖が人から人に伝染するように、中にやたら冷静な者がひとりいると、それも周囲に伝染します。
「よい‥‥しょ！」「ほれ！」
　ひとつずつ書類の束や、段ボール箱をバケツリレー式で降ろしていくうちに、
「わ～～～。昭和32年度、卒業生文集だって！」
「こっちは学級日記だ！　昭和29年～～？」
　さっきまで一番ビビっていたはずのチャーリーや、泉巡査までもが、母校の過去の資料にいちいち見入り始め、作業が滞り始めました。
　きっと、一念発起して「部屋かたづけ」をしても、古い漫

画かなんかを見つけると、つい熱中して読んでしまって、まったくはかどらないタイプです。それもたいていテスト前日だったりします。

　それでも、せいぜいピアノの面積ですから。あっと言う間に、荷物は片付き、ピアノの上面が露出しました。
　しかし、村山くんの言っていた「解説文」がありません。
　その代わりに、
「うわ‥‥‥こっちにもお札が貼ってある‥‥‥‥」
　なんと。ピアノの蓋には８枚ものお札！

「おそらく、お札を貼った時に、解説文はどっかに移されたんだ」
「あ‥‥そうか‥‥。このお札、僕らが卒業した後って言ってたもんな‥‥」

　僕が正面のお札に手をかけると、
「**は‥‥剥がすの？**」「剥がすのかよ！」
「や、やめたほうがいいって！　お札の主が死んでんだぜ！」
「いや。大丈夫だ」
　僕には確証めいたものがありました。
「どうしてピアノが鳴ったか、知りたくない？」
「え‥‥‥‥‥」「わかんのかよ‥‥‥‥」
「ああ、たぶん、ね」
「だからどういうことだ！」
　駐在さんが怒ったように言いました。

「さっき鳴った音は、ラ、か、シの‥‥そのへんの音でした。

それも2回連続で。そのあたりのピアノの弦は2本だからです」
　ピアノは、1つの音が1本の弦ではありません。中音までは3本でひとつの音。中音は2本です。
　グランンドピアノは、演奏中、蓋を開けますから一度でも覗いた人にはわかることです。

「それが？」
「あとは開けないと‥‥確証が‥‥‥‥‥」
　僕は、躊躇もなく、しかし慎重に1枚ずつお札を剥がしていきました。
「やべなざいよ～～～～！　バカ黒小～～～～～！」
　この際、泉巡査は無視。

「考えてもみてください。こんな貴重な名器が、こんなとこに眠ってること自体、おかしい」
「へ？　どういうこと？」
「全児童の机と椅子より高価なんですよ？　どっかのコンサートホールとかに移設されても、おかしくないじゃないですか」

「だ、だから、それは呪われてっからだろ」
「たぶん、ちがう」
　木製のボディに貼られたお札は、ご飯粒かなにかで貼付けられたらしく、若干の跡を残してしまいましたが、なんとか8枚全部を剥がし終えると、
「千葉。トップ上げるの手伝って」
「お‥‥おお！」

怪力千葉くんの協力で、ようやく重いトップが上がって。初めて見るベーゼンドルファーの心臓部。

　が、トップの蓋が白熱灯の影をつくって、中がよく見えません。
「駐在さん、それ貸してください」
「あ？　アジシオか？」
「いや‥‥‥懐中電灯」
「アジシオはいらないのか？」
「いりませんよ。そんな役にもたたない物」

「なんだとーーーー！　やっぱりダマしてやがったな！」
　まだ半分信じてたとは‥‥‥‥。

第34話　鉄と木（2）

　懐中電灯で中を照らすと‥‥‥‥‥‥
　中はさすがに、虫の死骸やホコリがいっぱいで。いかにこの名器が長い間、放置されていたかを物語っていました。

「ヤッパリだ‥‥‥‥‥‥」

「なにがヤドカリ？」
「意外に元気ですね‥‥‥、婦警さん」
　ザリガニじゃなかったのか？
「見てください」

みんなが、おそるおそるピアノを覗きに来ました。
「おじゃましま〜〜す‥‥」「おじゃま〜〜〜‥‥」
「断らなくって大丈夫」
　古い物なので、みんな蓋が落ちて来ないかとおっかなびっくりです。特に駐在さん、
「とか言って、顔つっこんだとたん、支え木外すつもりじゃねぇだろうな？」
「しませんよ‥‥‥」
「やる！　お前らはやる！」

「信用ないのねー。黒小」
「いいからほら！　ここ」
　懐中電灯が照らした先

「弦が‥‥‥‥‥‥」
「はずれてる‥‥‥‥」「何本も‥‥‥‥‥」

「そう。ピアノが鳴ったのは、弦がはずれる時の音だったんですよ」
「弦のはずれる音‥‥‥ピアノって、そんなにはずれる？」
「そこなんです」
　僕は、外れた弦の１本をピアノから引きずり出しました。
「普通のピアノは弦がはずれることはまずありません」
　ピアノは大掛かりな楽器です。弦が演奏中に切れたり外れたりすることは「あってはならないこと」ですから、実によく計算された太さと長さの弦が使用されているのです。

「でも、コイツは普通じゃない」
「アブノーマルってことか？」

アブノーマルって‥‥。合ってんのかな‥‥。
「どこがアブノーマルなの？」
　西条だけじゃないのか‥‥。
　気を取り直して、
「フレームです」
「フレーム？」
「ピアノのフレームは鉄でできてます。19世紀頃からずっと。ところが、ほら‥‥‥」
　懐中電灯が照らすベーゼンドルファーの内蔵。

「木だ‥‥‥」

「そう。コイツは木でできてるんですよ。ペダルも、ほら！」
「木！」「19世紀より前の物ってこと？」
「違います。とられちゃったんです」
「とら‥‥‥れた？」「誰に？」
「国に」

「？」「？」「？」「？」「？」
「国って‥‥‥‥」

「たぶん‥‥‥、戦争の時、回収されたんです。鉄の固まりですからね。ピアノは」
「金属供出‥‥‥か」
　金属供出＝資源の少ない日本は、戦争の都度、武器をつくるための金属不足に陥り、一般市民から提供させました。
　お寺の鐘からマンホールの蓋、はては学生服のボタン、ネクタイピン、額縁の止め金具に至るまで、ありとあらゆる金

属が国によって回収されたのです。

　そんな中で、贅沢品である「鉄を潤沢に使ったピアノ」が、公立の学校にそのまま残されるわけがありません。
「そこで、何者かが、鉄の代わりに木でフレームを作った」
「できんのか？」
「ええ。シーボルトのピアノは、フレームが木だったみたいですよ？」（←本当）
「シーボルト……」
　ああ、母のおかげで、いいこと知った。

「でも、グランドピアノの場合、弦には、1本あたりかなりな加重（平均60kg）がかかってますからね。いくら固い樫とかを使っても、そんなに長年、耐えられなかったんですよ」
「それで弦が、何十年もかけて、1本ずつ……？」
「ええ…………正確には、1音ずつ」
「けっこう外れちゃってるな………」
「うん」
　和美ちゃんたちが聴いた「低い音」は、よく響くから聴こえていだけ。実は高い音の弦も外れていたのですが、気づかなかっただけなのです。
「でも宿直室なら………」
「隣の部屋だもんねー」
「そういうことですね」

　フレームだけではありませんでした。
　貼られている弦にも、奇妙な色の物があります。
「なんだこれ？」

第18章　枯れる花　咲く花　　175

「おそらく‥‥絹、じゃないかな‥‥‥‥」
「絹ぅ？」
「琴や三味線の弦って、もともとは絹ですから」
「そんなんじゃ‥‥‥‥」
「ええ‥‥‥‥」
　まともなピアノの音なんか出ないでしょう。

　考えられることは、「学校側の誰かが、ピアノから金属が全て持ち去られる前に、すでに予備の弦を隠しもっていた」
　しかし、時代が時代ですから。全ての弦を揃えるのは至難の業だったのでしょう。１台のピアノには200本からの弦が必要なのです。
「その分を、琴の弦から持って来たんじゃないですかね」
「そこまでして‥‥どうして‥‥‥‥」

「さぁ‥‥。たぶん‥‥‥‥、ベーゼンドルファーを殺したくなかった人がいたんじゃないでしょうか？」

「相模コーチが調べてくれた話では、第一次大戦から第二次大戦終結までに作られたベーゼンドルファーは、世界中でたった11台だそうです。コイツがそうかはわかりませんが、貴重品中の貴重品なんですよ。これ」

「なんで‥‥‥‥、弦のはずれた音だと思ったんだ？」
「ギターも弦が抜ける時は、すごい音するからね。フォークギターはデッキブラシと同じ理屈で止めてある」
「あ！　それでデッキブラシの穴と」「チャーリーのチン○°から思いついたんだな？」
　チャーリーのチン○°は関係ないけど‥‥‥‥‥‥。

「雨の日に鳴りやすいのは、木が湿気を吸って緩むからです。おそらく」
「なるほど……」
「いやぁー、チャーリーのチン○゜、大手柄だなぁ〜」
「え？　そうか？　へへへ」
　ちがうってのに。なに照れてんだ。

　見れば、木製のフレームには、大きなヒビが入っていて、すでにその役割を終えていました。

「木のベーゼンドルファーか……」
「なんか哀しいな………」

「そうじゃないよ」
「あ？」
　そうではありません。
「たぶん、その人は、それでも生徒にピアノの音、聴かせたかったんだ。そういう素敵な先生がいたってこと」

　そして、それが誰であるかは、すぐに判りました。
　シーボルトのピアノと同様、木製フレームのところに、

『　贈呈　那智 征次郎　』

「那智さんって人だ……」
　僕は、財産台帳にあるのに『贈呈』はへんだ、とも思ったのですが。
「その当時のことだから、いろいろ事情はあったんだろ」

「そうですね‥‥‥」

「さすが青小だわ～～～～～～」
　だからって卒業生の婦人警官が素敵、とは限りませんが。
「だいたいねー、ピアノが勝手に鳴るなんてオカシイと思ってたのよネ～」
　さっきまで、パンツ晒しながら「やべなざいよー」って泣き叫んでたのは誰だ？

　しかし、この騒動はこれで終わったわけではありませんでした。
　むしろ、これが「始まり」と言えるかも知れません。

第35話　忘れられた記録

　きっかけは、チャーリーと泉巡査が引き摺り出していた、青小の過去の資料でした。
「じゃ、引きずり出した資料もどしておけよ！　お前ら」
「あ‥‥‥はい」
　得意満面から、いっきに現実に。

　ところが、チャーリーたちが母校の古い資料に興味があったらしく、
「え～～、ちょっと待ってくれよ～～」
「そうよ。めったに見れないんだから」
　泉巡査も言い出したので、駐在さんも、それ以上拒むわけにもいかず。

「じゃぁ、見終わったら、元の場所にもどせよ?」
「へ〜〜〜〜い」

　そして…………。
「おおお!　これすげぇ!　第１回の連合運動会の記録だ!」
「え〜〜〜!　どれどれぇ?　黒小に勝ってる?」
「その頃、黒小はまだ合併前ですよ……」
　どんだけライバル心。
「すごかったのね。Ａ市の学校まで参加してるぅ〜」

　しかし、これに反応したのが西条くんでした。
「え!　そんな古い記録もあるのか?」
「あー。あるぞ。ほら昭和27年!」
「もっと……古いのも、あんのかな?」
「あんじゃねーか?　学級日誌なんか昭和13年度とかまであるし」

「ひょっとして……」
　西条くんが言いたいことは判りました。
「連合運動会の記録か?」
「あ……ああ、うん!」
　少し興奮気味な西条くん。

「え?　だから、ここ第１回のが……」
　チャーリーはまだ判っていないようです。
「西条の父ちゃんは、足が速かったから。記録があるんじゃないか、ってことだろ?」
　戦前、連合運動会はずっと広域な大会だったとのこと。そ

第１８章　枯れる花　咲く花　　179

こにはA市も。
「そ‥‥、そう！　そういうことだ」
「おおお！」「そりゃスゲぇな！」
「え？　ドスケベくんのお父さんがどうかしたの？」
　誰も「ドスケベくん」＝「西条くん」に違和感を覚えないところがスゴイ。つっこみさえしません。

　みんな西条くんのお父さんのことを知っていましたから、全員協力の元、資料を探すことにしました。
「こっち、児童名簿ばっかだなぁ‥‥‥」
「アルバムはあったぞ？」
「運動会の記録はこっちだ！」「昭和14年‥‥そのあたりか？　西条」「う、うん。小学生だったら‥‥‥‥」
　そしてついに、ついに、

「あったーーー！　連合陸上競技大会！　昭和14年！」

「へぇー、その頃は連合運動会じゃないんだー」
「もっとデカい大会だった、って言ってたもんな」
　こよりで閉じられたボロボロの記録簿は、「茶色」と言ったほうが早いくらいに色あせていました。
　そこから前後4回分の記録簿を引きずり出すと、
「どれどれ〜〜？」
「西条、なんの選手だったんだ？　お前のオヤジ？」
「短距離だ。たぶん100m」

「これだ！『トラック・フキールド競技』！」
「どこだどこだ？」
　探すまでもありませんでした。

『短距離走』は、なんのことはない、最初のページ。
　西条くんのお父さんの名前は、その最も上にあったからです。
　つまり１位。
「すげ‥‥‥‥‥！」「西条のオヤジ！」
　西条くんは、

「オヤジ‥‥‥‥‥‥」

　そこに父親の名を見つけて、それ以上の言葉を発することさえできませんでした。
　感無量とは、このことなのでしょう。

　別の資料を見ていたチャーリーも発見。
「こっちは２位だ！　西条！」
「え？　２大会連続かよ？」

　泉巡査も、
「すごかったのねー。ドスケベくんのお父さん」
　なんか、そう言うと、スケベですごかったみたいに聞こえます‥‥。
「ああ。だって、戦争さえなきゃ明治神宮競技大会に出れるとこだった、って悔しがってたからな‥‥‥‥」
「明治神宮競技大会って？」
「インターハイみたいなもんかな。当時、陸上やってた人は、みんな目指してたんだと」
（明治神宮競技大会＝大正13年から昭和18年まで、ほぼ毎年催された国民的大会。現在の『国体』の前身となった）

第１８章　枯れる花　咲く花　　　　１８１

僕たちが、そのことで盛り上がっている間、駐在さんは、まだ奥で資料の棚をあさっていましたが、
「西条。14年の大会のなら記録写真があるぞ？」
「え！」
「これだ。新聞社さんが撮ったみたいだな」
　そこには、ランニングに半ズボン、軍隊のような帽子をかぶった少年たちが3人、肩を組んで得意げに立ってました。
　おそらく1位～3位入賞者。
　その真ん中、

「オ……オヤジだ……ほんとだ…………」

「どれどれ～？」「あ、ホントだ！」
「わはは！　西条とソックリだ！」
　それは孝昭くんの気遣いでしょう。写真の少年は、西条くんよりもずっとシッカリしています。
　が、3人の中でどれ？　と問われれば、間違いなく当てられるくらいの面影がありました。

「オヤジ…、オヤ………父ちゃん…………」
　西条くん。涙の再会………と言えば、少しオーバーでしょうか。
「………父ちゃん………う…………」
　西条くんが、必死に涙を堪える姿が、僕たちの涙を誘いました。
　こっちが恥ずかしくなるほどに…。

「駐在。この写真、もらってっていいかな？」
「あ……？　それは、ダメだろ。ここの学校の所有物だか

らな」
「だよな‥‥。やっぱ泥棒になるもんな‥‥‥」

「その1枚だけですか？」
「あー‥‥‥トラック競技はこれだけみたいだな」
　ところが、ここで泉巡査が、
「それ、似た写真見たことあるわ」
「え？　どういうことですか？」
「似てるだけかも知れないけど‥‥‥連合運動会が30周年でしょ？　前身の連合陸上からは50回記念になるとかで‥‥‥‥‥。ついこないだ、なんかの記事で見たわ」
「へぇー‥‥‥」「50回なんだ？」

　しかし、それ以上は泉巡査もアヤフヤで、
「なんだったかなぁー‥‥。署内報かなぁー‥‥‥‥」
「署内報？　本署の？」
「とにかく、そういう資料写真が2、3枚載ってて‥‥‥あ！　ウチの連合運動会が載ってる〜って‥‥‥」
「なら、地方版の新聞ってことですかね？」
「さぁー‥‥。でも、つい最近だから。今度さがしてみるわ」
「たのんだぜ！」「Aランク婦警さん！」

「なんですって!?」
「え‥‥‥だから、たのむって‥‥‥‥」
「君の方よっ！」
「Aランク‥‥‥婦警さん‥‥‥‥」
「ウフフフ♪　わかってればいいのよ〜、わかってれば」
　言わせられただけか‥‥（怒）

第18章　枯れる花　咲く花

「いやぁ～、ベーゼンドルファーのお導きだな！　西条」
「うん‥‥‥まったくだ」
　が、ここまでは偶然とは言えません。"あるべき所"から"あるべき物"を、わざわざ探し出したわけですから。
　それも、けっこうな人数と時間を要してのことです。

　この時みんなは、西条くんのお父さんの「忘れられた記録」を見つけ出した興奮のあまり、重要な「記録」を見落としていました。

第36話　僕たちと駐在さんのダイレクト戦争

　その夜。
　ピアノの騒動と、昼のプール掃除（ホッケー）の疲れがドッと出た僕たちは、警備をモータードライブまかせで、早々に枕を
「**うぉらーーーーーー！**」
「**くらえぇーーーーーー！**」
　投げ合っていたのでした。
　どんなに疲れていても、男子中高生が４名以上の団体で外泊する場合、『枕投げ大会』は義務だったのです（←たぶん）。

　が、そこにはいい大人もいますから、
「コラコラ！　どんだけガキンチョだ、お前ら！」
　駐在さんは、布団を積み上げて、それをバリケードにして、その裏側で村山くんと将棋など指しておられました。

むろん、駐在さんに注意されたぐらいでは、枕投げ大会は止まりません。
「**ラーーーーーーーーーーーーーー！**」
「うわぁ！　マサイ族の逆襲！」

「お前らぁ、いいかげんにせん･･･････」
　バスッ！

「わははは〜。駐在、しとめたり〜〜〜〜♪」
「**ガキどもがあああああああああああ！**」
　いい大人、参戦。

「負けるかああ！」
　一般に、枕投げ大会は、基本は個人戦であって、はっきりしたチーム分けはありません。が、警察官が参戦したなら話はまったく別。
　なにより普段からの恨みつらみがありますので、
「駐在だ、駐在を狙え！」
「おおーーーーーー！」
　さっきの敵は今日の友。全員一丸となって巨大な警察権力に立ち向かいます！

「のわ〜〜〜〜〜〜〜〜〜〜！」
　さすがに５：１。駐在さんも善戦されましたが、こっちには一球入魂・コントロール抜群の孝昭くんもいますから。僕たちと駐在さんのダイレクト戦争は、僕たちの圧勝･･･････かに思われました。

　枕投げ大会は、終了の仕方だけは厳しく定められています

第１８章　枯れる花　咲く花

ので、試合時間はそんなに長くありません。
　この競技における終了方法は、全国共通で6通りのみ。それ以外はありません。(全日本枕投げ連盟制定)
　以下、強制力の弱いレベル順に、
① さっきまで一番はしゃぎまくってたヤツが、自分が標的になったとたんに泣き出した
② 引率の体育教師が怒鳴り込んで来た
③ ちから加減を知らない選手が、枕を破って綿が飛び出した
④ やさしいと思われた宿泊施設の係の人が鬼だった
⑤ 一部のヤツだけ女子からトランプに誘われた

　そして、

⑥ **グワッシャーーーーーーン！**
　流れ枕が会場の備品に当たって壊れた場合です。
　この場合は有無を言わさず強制終了となります。
　この日は、壁にかけてあった絵画でした‥‥‥‥。
「やっべ～～～～～～‥‥」
　この言葉が、枕投げ競技における「ゲームセット！」の意味です。これも全国例外なく、必ずこの言葉で終わります。

『やっべー』(＝ゲームセット) 後は、すぐに判定に入ります。
　勝者が誰であったか？　ではなく「**誰の流れ枕が備品を壊したか？**」です。とっても重要です。
「西条のだろ？」
「いや、千葉のだろーがーー」
　おのおの無罪を主張し合いますが、せいぜい「だってオレ

まだ枕持ってるもん」程度のアリバイしかなく、「今ひろったんだろが！　見てたぞー」程度の目撃証言で、ほとんど論破されます。
「駐在がよけるから‥‥‥」
「ザケんなよ!?」

　罪のなすり合いは、有力証言もないまま続きますが、最終的には、「そんなに強く投げなかったのに。あれくらいで壊れるか？」と、うっかり口をすべらせて「物の強度のせい」にしたヤツが犯人です。
　この時の我々の場合は、チャーリーでした。

「どうしよ‥‥‥‥」

「まずはガラス掃かないと‥‥‥」
「布団にも散らばっちゃってるよ。どうすんだこれ？」
　被害は、額縁のガラス１枚と、二次災害的に布団１枚。
　枕投げ競技としては、標準的と言っていいでしょう。

　こうして布団１枚が使用不可となってしまい、犯人チャーリーと、ジャンケンで負けた２人が、３人で布団２枚を横に敷いて共有することになりました。
　ジャ〜〜〜ンケ〜〜〜〜〜ン

　また負けました‥‥‥‥。
　もうひとりの敗者はマサイ族・千葉くん。
　奇しくも、連合運動会仲間です。

☞ ☞ ☞ ☞

第１８章　枯れる花　咲く花

「みんな、おやすみ〜〜〜〜〜〜」
　みんなは、おやすみしたのですが‥‥‥‥‥。
「ガ〜〜〜‥‥‥ゴゴゴ〜‥‥‥‥‥」
　僕は、千葉くんのイビキがうるさすぎて寝付けません（泣）
　なにしろ、千葉くんのイビキと来たら、
「ガ〜〜〜‥‥‥ゴゴゴ‥‥‥‥‥**ゴ？**」
　疑問形で終わるのです‥‥‥。
「グ〜〜〜‥‥‥ゴゴゴ〜‥‥‥‥‥**ガ？**」
　いったいなにが不思議なのでしょう？

「わかったから。千葉」
　そう言うと、
「ぐ〜〜〜〜〜‥‥‥〜‥‥‥‥‥‥」
　一旦(いったん)は、納得したように静まるのですが。
　またしばらくすると、
「‥‥‥‥**ガ？**」
　はっきり言ってイライラする‥‥‥。
「ガ〜〜〜‥‥‥ゴゴゴ‥‥‥‥**ゴ？**」
　へんにリズミカルな分だけ、なおのこと。

「グ〜〜〜‥‥‥‥ゴゴゴ〜‥‥‥‥‥**ガ？**」
「言いたいことがあるんならハッキリ言えよ！　千葉ぁ！」
「ぐ〜〜〜‥‥‥‥‥‥」
　ふぅ‥‥‥。イビキ相手に怒ったのって初めてです。
「‥‥‥‥**ガ？**」
　くぅっ！

　しかし、寝た子に敵うはずもなく。

あきらめて、布団にもぐりこむと‥‥‥‥
しばらくして、

ミッ‥
ん？
ミッ‥　ミッ‥
枕に当てた耳ごしに、千葉くんのイビキとは違う音が聴こえてきたのです。
ミッ‥　ミッ‥
泉巡査の時とは明らかにちがう‥‥‥‥。
枕元の腕時計を見ると、午前０時。

ミッ‥　ミッ‥　ミッ‥

「みんな！　起きろ！」

第37話　開かない窓

「起きろーーーーー！　みんなーーーーーー！」
「‥‥‥‥あ〜〜〜〜〜？」
「‥‥‥‥なんだよ〜〜？」
「‥‥‥‥なにごとだ〜？」
「‥‥‥‥朝？」
「‥‥‥‥ゴ？」
「千葉も起きろよっ！」 イビキで返事すんなっ！

「床に耳あててみろ！」

「‥‥‥‥え〜〜〜〜〜〜〜〜？」
　さっそく畳に耳をあてる千葉くん。
「聴こえるだろ？」
「Zzzzzz‥‥‥‥」
「そのまま寝るなーーーーーーーーーーっ‼」

　となりのチャーリーは、
「‥‥‥あ！　ホントだ！」
「聴こえるだろ？」
「ああ。なんの音だ？　これ‥‥‥‥なんか、ゴー、ゴーって、定期的な‥‥‥‥」

　ゴーゴー？

「そりゃ千葉のイビキが床伝わってんだよっ！」
　えーーい！
「おきろぉ‼　千葉ぁあ」
　蹴りを入れて、ようやくまた起き上がる千葉くん。
「むぅ〜〜〜‥‥‥‥」
　これでノイズは除去。畳に耳をあてると、

　ミッ‥　ミッ‥

「さっきより遠い‥‥‥‥」
「また泉クンなんじゃないのか？」と、駐在さん。
「この時間に、ですか？」
　時計は午前１時半。
「夜ばいじゃあるまいし♪」
　西条。なにをうれしそうに‥‥‥！

もう一度、床に耳を当てましたが、
「あれ‥‥？　もう聴こえないや‥‥‥‥‥」
　再度、確認。

　"グ〜〜〜‥‥‥ゴゴゴ〜‥‥‥‥**ガ？**"

「**千葉ぁーーー！　せめて邪魔すんなーーーーっ！**」
「無理だぞ、千葉は」と、孝昭くん。
「起きるくらいだったら寝てた方がマシだ、ってヤツだから」
　そりゃそうだろ。
　が、今度は、千葉くんのイビキに混じって、はるか彼方で、

　カラコロロン‥‥‥‥

「ん？」
「なんだ？　今の音？」
　誰でも気づく音がハッキリと。
「やっぱり誰かいる！」「**職員玄関だ！**」
　西条くんと孝昭くんが、ほぼ同時に口にしました。
「ん？　なんでわかるんだ？　お前ら」
「職員玄関の外に、デッキブラシ使って簡単なトラップしかけてあるんです！」
　その他にも何カ所か仕掛けましたが、今の高い音はタタキに転がる音。
「おお‥‥‥！　本格的だなぁ〜。心霊研究会」
「警察官がなに言ってんですか！　追いかけないと！　不審者ですよ？」

第18章　枯れる花　咲く花　　191

「よし！　窓から出て追いつこう！
「村山たちは入り口側からまわってくれ！」「わかった！」

「ありゃ。誰だ？　窓閉めたの？」
「どうりで暑いと思ったぜ～！」
「勝手に閉まった‥‥とか？」
「枕投げで自分らで閉めたんだよ‥‥‥‥」
　枕が外に飛び出すと困るからです。
「あ～～～、そうだったそうだった！」
「いいから開けろ！　逃げられるぞ」

　しかし‥‥‥‥

「ひ、開かねぇ！」「こっちも開かない！」
「こっちもダメだ！」「こっちも！」
「入り口もだ‥‥‥‥‥！」
　出入り口全滅‥‥‥‥‥‥。

「めんどくせーーー！　西条、けやぶれ！」「よっしゃぁー！」
「バカ！　学校だぞ？」
「クソ～～～、ウチの学校だったら～～～」
　ウチの学校でも窓蹴破っちゃダメだろ。

「いっそ枠ごと外しちまえ！」
「とっくにやってるってぇ！　けど外れねぇんだよ」
「この止め方‥‥‥」
　僕もガタガタと窓をうかせたりしますが、
「ダメだ‥‥‥！　これトリモチで止められてるんだ」

「トリモチぃ？」
「ほら、この匂い」
「ホントだ‥‥トリモチの匂いだ」
「木製窓はレールにトリモチひかれると開かないんですよ。戸車が詰まっちゃうから。くっついて枠ごとも外せない」
　ボンドなどよりも時間もかからず、最も簡易で確実な窓枠固定法です。

「なんでそんなこと知ってる？」
「そ、そんなこと、この際どうでもいいじゃないですか〜」
「よくない気もするっ」
　警察ってこれだから嫌いです‥‥‥‥。

　入り口側はもっと深刻でした。
「ダメだ‥‥‥開かねぇ！」「外からつっかえ棒されてる？」
「いや。たぶんそっちもトリモチだ。力入れればはずれるぞ」
「これ以上やると壊れる」
　ここで、
「そうだ。資料室だ！　資料室の窓なら開くぞ！」
　いっせいに資料室へ！
　ベーゼンドルファーとは、意外な形での再会です。

「窓は開くけど、外から板張りされてるぞ？」「どういうこった？」
「もともとだよ‥‥。資料室は、直射日光防ぐのに戸張されてるんだよ‥‥」
　まいったな‥‥‥。

第18章　枯れる花　咲く花

「しかたない。破ろう。孝昭、椅子かなんかないか？」
「駐在を破った枕はある」
「駐在さんは破れたけど、板は破れないよ」
「駐在、戸張より弱いんだな。わはは〜」
「いい気になんなよ？　お前ら」

「まぁまぁ。どいてろ」
　西条くんが前にしゃしゃり出ると、
「せいやっ‼」
　かけ声とともに正拳づき！
バキィ！

「あーあ。西条、学校こわしちゃって〜〜〜」
「大丈夫だ。警察官がついてる」
「言えてる」
「キサマら‥‥‥都合いい時だけ‥‥‥‥」

　真っ先に飛び出たのは身の軽い孝昭くん、次いで西条くん、
　しかし、あいにくとこっちはスリッパ。外は雨。
「もう、逃げやがったかな？」
「人間‥‥‥ならな‥‥‥‥」
「ヤなこと言うなぁ‥‥‥。チャーリー」
　自分が一番おっかながり屋のクセして。
　チャーリー以外は、これは「人間の仕業」と思っていました。
「宇宙人か？」
　西条くんは、また別の観点で見ていました。目がワクワクしてます。

「村山、トレノだ！　まだ近くにいるかも知れない」
「わかった‥‥！」
「俺も行く！」
　駐在さんと、村山くんは一目散に駐車場へ。

　その間、西条くんは玄関へ。孝昭くんたちは、ちらばって周りの確認へ。
　雨の日の夜は暗く、スリッパでは速度も限られます。

　先にもどってきたのは、意外にも駐在さんと村山くんでした。
「ダメだ。タイヤの空気抜かれてた‥‥‥」
「こっちもだ。くっそ〜〜〜〜！　スミレちゃんの空気抜きやがって〜〜〜」
「え？　駐在さんのも？」
　なんて手早い！
「パンクさせられたのか？」
「わかんない。たぶん違うと思う‥‥」

「スミレちゃんの空気返せ〜〜〜〜〜〜〜！」
「まぁまぁ‥‥」
「うう‥‥せっかくラジアルに替えたのに‥‥‥‥」
（当時のタイヤの主流はチューブ式のバイアスタイヤ。チューブレスのスチールラジアルタイヤは、上級バージョンかオプション設定で、普及率は50％に満たなかった）
　駐在さん、車のことになると、村山くんよりまったく大人げありません。
「パトカーで来るんだった‥‥‥‥」
　そういう悔しがり方って‥‥‥。

第18章　枯れる花　咲く花

しかし、それは本末転倒です。パトカーがあったら、おそらく侵入されることはなかったでしょう。

「俺がバイクで……」
「孝昭のバイクもたぶん抜かれてるよ……」
　いずれにせよ、この雨では……。
　これで足を失いました。

　結局、僕たちは夜通し探しまわったあげく、「犯人は2年生の教室の窓から出た」ということ以外、なにもわかりませんでした。実は研修室とは棟続き。そのこともまたショックでした。
　落胆の研修室…………。

「結局、なんもなかったな」
「被害はタイヤの空気のみ……」
　……では、なかったのです。
「ありゃ？　ガラス掃いたチリトリが………」
「あ。ホントだ。チャーリーが割った額の………」
「だから、あれは駐在がよけたからでー」
　そういう問題を追及している場合ではありません。

　だって。
「ここの部屋に入られた、ってことだぞ……？」
　僕たちが騒いでいる間に。
　が。部屋の中にこれと言って盗まれたような物はありませんでした。
　判ったことは。ここの学校をよく知る者、ということです。

「ああ、それは間違いないだろな」
　チリトリは、玄関のデッキブラシと同様、想定外だったから引っかかったのです。

　と、ここでチャーリー、
「シッ‥！　なんか声が聴こえるぞ！」
「え？」
　みんなが耳をすますと‥‥‥‥

「‥‥‥もう食えねぇ～～‥‥んにゃんにゃ‥‥‥‥‥」
「‥‥‥‥‥‥」「‥‥‥‥‥‥」「‥‥‥‥‥」

「千葉ぁあああ!!　いつまで寝てやがるぅっ!!」
「まぁまぁ。今さら起きても役にはたたん。寝かしといてやれ」
　僕たちを諭す、大人な駐在さんでしたが、
「‥‥んにゃ‥‥もう食えませんてば～‥‥‥‥奥さん♥」
「千葉ぁあ!!　起きんと射殺するぞーーーーーー!!」

第38話　予知夢

　予知夢。見たことありますか？
　心霊研究会設立以来、僕たちは初めて、まざまざと「予知夢」の存在を思い知らされることになりました。

　全員、睡眠不足のまま迎えた朝‥‥‥‥‥‥‥。
　ただし千葉くん以外。

「ん？　元気ないなーーー、お前らーーーー」
「‥‥‥‥」「‥‥‥‥」「‥‥‥‥」「‥‥‥‥」

「♪朝だあ～さ～だ～よ　朝～陽～がのぼる～～」
　ひとり陽気に歌など歌い出しました。
「♪ふんふ～んふふふふんふ陽がのぼる～」
　例によって歌詞はあやふやなくせに。
　知りました。勢いのあるあやふやは腹が立つ。

「千葉ぁ。歌ってる場合か？　お前のバイクも空気抜かれてっかもよ？」
「マジ？」

　が。千葉くんのバイクも。孝昭くんのバイクも空気は抜かれていませんでした。それ以外の箇所も異常はなく。
「車だけ？」
「そう。それも右前の１本だけ」
　自動車はスペアタイヤがありますから、とりあえずは事なきをえました。
　つまり。僕たちが雨中を走ってボロボロにしたスリッパ以外、これといった被害ナシ。

　そこへ、
「みんな～。オハヨ～。朝ご飯持って来たわよ～～♡」
　ぱぁ～　☆。.:*‥゜

「いただきま～～す‥‥‥‥」
　が‥‥‥。せっかくの奥さんの手料理なのに、みんな睡眠不足で箸がすすみません。

ただし睡眠十分の千葉くんは違います。
　ただでさえ、大食漢ですから、
「あ、ウィンナー食わないんならオレによこせ！　あ、そうか、チャーリーは共食いか？　あっははは―！」
「…………」
　ついには、僕たちの物にまで手をつけまくり、のべで三人前ほど平らげると、
「うーん……もう食えねぇ～～～～～～～」
「…！」「…！」「…！」「…！」

「ウフフ♡　千葉くん、いい食べっぷりねー！　よかったら主人の残した分も食べて♡」
　ここで、
「んにゃ。もう食えませんてば～～～。奥さん♥」
「…！」「…！」「…！」「…！」
　一言一句ちがわず、夕べの寝言と同じ台詞(せりふ)をほざいたのでした。

「千葉ぁあ！　しょーもねぇ予知夢見るんじゃねーっ！」
「イタタタッ！　予知夢って？　な、なんだ？」
　理解できてない千葉くんですが、誰も許しません。
　特に駐在さんは鬼と化しています。
「射殺！　射殺ったら射殺っ！」

　が、
「そうだ！　千葉！　他に夢見なかったのか？」
　この際、ワラにもすがる思いですから、予知夢にだってす

第18章　枯れる花　咲く花

がります。
　なんと言っても、千葉くんだけは部屋にいたわけで。
　朦朧として夢と区別がつかないことだってあります。
「夢～ぇ？　う～～～～ん‥‥‥」
　少し思い出して、
「あ！　見たぞ！　恐ろしい夢だった！」
「ホントか？」「話せ！　千葉！」「お前の見た予知夢を！」
　聞いてみるものです。

「あのな、オレが寝てると、部屋に誰かがやって来て‥‥‥」
　おお‥‥！　まさしく‥‥！
「誰だった？」
「それがよくわかんないんだ。何人かいた」
「何人か‥‥‥グループだな」「それでそれで？」
「それでな‥‥‥‥‥‥」
「うん！」
「オレの背中をさかんに蹴とばすんだ‥‥‥‥」

「‥‥‥‥‥‥起きろー、って」

「そりゃホントにあったんだよっ！　バカヤローー！」
「それでも起きなかったんだよっ！　テメェはよっ！」
　ワラはワラでした。すがったほうがバカでした。

　しかし、事態は深刻です。
　駐在さんが来ているメインの理由は「二階の不審者」
　ピアノの謎は解けても、そっちの方は、まんまと侵入を許

し、しかも逃げられたわけですから。
　このままでは、本当に小学校に連泊必至。
　駐在さんと違い、こっちは1泊するのに「プール掃除1回」つまり労働が条件。冗談じゃない。

☞☞☞

　お茶をポットから注ぎながら、奥さん、
「ふ～ん。なんか度の過ぎた悪戯って感じね………」
「悪戯ですむか！　スミレちゃんの空気盗まれたんだぞ！」
　空気は取り戻せばいいと思うんですけど。空気ポンプで。
　トレノも駐在さんのスミレちゃんも、右前のタイヤの空気だけが抜かれていました。右には運転手が乗りますから、比重が重く、1本抜けば運転できなくなる、最も効率の高い妨害方法。
　ようするに、相手は「とっても手慣れてる」のです。
　が。駐在さんはスミレちゃんに触れられたことだけで、カンカンで、
「小野寺先生と相談して起訴するか決める」とまで言い出しました。
「空気の被害届って出せるんですか？」
「バカヤロ。そっちじゃねぇ！」

　制止したのは人妻。いえ、駐在さんにとっては本妻。
「でももし、子供だったら、警察沙汰ってずいぶんと気まずい事にならない？　小学校なわけだし………」
（↑当時の考え方の主流。たいへん子供に寛容だった）
「いや～、タイヤの空気抜くとこまで、ガキがやるか？」
「あら。ママチャリくんたちは平気でやるわよ。ねぇ？」

第18章　枯れる花　咲く花　　201

ねぇ？　‥‥って言われても‥‥‥‥
「平気ってことはないと思うんですけど‥‥‥‥」
「それもそうか」
　納得されても‥‥‥‥。

「だいたい、大人の欲しがる物なんて、小学校にあるかしら？」
「ううむぅ‥‥‥‥」
「高校生だったら、プールの水も欲しがったりするけど」
「**欲しがりませんよ？**」
「あら？」
　あら？、って‥‥‥‥‥どうも奥さんの「男子高校生の印象」は、西条くんに代表されているようで、よろしくありません。
「それに盗まれてるのが空気だけじゃ‥‥‥。もう少し詳細が判ってからにしたら？　アナタ」
　わかりました。わが町の駐在所は、この**奥さんで持っているということ**が。
　さすが特別手当が出るだけあります。(←本当)

「そもそも、なんで2階なのかしらね？」
「あー、それは簡単です。2階からしか入れないからです」
「2階からしか入れない？」
「ええ。この学校は、児童の下校後と夜と、宿直の先生が2回見回って窓のカギを確認します。しかも鍵はネジ式。1階から入るってのは不可能なんですよ」
「2階からは入れるのか？」
「入れます」
「だって鍵‥‥‥‥‥」

その通りです。

「１階と２階の違いを考えればいいんですよ」
「１階と２階の違い‥‥‥って？」
「木造校舎の２階には、必ず鍵のかかってない窓があるんです。鍵がかけられない、って言ったほうがいいかな」
「鍵のかけられない？」「窓ぉ？」
「あるのか？」

「ええ。メガネ石です」

「めがねいし〜〜〜〜〜？」「って、なに？」
　木造校舎は、冬には石炭式のストーブが置かれます。ストーブには煙突があるわけですが、熱くなるため木造の壁には直接くっつけられません。
　この煙突と壁をくっつかないようにするのがメガネ石。
　石綿とブリキでできていて、真ん中に煙突を通すための丸穴が開いています。（当時の）木造校舎では100％見ることができました。
「あ〜〜〜〜、あるある〜〜〜〜〜」
「穴開いてるヤツ」
「オレのだとギリギリだな」
　煙突並みかよ？　千葉。ズボンに収まらないぞ。

「１階は、防犯上から壁に直接埋め込まれてたりしますが、２階は違います。たいていは換気窓についてるんですよ」
　このために２階の換気窓は、メガネ石分、開いたままになります。
「そうすると、鍵穴がズレますから、施錠できないんです。

メガネ石は周りをニカワでコーキングするので夏でも外しません。だから‥‥‥‥‥」
　ここまで言って僕は言葉が止まりました。

「どうした？　ママチャリ」
「いえ‥‥‥‥」

　そうだ‥‥‥。思い出した。
　僕は、小学校の用務員さんが、「ニカワ」で窓を固定するのを見て、そのことを知りました。
　その時は「ニカワ」なんて知らなくって‥‥‥‥。
　それを勝手に「トリモチ」って勘違いしてたんだ‥‥‥‥。

　なのに‥‥‥。なんで今回、犯人は窓を固定するのに「ニカワ」じゃなく「トリモチ」を使ったのでしょう？
　普通なら、ニカワのはずなのに‥‥。

「よく知ってるわねぇ。ママチャリくん」
「本当だな。立派な泥棒になれるぞ！」
「そうよね～？　ホント立派な‥‥」
「夫婦して、そういう褒め方はヤメてください」

「お！　お前のお稲荷(いなり)さんもらっていいか？」
「まだ食ってたのか？　千葉ぁ！」
「いやぁ。予知夢では、お前のお稲荷さん食ってたからさ～。食わなきゃと思って」
　夢に従うのは「予知夢」とは言いません。

第39話　盲点（1）

　奥さんが帰られると、駐在さんは、さっそく小野寺先生に昨夜のことを報告に行きました。

　残った僕たちは、
「よし、整理しよう！」
　グレート井上くん風。いつも、難解なことが重なった時、こういうまとめ方をするのです。
　まず、起こったことは‥‥、
１．「扉のお札が剝がれてて‥‥」
２．「ついでにピアノのお札も剝がして‥‥」
３．「チャーリーが枕投げで備品の絵の額こわして‥‥」
４．「敷布団１枚ガラスだらけ‥‥」
５．「枕１個破って‥‥」
６．「次に、西条が戸張やぶった」

「いや‥‥謝んなきゃリストじゃなくって‥‥‥‥‥」
　普段のグレート井上くんの苦労が忍ばれます。
　てか、**枕やっぱり破ってたのか！**

　まず相手は、「あえて雨の日を狙って来た」、ということです。
「なんだってまた？」
　言うまでもありません。
「音が聴こえにくいから」これがひとつ。
　学校の屋根はトタン板ですから、雨の音が他の音をさえぎ

第１８章　枯れる花　咲く花　205

るのです。だから、廊下を歩く音でさえ、床に耳をつけなければ聴こえませんでした。
　もうひとつには、
「バイクが走れないから」
「なんで？」
「わかんないけど‥‥バイクのタイヤの空気は抜かなかったから‥‥‥」
　走れなければ。恐れる必要はないわけで。
「ピアノの怪談に合わせてたわけじゃなかったのか‥‥」
「それは、たまたまだろうな」

　そして、これが肝心なのですが、
「僕らが泊まっていることを知っていた」
「なんで？」
「だから窓という窓を塞いだんだろ？　トリモチで」
「あ、そか！」「やるなぁ～～～～」
「と言うか、僕らに泊まってほしくなかったんだ」
「だから、おフダを‥‥‥‥わざと剝がした」
「そういうこと！」
「そしてチャーリーが‥‥‥‥」
「枕投げで備品の額こわして」
「敷布団１枚ガラスだらけ」
なんでそこにもどる!?

　それは、宿直の先生方にも共通したことかも知れません。
　たぶん、宿直の先生に２階を見回ってほしくなかった。
「２階から侵入するために、ね」
「じゃ、２階の人影ってのは？」
「たぶん、造りもんだと思う‥‥‥‥」

そこが、いまひとつ弱いのですが。

「いや〜〜〜、さっきも思ったんだが、2階の換気窓から潜入って危なくねーか？」
　危ないこと大スキな孝昭くんから言われるとは、思ってもみませんでした。
「それが、危なくない所が一カ所だけある」
「どこ？」
　どこの木造校舎にもあります。
「黒小の場合、体育館と講堂は平屋で、そこだけ二階建ての棟とは切り妻の屋根が途切れてる。そこから登って、角部屋には入れる」

「おお！　すげぇ！」「盲点だった」
「本物のドロボーのようだ！」
「卒業後の進路は決まったな！」
　あ？　それって僕の話？

　そしてもうひとつ重要なのが、
「相手は車で来た、ってことだ」
　だから、トレノとスミレちゃんを足止めしなければならなかったのです。
「いや、だいたいにして雨だから」「車か傘しかねぇから」
　あれ？　すごい推理だと思ったのに‥‥‥
　意外にウケが悪い‥‥。

　大問題は「目的」です。
　いったい、なんで宿直を遠のけてまで、潜入しなくてはならなかったのか？

「何度も入らなきゃなんない、ってのは、なんかを探してるんじゃないだろうか？」
　そしてそれは資料室にあります。
　そして、雨の日ばかりを選んで入るので、当然、部屋には湿気が入り込み、
「木製のピアノの弦止めは緩んだ」
「なるほど！」
　僕たちは、『ベーゼンドルファーの謎』と合わせて起きた、この事件の推理に興奮しました。

　が、奥さんが言われたように、起きている事はただの「コソ泥」。しかも未遂です。資料であれば、もともと開かずの扉の中にあった物。
　本職の警察官である駐在さんが、何日もこんな事につき合えるはずもなく。
「お前ら。ごくろーだったな。もう帰っていいぞ？」
　ヤン坊マー坊が「今日は晴れる」と予報したこともあって、額縁と敷布団と枕と戸張のお詫びをして、僕たちの「怪奇大作戦」は解散することになりました。

☞ ☞ ☞ ☞ ☞

　やって来たときと同じく、帰りも迎えに来たのはミニパト。
　泉巡査、勤務があるのか、今日も制服ですが、
「う〜〜ん。奥さんを見た後だと、制服プラスしてもイマイチ‥‥‥‥‥」
　確かに奥さんと比べると、西条くんの言う通りなのですが。
「アンタたち、こっから徒競走で帰りたいの？」
「いえ‥‥‥‥‥」「さすがAランクです‥‥‥‥‥」

足下見る見る！

「やぁ。泉クン、ご苦労さん、ご苦労さん」
　そこへ、駐在さんが、学校への報告を終わらせ戻って来ました。
「お疲れさまでした！」敬礼する泉巡査。
「泉クンも暑い中、連日、特務で大変だな」
「まぁ、婦警、少ないですから。しかたありませんわ」
「さすがミニパトの‥‥天‥‥シ‥‥だな」
　そんなに言いづらいなら、無理して言わなきゃいいのに。

「それと。西条。これ」
　駐在さんが西条くんに渡した青小の封筒には、
「あ……これ………」
「特別にくれるそうだ。持って帰れ」
　資料室で見つけた「お父さんの写真」

「………お、俺、先生にお礼言って来る！」
「ああ、それがいいだろ」
　駆け出す西条くん。

「ママチャリ。ピアノのことな。先生、お礼言ってたぞ」
「あ、そりゃよかったです」
「あと、額縁と枕とスリッパは**弁償してくれればいい**からって」
「そりゃ……よかった……です」
　スリッパが増えてる……（泣）

「やっぱり、那智先生って方みたいだな。あれを造った人

第18章　枯れる花　咲く花

は」
「木のベーゼンドルファーですか？」
「ああ、お前の言う通り、たいへん生徒思いの、立派な先生だったそうだ。写真も見せていただいたが……」
　そう聞いて。僕の中で、なんか駐在さんとイメージが重なってしまうのは……
「ハゲてたなー」
　僕の気のせいでした……。

　もどって来た西条くん。
「これももらえた！」
「あ………それ記録簿？」
「ああ。コピーだけど」

　このことで何かが吹っ切れたのか、西条くんは、
「俺、今日、家にもどるわ！」
「え？　もどるのか？」
「ああ、母ちゃんにこれ見せなきゃ！」
「ああ、うん。そうだな。それがいいよ」

「じゃ、家まで送るわ。A市だよネ？」
「いえ。俺バイクだし。こいつの家まででいいです」
「そう………」
「？」
　泉巡査は、なぜか少しだけ顔を曇らせたように見えました。
　だいたい、なぜ西条くんの家の所在を知っているのでしょう？
　ひょっとして西条にホレてるとかぁあ？
　まさかね……。

「今日も狭いけど、我慢してね」
　またしてもパイロンと同乗の僕たち。
『ウォンバット』が道に飛び出して来ないことを祈るばかりです。
「婦警さん。すいませんが、写真屋さん寄ってもらえませんか？　小学校で撮ったフィルム、現像しないといけないんで」
　頼みはモータードライブが捉(とら)えた写真だけ。
　もっとも、駐在さんが諦めたものを、いまさら感はありますが。
「あ、ヤだ！　アンタ、わたしのパンツ撮ったのね！」
「ちがいますよ……！　誰が婦警さんのなんか」
「！」

「あ！　あぶな〜いっ！」
キキキッ！
　いきなりパイロン！
ゴッ！
「痛ッテ〜〜〜〜〜〜〜〜〜〜〜〜！」

「ほほほ。ごめんなさいネ〜。横断歩道に葉キリ蟻(あり)の行列が」
　葉キリ蟻〜〜〜〜？

第40話　盲点（2）

　葉キリ蟻の行列が邪魔したこともあって、我が家に到着したのは昼近く。
　わずか1日ですが、資料室のことがあってか、戦前からタイムトリップして来たような、不思議な感覚があります。
　家も。母も。

「え！　西条くん、今日帰るの？」
「そう」
「お前も？」
「いや‥‥、僕は帰らないよ。ここが家だから」
「おや。『帰ってきたウルトラマン』は、ウルトラの星が家なのに、地球に帰ってきたでしょう？」
「どういう理屈だよ‥‥‥‥‥」
　ウルトラマンと一緒にするな。
　あいかわらず円谷作品にうるさい母です。

「じゃぁ、お前はウチに残るのね？」
「そうだよっ！　帰って来た次男だよ！」
「うーん。次男なのに、いつまでも家に居座るって言うのもねぇ〜‥‥‥」

「‥‥‥ゾフィーは長男だからいいけどねぇ〜」
　ゾフィーを兄に持った覚えはありません。
（ちなみに『帰って来たウルトラマン』は四男。最初のウルトラマンは次男なので「帰って来た」わけではない）

「そう。残念ねぇ‥‥‥執事でも気に入らなかった？」
　付けてないだろ。執事。
「いろいろお世話になりました」
　西条くんは西条くんで、実質たった２泊だったのに少し寂しそうです。
「振り返れば、いろいろあったわねぇー‥‥‥あんなことこんなことあったでしょ」
　ないでしょ。
　実質二泊三日で、そんなに何を『おもいでのアルバム』してる？

「じゃ、今日のお昼は腕によりをかけなくっちゃね！」
　料理本など片手に台所へたつ母でしたが‥‥‥‥

　☞☞☞

　遅い‥‥‥。
　待てど暮らせど。
「母ちゃん、お昼まだ？」
「うっさいね、この子は！　い、今できるわよ！　まったくいやしいんだから」
　台所をチラリと見ましたが、見たこともないような鍋や調理器具が並び、とんでもなく大掛かり。大丈夫でしょうか？

　それから２時間ほどして、
「お待たせ〜〜」
　待ってました〜〜〜〜〜〜！

第18章　枯れる花　咲く花

「‥‥‥‥‥‥え？　**ソーメン？**」

　腕によりをかけてソーメン？
　しかも刻みネギ以外、なんの芸当もない素のソーメン。
「はは～～ん‥‥‥‥」
　おそらく母、調理本にあった「腕によりをかけた」料理に失敗。ほとんどの食材をダメにしてしまったのでしょう。
　間違いありません。
　なのに西条くんには、
「簡単なものでごめんなさいね～～～、この子、ソーメンが命がけで好きなもんだから～～。ほほほ～」
「別に、それほど好きじゃないけど」
「ムッ！」

「人はソーメンのみに生きるにあらず！」
「なんだそりゃ‥‥‥‥‥」

「それでは、食事の前にお祈りを‥‥‥‥‥」
　お祈り～～～？　母、なんとかソーメンを後づけで「特別なメニュー」に引き上げようと必死！
　キリスト教徒でもないくせに、手など組みまして、
「天にましますわれらが神よ‥‥‥‥今日も迷える子羊に日々の糧を与えたもうことを‥‥〈中略〉‥‥父と、子と、聖霊の御名によりて‥‥」

「‥‥‥‥ソーメン」

　やっぱし‥‥‥‥。それを言いたかっただけ‥‥‥‥。
「さ、食べましょ？」

めんどくせ〜〜〜〜〜〜〜〜〜〜〜〜〜！

「ふう〜ん。これが西条くんのお父さんなんだ？　ソックリね」
　特別な昼食後の話題は、当然、西条くんのお父さんの記録です。
「ウルトラマン父子も似てるもんねぇ〜」
　ありゃつくりもんですから。

「１位ってすごいね！　足速かったんだ？」
「えへ‥‥‥ええ。みたいっス」
　照れる西条くん。
　ところが、母。いきなり、
「じゃ、この隣りに写ってる子は誰？」
「それは‥‥‥さすがに〜〜‥‥‥‥‥」
　無茶な質問です。
「２位の子に決まってんだろ？」
　投げやりに僕が答えましたが、

「ちがうでしょ？　ほら、メダルのリボンの色」
「え？」

　それはまったく意外な着目点でした。
　僕たちは、３人そろっているので「１位〜３位の子」とばかり思っていたのですが。
「この子だけはリボンの色がちがう。こっちの子は西条くんのお父さんと同じ色のリボンなんだから、他の競技の１位でしょ」

「あー………、ほんとだ！」
　白黒写真なので、まったく気づきませんでした。
　写真の3人は1位が2人。残り1人は順位が違ったのです。

「同じ短距離走にしちゃ背丈がバラバラだし……。だいたい、いくら入賞したからって、いきなり他校同士の子が肩組んだりしないでしょ？」
　言えています。すなわち………

「この写真の子は、西条くんのお父さんと同じ学校の代表選手でしょ」

「あ…………！」
　当時、小学生のユニフォームと言えば、ただの白いランニング。ゼッケンの色だけで区別されていましたから、前からは、まったく見分けがつかなかったのです。

「この子は3位だね。こっちの子は西条くんのお父さんと同じ1位」
「なんでわかるんだ？」
「白黒写真では、赤よりも緑のほうが濃く写るから。緑が3位だったでしょ？　連合運動会は」
「あーー………」
「西条くんのお父さんって、最終学歴は？」
「たぶん、国民学校の…あ、最終的には予科練ですけど」
　（予科練＝海軍飛行予科練習生。当初は航空部隊のエリートを養成した海軍の教育制度。が、戦況が悪化すると、大量に志願者を募るようになり、かの「特攻隊」を輩出した。
　末期前までは一般教養も教えたので、予科練を出た人は、

最終学歴を「予科練」とすることが多い)

　つまり、母が言いたかったのは、
「だったら、この子って西条くんのお父さんの親友、って可能性あるわよね。だから知ってるかと思って」
「あ‥‥‥‥そうか‥‥‥。オヤジの親友‥‥‥‥」
　十分にありえることでした。
　今さらそれが誰かわかったところで、どうにかなるとも思えませんでしたが、西条くん本人が強い興味を示したので、母が記録簿を当たってくれました。
「M高等小学校の‥‥‥、あったあった！　この人ね。1位になってんのは、西条選手の他にはいないから」

「どれどれ？」
「幅跳びで優勝してるね。この人よ」
「なんて人？」

「竹内くん」

第41話　盲点（3）

　竹内って‥‥‥まさか‥‥‥‥。
　確かに‥‥‥似てる‥‥‥‥！
　言われてみれば、というレベルですが、それでも西条父子に比べたら、ずっとずっと似ています。
　おそるおそる西条くんを覗き込むと
「よせやい。心配すんな、違うから」

第18章　枯れる花　咲く花　　217

「え?」
「竹内、非摘出子だから。母親の苗字なんだ。確か」
(非摘出子＝婚姻していない男女の間に産まれた子供)

「のぶくんとおんなじ?」(4巻参照)
「だから、おんなじ施設なんだろ?」
　それは少なからずショッキングな話でした。
　考えてみれば、中学3年になるまで施設にいたわけですから、なにがしかの事情があるのは間違いないことだったのに。

「竹内に言うなよ?　アイツそれでどんだけ苦しい思いしてきたか」
　西条くん。なんだかんだ言って、やっぱりまだ竹内さんのことを気にかけてるようです。
「あ、うん。わかってるって‥‥‥」
　でも‥‥‥似てた‥‥‥‥‥。

　そして午後。西条くんが帰る時間になりました。
「タカさん!　いろいろお世話になりました!」
「ううう‥‥‥寂しくなるわ‥‥‥。アナタとなら、うまくやれそうだったのに‥‥‥‥‥」
　いや‥‥‥母ちゃん。嫁が出てくわけじゃないんだから。
「でも‥‥。あんまりご迷惑もかけらんないし‥‥‥‥‥」
「迷惑だなんてそんな‥‥‥。次男ほどじゃないから」
　次男への攻撃の手は緩めない母です。

「またいつでも出島に来てちょうだいな」
　長崎観光協会みたいなこと言ってますが、『出』しか合っ

てないのに、とうとう最後まで「出島」で貫き通したのは、たいしたもんです。

　迷惑はかけられない‥‥か‥‥‥。

　茶木がもどったと判った今となっては、まんざらシャレになっていない話でした。
　普通（当時）のワルは、最低限のルールとでも言いますか、呼び出しはすることがあっても、家にまで乗り込んだりはしません。
　しかし、少年院出となれば、どういう手に出て来るかわかりません。しかも、茶木が乗っていたのはジャガー‥‥。

　西条に伝えるべきだったか‥‥‥？
　いや。おそらくすでに知っているでしょう。
　だから出島して来たわけですから。

　西条くんを見送り、家の中にもどると、
「いっきに寂しくなっちゃったねぇ～」
　母が繰り返しました。
「寂しいからジェミーちゃん呼んじゃおうかしら？」
「やめてくれよっ!!」

　が、母が言い出したことですから、僕はしばらく電話の前で番をしなくてはならなくなりました。
　もちろん、受話器をとられないためです。
　黒電話ひとつをめぐって、互いに牽制しあう母と子。ああ、やだやだ。
　とか言いつつ。

第18章　枯れる花　咲く花

実は、和美ちゃんからの電話を待っているのかも知れません。
　和美ちゃんは伯母さんの家に下宿しているので（9巻）、こっちからは電話をかけづらいのです。

RiRiRiRiRiRiRiRi　RiRiRiRiRiRiRiRi

　来た！
「もしもし？」
　電話は和美ちゃんではなく、千葉くんでした。
〝よ～～～。ひさしぶりだな～。元気だったか？〟
「今朝がた別れたばっかだろが……。なんだよ？」
〝今すぐ出れるか？〟
「え？　うん。なんで？」
〝目撃してたヤツがいた〟

　え………………？

「侵入者を？」
〝侵入者かどうかわかんねーけど。逃げた車を〟
　やはり。車……。
「誰が？」
〝昨日の夜に、プールの水入れ監視してたヤツ〟

　前述したように、プールは防火用水を兼ねているので、空っぽにはできません。
　小学校のプールの水張りは、通常は先生が。夏休み中は宿直の先生か我が校の水泳部がやりますが、昨日は、宿直は駐在さんと僕たちが代わってましたから、我が水泳部の仕事に

なったのです。
　注水は、抜く時と違って、水を止める作業があるため、たいへん長丁場な仕事で、25mプールなら5時間以上。ずっと待っていなくてはなりません。

　"昨日は、なんか**プールでホッケーしてたバカども**がいて、入れ始めるのが遅くなったんだ"
「そのバカども、誰だかよく知ってる気がする‥‥‥」
　"オレもよ～～く知ってる"
　そこにつけて、ここのところの猛暑続きで、水道の水圧が下がっていて、入れ終わったのが深夜に及んだのだとか。

「なんか‥‥全体的に僕らのせいに聴こえる‥‥‥‥」
　"そんなことあるって～"
　あるのか‥‥‥。やっぱり。

「で？　そん時に目撃したんだな？」
　"伝言ゲームになると悪（わる）いから。あとは集まってから話す"
「どこ？」
　"N市の本署だ"
「本署？　え？　もう警察沙汰にしたの？」
　いくら警察官の兄がいるとは言え。
　"ちがう"
　じゃぁ、なんで警察署？

「補導された～～？」

　"なんか酒とタバコやってたらしくって"
　ああ‥‥‥。ありがちな話です。運動部員にボーーーッと

第１８章　枯れる花　咲く花　　**221**

5時間以上も与えたら、良からぬ仲間とかが集まって来ますから（←必ず）。とたんに溜まり場。

"それが〜、ジェミーもいたらしい"
「**ジェミーーーーー？**」
"同級生だから"
　どこ行ったかと思ったら、そんなとこにいたのか！

「待てよ？　じゃぁ、ジェミーも目撃………！」
"ジェミーは寝てたって"
「………………」
"ったく。役たたねぇよなァーーー、アイツは"
　千葉くんに言う資格なし。

・・・・・・・・・・・・・・・・・・・・・・・・・・・・・・・・

第42話　目撃情報

　ジェミーが補導…………。
　実は今回が初めてではありません。去年の夏も、花火泥棒で駐在さんに補導されています（2巻）。
　念のため、僕は補導ではありません。「逮捕」でした（泣）。

　千葉くんは、水泳部の部長として、部員の情状酌量を兄を通じて頼みに行ったようです。学校にバレたら試合出場停止は必至。
　離れていたとは言え、千葉くんも同じ青小校内にいたわけですから。

待ち合わせの警察本署前の公園。
　千葉くんはおらず、ポツン、とジェミー。
　砂場そばの木の根っこの上に立ち、なにかさかんに悩んでいるように見えました。

「ジェミーーーーーーーー！」
「あ！」
　僕の声に振り向いたジェミー。振り向いたと同時に、
「なんで驚かすんですか！　先輩！」
「あ、ゴメン。驚かすつもりはなかったんだけど‥‥‥」
「あああーーー‥‥おかげでボクのこれまでの努力が水の泡ですよ！」
「水の泡‥‥？。あ‥‥‥悪い」
　初めて見るジェミーの激昂(げきこう)に、僕はとまどいました。

「まったく先輩は！　無神経にもほどがありますよ！」
「すまん‥‥‥‥‥‥‥‥」
「だから井上先輩に負けるんですよっ！」
「う‥‥‥‥‥‥‥、うん‥‥‥‥‥‥‥‥」
　キツイとこをついてきますが、ここは我慢。我慢。

「で‥‥‥、どうすればいい？」
「どうしたって時間はもどりませんからっ!!」
「うん‥‥‥」
「覆水盆に返らずって知らないんですかっ!?」
「知ってるよ‥‥‥‥‥」
「中国の故事で、覆水って人が盆帰りできなかったんですよ!?」
「それは、ちがうと思う‥‥‥」

第18章　枯れる花　咲く花　　223

（正：こぼした水は、もう元にはもどらないこと。「中国の故事から来ている」という点は本当）
「また知ったかぶりしてーーーー！　悪いのは先輩じゃないですか！」
「あ……うん……。だから、ゴメン」
　すさまじい激怒。ひょっとすると、なにか補導でイヤな思いでもしたのかも知れません。
「許してくれよ………」
　平身低頭詫びました。が………

「ったくぅ！　**ずっと土踏んでなかったのに**ーーーー！」

　あ？

「この公園じゃ、むずかしいんですからね？　土を踏まずに端まで渡るの！」
　努力ってそれ？　土踏んでなかったってだけ？
「またスタート地点からやり直しじゃないですか！　どうしてくれるんです？」
「**やかましぃーーーーーーーーーーーーー!!!**」
　ヘッドロック！　ヘッドロック！
　膝蹴（ひざげ）り！　膝蹴り！
　久保くんがコイツの首を絞めたくなる気持ちが、よ〜く理解できました。

　やがて本署側から千葉くんが。
　道路側からCB250に乗った孝昭くんがやって来ました。

「これしかいねーのか？　最近、集まりわりーなー。ま、今

日の今日じゃ無理もねーか‥‥‥」
　孝昭くんの言う通りです。あの大所帯の心霊研究会が、ジェミーを含めても4名。
　夕べ参加のチャーリーは自動車造り（10巻）。
　グレート井上くんは東京。村山はその迎え。
「久保と河野は‥‥‥まぁ、無理か‥‥‥‥‥」
「うん‥‥‥」
　女がからむと、ホントやっかいです。

「西条は？」
「今日、家にもどった」
「そ‥‥‥か‥‥‥‥」
「ジェミーは？」
　この公園にいますが、どうやって土を踏まずに端から端まで行くかに再チャレンジしています‥‥。

「さっさとコッチ来いよ！　ジェミー」
「簡単に言わないでください」
　簡単に言うよ。どうやら、またしても行き詰まってしまった模様。
「あ！　そうだ♪」と、ジェミー。

「**3回まで土踏んでもいい**ことにしよう！　そうしよう！」
　なんか自分の中で新ルールができたようです‥‥。
　が、僕たちの直前。砂場のブロックの上で、またも立ち止まると、
「‥‥‥5回でもいいですか？　先輩」
「なんでもいいからさっさと来いっ!!」

第18章　枯れる花　咲く花　　225

「やった～～～～！　ジェミー選手、ついにやりました～！」
　やってねーし、意味ねーし。ルール追加してるし。
　ゴールがベンチということも、つい今しがたまで知りませんでした。
「ベンチに土足で座るなよ。ジェミー」
「先輩たちはいくらでも土踏めるから、そういうこと言えるんですよ！」

ヘッドロック！　超ヘッドロック！
ヤシの実割り！　超ヤシの実割り！

「で、千葉。そっちは？」
「なんとか。穏便に済ましてもらえそーだ」
　ジェミー、
「ボクもオンビン・チャビン・ハゲチャビンですぅ～～」
（正：ドビン・チャビン・ハゲチャビン。昭和中期に流行った言葉遊び。名指しされた人が必ず次の言葉を言う、というだけの簡単なルール。意外にむずい）

「で、そいつらが目撃した車って？」
「チャビン☞」
「ああ、モスグリーンだったって」
「ハゲチャビン！　☞」
「モスグリーン・・・・・・・・？」
「あ、先輩の負けです～～。『オンビン』です～♪」
「うるさい！　孝昭たちも！　ジェミーにのせられんなよ」
「悪かっチャビン」
　なんか抜け切ってない‥‥。

「茶木のジャガー‥‥‥」

　孝昭くんは、
「はぁ？　ないない。そこまでの偶然はない」
「そうかな？」
「敵をこう言っちゃなんだが、茶木はこの辺のワルん中じゃ大物だぜ？　コソ泥なんてセコいことしねぇって！」
「そうなのか？」
「だいたい、なにしに青小に来んだよ」

「それが‥‥‥‥‥‥‥」
　いや‥‥‥。
「‥‥‥‥いや‥‥‥うん。そうだよね」

「先輩、**オンビン！**　☞」
「わかった‥‥‥‥ジェミー。なんでジェミーは穏便に済んだんだ？」
　聞いてやるまでやめそうもありません。
「はい〜。補導員さんに先輩の名前を出したら、『じゃー、しょうがない』って。穏便に済みました〜**チャビン**☞」
「僕の‥‥‥‥？　**ハゲチャビン！**　☞」
「アハハハハ！　先輩はハゲチャビンですぅ〜〜〜」
　コイツは〜〜〜〜‥‥‥！

第18章　枯れる花　咲く花　　227

第43話　最悪のシナリオ

「補導員さんが僕の名前を知ってた？」
「はい〜〜〜」
　自慢じゃありませんが、僕は補導されたことはありません。
　逮捕されたことは何度かありますが（もっと悪いって話もある）。いずれも駐在さん。
「どういう人？」
「婦警さんでした」
「あーーーー‥‥‥‥」
　泉巡査だ！
「待て待て待て。なんで僕の名前出したんだよ！」
「だって、先輩が置き去りにしたからじゃないですか〜。帰るとこないって言ってるのに〜〜〜〜」
「いや‥‥だからって‥‥‥‥」
　それ1日前だろ‥‥。

「ジェミー。婦警さんと補導員さんはちがうぞ？」
　と、警察関係者、千葉くん。
「そうなんですか？」
「少年補導員は嘱託」
「おいしそうですね！」
「食卓じゃなく嘱託。だから民間人なんだぞ？」

「だって、婦警さん、『これ以上保護観察増やさないで』って言ってました〜」

「保護観察?」
「これ以上?」

「ジェミー、保護観察官はもっと違うぞ?」と、千葉くん。
「あ。そうなんですか?」
　保護観察官は、刑務所や少年院を出て来た「仮出所」や「仮退院」の調査にあたるのが主な任務。文字通り「そのまま社会に出しても大丈夫か?」を観察、指導します。
　保護観察官は圧倒的に不足していて、少年院については婦警さんが兼務で当たることも多いのです。

「待て待て待て!　仮退院って言ったか?」と、孝昭くん。
「あ!　それか!　特務!」と、続いて僕。

「なにが?」
「あの婦警さん、西条の家を知ってたんだよ」
「え?　西条の家?　アイツ保護観察ついてんのか?」
「ちがうって。保護観察ついてんのは、たぶん‥‥‥‥」

「茶木か!」

「その通りだ」
　そうか。特別任務って‥‥‥。あるいは、他にも保護観察の付いている者がいるのかも知れませんが、茶木がそのひとりであることは時期的にも間違いありません。

　だとすれば‥‥‥‥‥。

「西条がやばいぞ!　今日、家にもどったって言ったよ

第18章　枯れる花　咲く花

な?」
「ああ‥‥うん。でも、わざわざ張ってるかな?」
「来ると思ってるから婦警も当たってたんだろが!」
「あ‥‥‥‥」
「西条、お祭りで茶木の手下、返り討ちにしてんだろ?」
「あ‥‥‥うん‥‥‥‥」ゴロツキ4人。
　もし報復するとすれば、それ以上の人数は確実。ということ‥‥。
「西条んち行こう」
「そうだな!　こうしちゃいらんない‥‥‥!」

「その前に電話で確認したらどうです?　先輩」
「あ、珍しくいいこと言うなぁ。じゃ、たのむ!」
　電話ボックスを目指したジェミーでしたが‥‥‥‥‥
「土踏んでけーーー!　バカーーーーーーーーっ!!」

「西条先輩、出ません～～～～～～」
「そんな‥‥‥とっくに‥‥‥‥」
　到着していなければおかしい時間です。
　今日は、お母さんにあの写真を見せるんだと言って、張り切っていました。
　まさか‥‥‥‥‥‥。

「行こう!」
「いや、早まんな!」
　突然、冷静になる孝昭くん。
「なんで!　一刻を争うかも知れないぞ?」
「そうだけど。確か茶木たちは3台に分乗してた、って言っ

てたよな?　ミニカよりデカかったって」
「あ。マンドリルですか〜?　ええ。3台ともミニカよりでかかったです〜」

　基準が「最低の軽」というのが痛いですが、そこからも判ることはあります。
　全部「ミニカより大きい」ということは、普通乗用車3台。定員は最大15名。助手席にいた竹内さんを差し引いて9人までなら2台分乗で済むはずですから、相手は10人以上いる、ということ。
　それも3台と限定しての話ですが。

「お祭りん時だけで4人いたんだ。膨れ上がるぞ、こりゃ」
　つまり。
「この人数じゃ、太刀打ちできねぇかも」
「うん‥‥‥‥」
　すでに茶木は、西条くんに負けた茶木ではありません。
　現地で西条くんを加えても、このメンバーでは、少年院出の茶木たちにはとうてい勝機はないでしょう。

「河野たち、呼ぶか?」
「久保と河野は無理だ‥‥‥」
　呼んだとしても状況はたいして変わりません。
　こっちは退学で済むか済まないか。
「済まねぇだろうなぁ‥‥‥」

「千葉の兄ちゃんは?」
「事件になってないと、警察は一般人の警護はできないぞ?」

第18章　枯れる花　咲く花

「警察なんか一時しのぎだって。報復が終わるまで、どこまでも追っかけてくる」
「くそ‥‥判ってて打つ手なしか‥‥‥‥」

「‥‥いや、ある。あるぞ！」

　そこで訪れたのが
「お願いします！　西条を助けてください！」
「はほ？」
　世界一乱暴なケーキ屋さん。

第44話　ケンちゃんマーケティング（1）

　ケーキ屋メルヘン。パステルピンクの外装と生クリームの匂いが、緊迫感をそぎます。
「西条がどうしたってぇえ？」
「なんか、ヤバいヤツの報復受けそうなんです」
「なんだって？　なんでそれを早く言わねぇ!?」
　今話し出したばかりだからです。

　ケンちゃん、僕たちを店舗裏まで連れてくると、
「で？　相手あ何人だぁ？」
「わかりません」
「わかんねぇだああああああああああ？」
　すごく怒りました。
「ちゃんとマーケティングしてから来やがれ！」
　マーケティング‥‥‥‥って言うのかな‥‥‥‥‥。

「あ……えっと。たぶん12、3人…………」

　聴いたとたんにケンちゃん、
「こうしちゃいらんねぇ!」
　さすが兄貴分!　エプロンをはずしながら、大慌てで裏口の扉を開けると、店の中へと飛び込んで行きました!

「やっぱ、なんだかんだ言いながら弟分がかわいいんだなー」
「うん…………。俺、ちょっとウルっちゃったよ」
「よかった。ケンちゃんとこ来てー」

　ケンちゃん、準備に手間取ってか、しばらく出て来ませんでしたが、
「よし!　コイツ車に積め!」
「えっと……これって………」
「ケーキに決まってんだろおがあ!　何屋に来てんだあ?　ぁあ?」
「は…はい…ケーキ屋さんです………」

「ひとり３個で足りるかな?」
「え?」
「ひとり３個で足りるかなああああ!?」
「あ……どうでしょう……多めのほうが………?」
　あ。それでマーケティング?
　ひょっとして人選誤ったか?

「まぁいいや、足りねぇぶんはカードだ」
　と言いながら、見せてくれたのが

第１８章　枯れる花　咲く花　　　233

「こりゃなぁ。『プラチナカード』つってよ。ケーキ食いたくなったとき、無料で食えるカードでな。今、巷じゃ大人気なんだ」
「え！　無料なんですか？」「そりゃすげぇ！」
「プラチナカード、オレも欲しい！」

「そーかそーか。じゃー売ってやる。**1枚につき3000円**だ」
「え……それって有料なんじゃ………」
「ぁあ？　これ持ってりゃ、**いつでも好きな時3000円分もケーキタダ食いできるんだぜぇぇぇぇぇ？**」
　うーん。どう考えても無料じゃない。そればかりか前払い。
　どこの「巷で」流行っているのでしょう？

「うん。このカードはめちゃくちゃ売れてる。利用率はイマイチ低いがな」
　よく見ると、ヘタクソな手書きで『**発行日より1週間以内有効**』。
　これって……ていのいいカツアゲでは？
「僕は……遠慮しときます……」「俺も……3000円もないし……」「オレも…………」
「ちっ！　セイガクは貧乏だから嫌いだぜ！」
　いや。たとえ大富豪になっても絶対購入したくないカードです。メルヘン・プラチナカード。

「まぁいいや！　行くぜぃ！」
　ケーキのケースをかかえて立ちつくす僕たちを見て
「なにやってんだ！　**移動販売は鮮度が命なんだぜ？**」
「いえ……あの……西条は………？」

「あ、そうだそうだった! 移動販売じゃねーよなーーーーー。西条だ、西条ーーーーー♪」
　ものすごくうれしそうです‥‥‥‥。

「ついて来いっ!」
「えっと、ケンちゃん、場所わかるんですか?」
　素朴な疑問。
「チッ! チッ! チッ! これだからトウシロウはなぁー。西条くらいのヤツが、相手の好きなトコに引きずり込まれると思うか?」
「あ‥‥‥‥いいえ‥‥‥‥」
「だとすりゃ、野郎がドンパチやる場所はだいたい決まってる。西条の家近辺で、見つからずにドンパチできるとこっつったらタカぁ知れてっからな」
「あ‥‥‥なるほど‥‥‥‥‥‥‥」
　蛇の道は蛇です。
　あるいは、ケンちゃんは、こうやって何度か助っ人に入っているのかも知れません。ケーキ持って。

第45話　ケンちゃんマーケティング (2)

　最初ケンちゃんが向かったのが、鉄工場の廃屋。
「まぁ、俺ならここかな?」
　フロンテクーペ (ケンちゃんの軽フェラーリ) から降りて、耳を澄ますケンちゃん。

「ほ〜ら。いやがったぜ?」

「ホ‥‥‥ホントだ!」
　工場の周りには、見るからに「危ない」車が5、6台も停まっていて、工場内からただならぬ空気が漂っていました。
「‥‥‥何人いんだ?　これ」
　僕たちは顔を見合わせました。
　あのケンちゃんでさえ、
「ヤベェな‥‥‥こいつぁ‥‥‥‥‥」
　さすがに弱った顔をしています。

「ケーキ‥‥‥ぜんぜん足りねぇじゃん‥‥‥‥!」

そっち?
「だぁかぁら、マーケティングはしっかりしろ、つってんだよっ!」
「す、すいません‥‥次からはしっかりやります‥‥‥‥」

　しかし、僕たちが西条くんの家に電話してから50分あまり。我が家を出てからは、すでに3時間以上経過しています。
　はたして西条くんは、無事なのでしょうか?
　僕の心配をよそに、ケンちゃんは、
「おい、そこの!　ガチャピンの!」
「あ、と‥‥‥。僕ですか?」
「ああ。助手席から俺の靴とってくれ」
　フロンテの助手席足下にあったデッキシューズを渡すと、ケンちゃん、わざわざエナメル靴を脱いで履き替えました。
「あ、動きやすいようにですね?」
「ぁあ?　エナメル靴じゃ固ぇからな。**相手死ぬと悪い**だろ?」
「なる‥‥ほど‥‥死ぬのは‥‥悪いですよね‥‥‥‥」

僕たちとは、だいぶ感覚がちがいます。
「**お得意様が死んじゃ困っからな〜〜〜〜♪**」
　すでに「見込み客」として見てる‥‥‥。
　よくよく見ると、デッキシューズがエナメル靴風にペイントしてあるのがちょっとかわゆい。

　靴を履き替えるとケンちゃん。２、３度ジャンプして
「椅子に上着かかってんだろ？　それもよこせ。ガチャピン」
　ガチャピンじゃないけど‥‥‥‥‥‥。
　上着をはおるケンちゃん。僕は、ケンちゃんがこの暑いさなかに、わざわざ上着を着込む理由が判りませんでした。
　確かに見た目に迫力は増すのですが。

「お前ら、来っことないから、ここにある車、全部タイヤの空気抜いておけ」
「わ、わかりました」
「俺は行く！」と、孝昭くん。
「へ？　カッコつけやがって！　まぁ、ガチャピンならいいか」
　孝昭もガチャピン？

　ケンちゃんとガチャピン孝昭くんは、そのまま工場へと向かいました。
「♪えっくす〜〜　それは、あんたぁ〜〜〜」
　余裕で。ちあきなおみなんか歌ってます‥‥‥。
　ついて来るなと言われても、当然気になりますから、僕たちも工場の見える場所の車から空気を抜くことにしました。
　全部で７台！

第１８章　枯れる花　咲く花

ざっと考えても、敵は20人はいると考えなくてはなりません。

　入り口手前でケンちゃん、
「ガチャピン、テメェはそこの入り口前で待機してろ」
「わ、わかったぜ」
　ケンちゃんなりに作戦があるようです。
　一方、僕たちは、工場の裏手の車の裏に隠れました。
　廃屋は、すでにあちこち壁に穴が開いていて、覗き込むのに困りません。
「うわ……15、6、7、18人いる………」
「西条は？」
「西条は………えっと………」
　見えません。

　と、そこに
　ブラリ、とケンちゃんが入って行きました。
「ん？　誰だ？　キサマ……」
　ケンちゃん、なにを聴くでもなく、
「**はっほ〜〜〜〜〜〜〜〜〜〜♪**」
　いきなりハイキック！
「ごぉぶっふっ！」
　一発KO！
　倒れた顔面を
「**はっほ！　はっほ！　はっほ！　はっほ！**」
　連続踏みつけ！　踏みつけ！　踏みつけ！
　なるほど‥‥これがエナメル靴では死んじゃうかも（怖）

　踏みつけられた相手は？

ピクピクしてましたが
「はほっ！」
　動かなくなりました‥‥。生きているんでしょうか？
　ここまでわずか15秒あまり。
　だいたい、敵味方も聴かずに、いきなり襲いかかるってのがスゴい。たぶん「顧客」になりさえすれば、敵も味方も関係ないのかも知れません。

　茶木のグループは、このわずかな間に起こったことに、度肝を抜かれていましたが、
　ようやく我に返ったように、
「テメェーーーーーーー!!」
「どこのもんだぁ！」
「ブッ殺してやるーーーーーーー!!」
　鉄棒や木刀をかざして、いっせいにケンちゃんに襲いかかり‥‥‥‥

　が、ケンちゃん、ここで、いきなり背広の懐に右手をつっこんだのです。
「ゲェ‥‥!?」「うぉ‥‥!!」「マジか‥‥!!」
　相手の動きが、まるで時間を止められたかのようにピタリと止まりました。
　あの容姿で懐に手を入れられれば、誰だって想像することはただひとつ。

　相手が隙だらけになったのは、素人目にも一目瞭然でした。
　この隙をついてケンちゃん、またひとりをローキックをくらわせて倒すと、振り返りざまのバックキックでさらにひとり！

速い、なんてもんじゃありません！
「はっほ～～～～～～～～～♪」
　ぜんっぜん、西条より強い‥‥‥‥‥！

「はっほっほ～～～～～～～！」
「はほっ！　はほっ！　はほっ！」
　無造作に踏みつけているように見えて、確実にこめかみにヒットしています。
　最後に、みぞおちに**蹴りっ！　蹴りっ！　蹴りっ！**
「ぐはぉ‥‥‥‥‥」
　もはや立ち上がれそうにないのに、まだ**蹴りっ！**

「びゃひゃひゃひゃひゃひゃひゃ～～♪」

　わ、笑ってる‥‥‥。
　お‥‥おっかね～～～～‥‥‥。
　これで手を出せるヤツはバカです。
「ゲッ！　やべ！　コイツ本物だぜ‥‥‥‥‥！」
「く、狂ってやがる‥‥‥‼」
　気の毒だけど言えてる。
　入り口付近の何人かが、逃げ出し始めました！
ガッ！
　が、そこは待機していた孝昭ガチャピン、
「へっ！　逃がすかよ～っ！」
　あいかわらず汚い「手に石」攻撃！
「こ、こっちにもいやがるぅぅっ‼」
「か‥‥‥‥囲まれてんぞ！」

　思ったよりもずっと早いケンちゃんの「淘汰（とうた）」に、僕たち

は泡を食いました。
「千葉！　孝昭の援護にまわってくれ！　ジェミーはこっち！」
　急いでタイヤの空気を抜かなくてはなりません。

　援軍を呼びに行ったり、中には警察を呼びに行くヤツさえいますから、移動手段は最初に断つのです。
「時間がない！　それぞれ右前だけ抜くんだ」
「右前ですね？」
「ああ。空気抜くなら右前が一番きくから」
　と、ここまで説明して。
　アレ？　そう言えば……。
　駐在さんのバイオレットもトレノも右前の空気が抜かれてた………。なんで、いちいち……？

第46話　ケンちゃんマーケティング（3）

　タイヤは、バルブの中にある『むしゴム』というものを抜くと、瞬時で空気が抜けます。が、これには『むしドライバー』という特殊な工具が必要で、当たり前ですが普段から持っているようなヤツはいません。
　ですから、
『ねぇ、むしドライバーもってない？　今朝から、突然タイヤの空気抜きたくなっちゃって～』
『ゴメ～ン。今日に限って持って来てないのぉ。保健室から借りて来たら？　むしドライバー』
　などという会話は、どこの学校でも聞けません。

『むしドライバー』がない場合には、細い釘状の物でバルブを押し続けるしかありませんが。空気の抜ける音の長く大きいこと！
　　シューーーーーーーーー‥
「昨夜、こんな音はしなかった‥‥‥」

　僕がタイヤの空気を抜くための特殊工具『むしドライバー』の存在を知ったのは小５の時でした。学校の校庭に『タイヤ跳び』用のタイヤを埋めることになって、そのとき来ていたPTAのひとりが持って来たのです。
　たまたまその人が『むしドライバー』を学校に忘れていったため、翌日、先生たちの車の空気が全部抜かれる、という一大事件がおきました。
　日頃の行いの良かった僕は、真っ先に疑われ、かなり不愉快な思いをしたものです。

　結局、あの時の犯人は‥‥‥‥‥。

「先輩〜〜」
「え？　あ？　なんだ？　ジェミー」
「もう、空気抜けきってますよ？　いつまでやってんです？」
「え‥‥‥？　あ、ほんとだ！　悪い悪い」
　大慌てで工場廃屋裏へともどると‥‥‥‥
　さすがケンちゃん。闘いは、あらかた終了し、
「**はほっ！　はほっ！　はっはっほ！　はほっ！**」
　最後のヤツにトドメを刺しているところでした。
　あれで死なないのが不思議です。

コンクリートの床には、20人近い男たちの軀(むくろ)。
「ケッ！　どいつもこいつも弱ぇぇな〜。テメェら、甘いもんが足りねぇんだよ！」
　倒したてのひとりの頭を鷲掴みにすると、
「よぉー、西条。どこ隠した？　ぁあ？」
　ところが、
「さ‥‥‥‥西条‥‥‥‥‥って？」
「はほ？」

　今度は質問を変えました。
「じゃぁ、茶木ってのはドイツだぁ？　ぁあ？」
「ちゃ‥‥き‥‥誰スか？　‥‥‥それ‥‥‥‥？」
「隠し立てすっと、プラチナ会員になってもらうしかねぇんだがなぁあああああ!!」
　会員カードが脅しになってます‥‥‥。
「い‥‥‥いえ‥‥‥、マ、マジ、知らないっス」
「え‥‥‥‥‥‥‥‥‥‥」

「ところで、お前ら‥‥‥‥‥**誰？**」

☞☞☞

「おっかしいと思ったんだよなぁー‥‥」
「いる所はおおよそ判るとかって‥‥ケンちゃん‥‥‥」
　なんと。ケンちゃんが倒した相手は、茶木とも西条くんともまったく関係ない、そこにたむろしてシンナー吸ってただけのならず者グループでした。

第18章　枯れる花　咲く花　　243

そこにいきなり踏み込まれ、全員フルボッコ！　気の毒としか言いようがありません。
　ただでさえ、狂気じみた強さのケンちゃんに、シンナーでラリってるヤツが何十人寄ってたかったって、勝てるはずがないのでした‥‥。

「どうしよ？　全車、タイヤの空気抜いちゃったよ‥‥‥」
「まぁ、１本ずつだからスペアがあんだろ」
「う‥‥‥うん」
　スペアタイヤがある‥‥その通りです。
（当時のスペアタイヤは、現代のようなスペースセーバータイヤではなく、装着してあるのとまったく同じ５本目のタイヤ）
　これを２本空気を抜くと、走れなくなってしまいますから、「イタズラでは済まない」ことになります（※いずれにせよ空気とは言え『器物損壊』ではある）。
　夕べの、トレノも、スミレちゃんも１本ずつ‥‥‥。
　だから村山くんも駐在さんもスペアで帰れた。
　そこが逆に「ひっかかる‥‥‥」のです。

「ま、まぁ‥‥人違いだったんだから、しかたないよ！な？」
「あ。ああ‥‥うん。人違いじゃしかたない」
「よ、よくあることさ〜！」「よくあることです〜〜」
　良くない想い出は「**振り返らなければよい**」のです。

　いえ。悪いことばかりでもありませんでした。
　ケンちゃんのお店には、今日だけで18人ものプラチナカード会員が増えましたし。

彼らもアンパン（シンナー）からケーキに切り替わるだけのことで、健康にはむしろいい、とも言えます。
　結論「ケーキのほうが、まだシンナーよりは歯が残る」

第47話　不思議な関係

「え！　それで、ケンイチ兄ちゃん引っ張ってったのか？」
「だってなぁ‥‥」「しかたねぇだろ‥‥」
　西条くん宅。
「余計なことすんなよな」
「西条ぉ！　その言い方はねぇだろ！」
　孝昭くんの言う通りです。
「みんな西条が心配で‥‥‥」
　かけつけて。
　オマケにケーキまで買わされたのですから‥‥。
　かけつけたのはともかく、有り金全部ケーキに化けたのは痛かった‥‥‥。

『毎度おおきに～～♡』
『え‥‥‥いや～‥‥‥‥‥』
　そうでもないか？

　西条くんは、なんのことはない。リョウくん（2巻登場）の病院に見舞いに行っていたのでした。
　去年の夏、西条くんが茶木との闘いの末、入院した病院です。対する茶木は少年院へ。
　西条くんにとって、あらゆる意味で運命を変えられた場所、

と言っていいでしょう。

「一応、ジェミーが電話入れたんだぜ？　なあ？」
「え？　何時頃？」
「午後4時ちょうどくらいでした～～」
「あれ？　俺が出たのもその頃だったけど」
「あ、じゃぁ、タッチの差でしたね～～。残念賞」

「テメェが土踏んでりゃ間に合ったかも知んないんじゃねーか！」

「次は10回踏んでいいことにします」
「やかましいっ!!」

　それにしても、大問題は茶木です。
　今日は無事でしたが、明日からはわかりません。
「そっか‥‥‥。あの葉切りアリの婦警さん、茶木の保護観察官だったんだ？」
「うん。僕も驚いた。特務ってそれだったんだね」
　しかし、西条くんをマークしていた、ということは、茶木がなんらかのアクションを起こす、と考えていたからです。
　報復する側は、何人、どこから来るかわかりませんが、報復される側は西条くんただひとり。西条くんを見張った方が早い。
「西条も、それで家出してたんじゃないのか？」
「え‥‥。いや‥‥‥。一応、茶木が仮退院したのは知ってたけどな‥‥‥」（13巻参照）
　であれば、保護観察が付くことも知っていたはず。

以前から思っていたのですが、西条くんと茶木の間には、奇妙な「友情」のようなものが感じられるのです。
　茶木が少年院に入ると知らされた時、西条くんは
『そうか。アイツも年貢の納め時だなぁ‥‥‥』
　そして、駐在さんが言ってた、
『茶木は起訴しないそうだ』
　強い者同士にしか判らない‥‥信頼関係みたいなもの？

「お祭りで襲って来たヤツらは？」
「さぁ‥‥？　茶木の手下にしちゃ弱かったな」

「もう一度、ウチに出島する？」
「いや‥‥‥いい」
「そ‥‥か‥‥」
「うん。エネルギーが保存されてかなわねぇ」
「そ‥‥‥‥か‥‥‥‥‥」
　そりゃ深刻な問題だ。

「心配すんな。茶木も保護観察中だ。めったなことはできねえって」
　それであればいいのですが‥‥‥。

　西条くんや、ましてや孝昭くんには言えませんでしたが、実はケンちゃんに頼んだことが、もうひとつありました。
「ケンちゃん。茶木って、どっかに所属してんですかね？」
「さぁーーー。そういうことケーキ屋さんに聞かれてもなぁー」
　いや‥‥ケーキ屋さんにではなく、「元ヤクザ屋さん」に

第18章　枯れる花　咲く花　　247

聞いてるつもりだったんですけど。
「モンブラン2個買ってくれたら、思い出すかもなぁぁぁああああ!」
　く‥‥‥
「‥‥‥ください」

　で、モンブラン2個と引き換えの情報が、
「そういうスジのことは、早乙女にでも聞け」
「はぁ‥‥‥早乙女さん‥‥‥‥」
　詐欺だ(泣)

　さっそく早乙女さんに電話。
　早乙女さんは、高校生からかかって来た電話に、たいそう驚かれましたが、
"はぁあ?　ジャガーーーーーーーー?"
「ええ。ご存知ありませんか?」
"その車、キャディラックよりでけぇのか?"
「あーー‥‥‥どうでしょう?　いい勝負かと‥‥‥」
"**ぬぁにいいい!**"
　なんか、すごく気に障ったみたいです‥‥‥。

「あ。でも、右ハンドルなんですよ?　ジャガー」
"へ〜〜〜〜〜右ハンドル〜〜〜外車のクセに〜〜〜〜"
　機嫌が治りました。信じられん。
(当時は左ハンドル崇拝がすごかったのだ)
「ですよね〜〜〜。外車で右ハンドルはチャンチャラおかしいですよね〜〜〜。やっぱ外車はキャディみたいに左ハンドルじゃないと!」
"よし。調べといてやるぜ!"

第48話　モータードライブが見たもの

　そして翌日。フィルムのプリントが仕上がりました。
　森田くんが設置した赤外線モータードライブ。
　僕は、そのプリントを持って、千葉くんと一緒にグレート井上くんを訪ねました。

　グレート井上くんの家には、ELMOのスライド映写機がありました。ネガですから、色は反転したままですが、かなり拡大して見ることができます。
　映写しながら、僕は青小での出来事について、グレート井上くんに話しました。

「トリモチ？」
「うん。なんでニカワじゃなかったのか、って‥‥‥」
　正直、自分では解決できそうもない「白旗」状態です。
「なるほどな♪」
　グレート井上くんは、僕が「白旗」だと上機嫌です。本当に親友なのでしょうか？

「しかも、タイヤの空気の抜きかたまで。なんか記憶にあるって言うか‥‥」
「へぇー。面白いこともあるもんだな」
「面白くないよ‥‥‥」
　めちゃめちゃ不愉快です。
「なんで１本だけ？」

「それはねぇ。スペアタイヤがついてるから」
　僕は、そこから『むしドライバー』にまつわる小学校時代の事件まで話したのですが。

「そこだよ。そこが実にオマエっぽいっていうか」
　う………。
「案外、お前なんじゃないのか？」
「駐在さんと同じことを言うなよ………」
　確かに。まるで昔の自分とやり合っているような。不思議な感じがしていましたが。

　千葉くんが、
「小学生のお前が相手じゃ歯が立たないよなぁ。あははは」
　意味の判るような判らないようなことを言いました。
「悪く言えば悪辣って言うか。悪く言うと人道に外れてたって言うか」
　どっちも悪く言ってんじゃん！
　が。確かに黒小時代の僕のやる悪さというのは、深い思慮などまったくないですから、今の僕よりも手に負えないところがありました（5巻参照）。

「僕も大人になったもんだ」
「なってねーってっ!!」「なにしみじみうぬぼれてやがる」

　その間も、映写機は次々に夜の校舎を映し出して行きます。
　その17枚目でした。
「あ、見ろ！」
「え？　なんか映ってた？」
「ほら。窓になんか映ってるだろ？」

「あーーーー！　ほんとだ！　これって‥‥‥‥‥」
「車のテールランプが窓に映ってるんだ！」
　大発見！

「車種、なんだろ？」「この写真じゃなんとも‥‥‥‥」
　僕は、それが、茶木のジャガーだと思っていました。
　目撃証言はモスグリーンですが、もちろん、フィルムから色まではわかりません。
「チャーリーか村山なら判るかも？」
「車、詳しいもんなー」
　特にチャーリーは、信じがたいほど小さい部品で車種を言い当てます。さすが家業が自動車工場だけあります。

　チャーリーをさっそく呼び出しまして。
「どれどれ～～～～？」
「車種わかるかな？　チャーリー」
　しかし、チャーリーからは返答がありません。
「チャーリー？」
「‥‥‥‥‥‥‥‥‥‥」

「チャーリー、車種わかるか？」
　3回、繰り返してようやく、
「‥‥‥ああ。わかる」

「これって‥‥‥ランサーじゃん‥‥‥‥‥‥」

「まー、でもランサーつったってザラな車だからなぁ」
「うんうん」「そうだよね！」「べつに河野ランサーとは‥‥」

第18章　枯れる花　咲く花　　251

お互いに、ごまかし合うものの‥‥‥。
　実は、それこそが最悪の答えでした。
　だから、この日も、西条くんと孝昭くんは呼ばなかったのです。いや、呼べなかった。

　なぜなら‥‥‥。
　黒小の『むしドライバー』によるパンク事件の犯人は、久保くんだったから。

　つまり。僕たちが追いかけていた相手は、心霊研究会？

第49話　心霊研究会vs心霊研究会

　その日のうちの河野会長宅、訪問。
　つまりカナリ屋食堂ですが、まさかこんな形でカナリ屋を訪問することになるとは、思いもよりませんでした。
　わざわざ場所を移したのは、河野会長の都合と言うよりは、今度はグレート井上くんを外すため。

　そう。僕は恐れていたのです。
　河野会長の口から「茶木」の名前が出ることを。
　直感とか、そういうものではありません。この件に、茶木が関わっていることは「ほぼ間違いない」という確証があったのです。

　河野くんは、まったく悪びれる様子もなく、
「え？　カメラしかけてたのかよ？　ひょっとして赤外

線?」
「じゃぁ、忍び込んだのってやっぱお前らなの?」
「ザケんなよ! 河野ぉ!」
 熱くなるのは、チャーリー。
「まぁまぁまぁまぁー」
 静粛にとでも言うように河野くん。
 カナリ屋を選んだのは正解でした。そうでなければ、取っ組み合いに発展していたところです。

「お前らがまさか、泊まり番してるとは思わなかったんだよ。トレノ見るまではな」
「河野ぉおおおおーーーーー!」
「まぁまぁまぁ」
 まるで指揮者がするように、たしなめます。

「もっとも言い出したのは久保なんだけどよ。ダチの俺がほっとくわけにいかんだろーが」
「それにしたって立派な犯罪だぜ?」
「お前らには世界一言われたくねぇ」
 ごもっとも‥‥‥。

 ようは、河野くんたちは、行ってみたら僕たちが泊まっていて逆にビックリ! ということのようです。
「だったら、ひと声かけてくれればい‥‥‥‥」
 チャーリーが言いかけましたが。

「茶木が一緒にいんのにか?」

 出た‥‥‥。「やっぱり‥‥‥‥」

第18章　枯れる花　咲く花　　253

「なんだ、やっぱりって？　お前、わかってたのかよ？」
「わかってた‥‥‥」
　なぜならば。そうでなければ、婦警さんが僕と西条くんの送迎をする必要がないからです。僕らは「バイクで行く」と言ったのですから。
　むしろ判らないのは、茶木がどうして青小に来たのか？です。

「それがよ～」
　河野会長の話は、茶木と竹内さんのいた施設の話から始まりました。
「リボン？」
「そう。リボンだ」

　＊＊＊＊＊＊＊＊＊＊

『オマエら！　また、ゆかり虐(いじ)めたらタダじゃおかねぇからなーーーーー！』

『アリガト‥‥‥茶木にぃちゃん』
『だいじょぶか？　ゆかり。またイジめられたらオレに言え。ぶっとばしてやっから！』
『アノネ。コレあげる。ゆかりの宝物！』
『なんだこりゃ‥‥‥？　リボン？』

　＊＊＊＊＊＊＊＊＊＊

　竹内さんが何歳頃の話かはわかりませんが、彼女がなにかの「お礼」として、茶木にリボンをプレゼントしました。

施設にいた彼女が、そんな物を自在に手に入れられませんから、彼女にとって「かなり貴重な物」であったことは間違いありません。本人にその認識があったかはともかく。

「したらな？　それに字が書いてあったんだとよ」
　茶木は、竹内さんよりも４歳年長なので、このリボンに書いてあった文字がすでに読めていました。
「昭和なん年度だかの連合陸上なんとかって」
「連合運動会の前身の‥‥‥」
「実は、メダルかなんかのリボンだったんだな」
「メダルはどこ行ったんだ？」

「それは‥‥‥たぶん、ピアノと一緒だよ」と、僕。
「あ。戦争か？」
　金属という金属が徴収されたわけですから。メダルだって例外ではありません。
「なんじゃそりゃ？」
　ベーゼンドルファーについて知らない河野くんは、僕たちのこの会話を不思議がりました。
「まず、ここで話は一旦終わり」

　続きは、いきなり飛んで飛んでこの夏。
「それがよ。これが最近、新聞の地方版に載ったんだよ。その連合陸上ナンチャラが50周年だかを迎えるって」
　泉巡査が言っていた「なにかに載っていた」という話です。
　なるほど。キッカケはそれか‥‥‥‥。
　茶木は、幼い記憶から、何年ぶりかにそのリボンを見直します。
「すっと、そこには『男子走り幅跳び』ってあったんだ。男

子なんだから、つまり‥‥‥」
「父親の形見？」
「普通はそう思うだろ？　けど茶木はそうはとんなかった」

「竹内の父親は生きてるって‥‥‥」

「なんで？」
「さぁーーーーー？」
　この時点まで、竹内さんの父親は名前も知れぬ謎の人物でした。なにしろ戸籍にその名はありません。

「竹内ってよ。母親も施設にいるうちに死んでんのな」
「亡くなってたんだ？」
「知らなかったのか？」
「知るわけねーだろ」
　人のカノジョなんてそんなもんです。まして元々が施設にいて母親はいなかったわけですから。
「だから高校入る時は、自分で手続きした。そん時に初めて知ったらしい」
「なにを？」「初潮？」
「ちげーよ、バカ！」
　自分が『非嫡出子』、ということをでしょう。

　ところが、
「その新聞記事の『資料提供』に青小って書いてあったんだよ」
　ここでリボンは、思わぬ「手がかり」となったのです。

「そうなりゃよー。竹内も親父のこと知りたくなったわけだ

よ。考えてもみろよ。そこにゃあ、おばあちゃんとかもいるかも知れないんだぜ？」
「うん‥‥‥」
　自分で自分の血縁者を捜す。それはもう藁にもすがるでしょう。
「で、久保の野郎、カッコつけやがってよー。必ず調べてやるって」
　なんてこと‥‥‥。
　久保くんと西条くんの関係を気にするあまり、メンバー選抜に加えなかったことが、こんなことに‥‥‥。

「で〜〜〜、青小に行ったんだが。門前払い。資料室は開けられないって」
「ああ、お札だ」「それ以前に、河野とか久保じゃな」
「うるせぇーー！」
　だって、誰がどこから見たって「ワル」ですから。

「したらな。久保が入る方法も開ける方法もあるってな？」
　あ‥‥‥なにか不穏な雰囲気です。
「出して来たのが、黒小の小学生が書いた、とある青小侵入プラン！」
「黒小の‥‥‥」「小学生‥‥‥」「侵入プラン‥‥‥」
　あ〜〜〜〜‥‥‥‥‥

「まー、俺はビックリしたね！　こんな極悪な小学生がいるものかってよー」
　あは‥‥‥はは‥‥‥はは‥‥‥‥。
「誰だかわかんねぇが、**ろくなヤツになってねーな。きっと！**」

第18章　枯れる花　咲く花　　257

「そ……そんなこともないだろうけど………」
「いや！　ろくなヤツになってねぇ！　あんな悪徳なプラン、高校生も立てられねぇ！」
　すげぇ言われようです……。

「とにかくよ。宿直を外に締め出す方法からよ。中から窓開けさせる方法やら、追跡の自動車を足止めする方法まで、こと細かく！」
「あ……詳細はいいよ。なんとな～くわかるから……」
「わかんのか？」
「う……うん……。なんとなく……だけど」
「へー、さすがだな」
　さすがでしょ？
　まさか、マジになって実行するヤツが、しかも高校になってから現れるとは……まったく思いもよりませんでした。しかも半分以上は成功してるし………。

　河野くん、今さらしみじみと、
「そいつ、久保と同じ歳なんだから、今ごろ俺らと同じ高校生なんだよなー。どこの高校入ったか知らねぇが……」
　……みんなは……知ってるかも………？

「とにかくろくなヤツじゃねぇ！」
「その通りだ！」「まったくだ！」
　いや……意外にいいヤツかも……よ？

「それだって不法侵入だろが」「犯罪だぞ」
「それがそーでもねーんだよ。心霊研究会に抜かりはねぇぜ」

258

「？」「？」「？」
「そんなこともあろうかと、水泳部の２年脅して校舎使用許可書かせてあんだ。『他３名』ってな。へっへっへ」
　水泳部‥‥‥。
「**千葉ぁ～～～～～～～～～！**」
「ありょ？」

「**全部、黒小じゃんかっ！**」
　って言うか、ALL心霊研究会？

第50話　九字護身法

　多少、けなし合いはありましたが、問題の一部は確実にかたづきました。
「けど、なんだって、茶木となんか‥‥‥」
「あ？　茶木とやりあってたのは西条であって、俺らじぇねぇからな。誤解すんな」
　ここが不良仲間の複雑なところ。
　去年、茶木に殴り込みをかけたのは西条くんひとり。武闘派全員というわけではありません。
　久保くんも、河野会長も、茶木戦については手助けしませんでした。孝昭くんは、その時すでに負傷。

「久保はなおさらそうだ。西条や美奈子さんよりは、茶木の方が、ずっと先に知りあいだったし世話にもなってるんだぜ？」
「だからつってよー。いくらなんでもそりゃねぇだろ？」
　納得のいかないチャーリーに河野会長は、

「あのなぁー。そりゃ西条はいいさ。俺らみたいなタイマンせいいっぱいのツッパリは、長いもんには巻かれてねぇと命なんぞいくつあっても足りねーんだよ」
　その通りです。あの頃、西条くんは２年生で、辺りをとりしきっていたのは完全に茶木でした。
　西条くんの名が一気に上がったのは、その茶木を年少送りにしたから。順番が逆です。

「まぁ、今回は特別タッグだからよ。勘弁してくれや」

　☜☜☜☜☜☜

　さて。後はどうやって収集をつけるか、ですが。
　最初の大難関は、
「なにぃいい？　犯人がわかっただと？」
　なんてったって、このかた。駐在さんです。
「そいつはでかした！」
　ああ‥‥‥‥褒めないで‥‥‥‥。

「で？　誰だったんだ？　ママチャリ。スミレちゃんの空気盗んだヤツは！」
　ちがうでしょ？
　すっかり自分の「被害」しか頭にありません。
「えっと‥‥‥。もし犯人が判ったとして、どうします？」
「あん？　決まってるだろ？」
「あ‥‥‥逮捕ですか‥‥‥？　やっぱり‥‥‥？」
「逮捕？　バカ言え」

　ほっ‥‥‥‥。

よかった。駐在さんも、ここ２年ほどで
「その前にガッタガッタのギッタギッタのグッタグッタにしてやるに決まってるだろーが！」
　まったく進歩してません（泣）
「パンク方法とか考えたヤツは‥‥‥？」
「二度殺すっ！」
　絶対話せない‥‥‥。

「で？　誰だったんだ？　ママチャリぃ。そのグッタグッタにされたい輩は」
　まさかここで「小学校の僕でした」とは、とうてい言えません。かつ「仲間」は売れません。
「え～～～～っと。駐在さんのスミレちゃんの空気抜いたのは～～～～～‥‥‥‥‥‥」
「おお！　さっさと言え！」

「えっと‥‥‥。**パンク婆さん**の仕業です‥‥‥」

「パ‥‥‥パンク婆さん？」
「そうなんですよ～～～。あの辺りに昔っから出るって噂があった、パンク婆さんの仕業です！」
「な、なんだそりゃ？」
「昔、あのあたりで、息子を交通事故で亡くしたお婆さんがおりまして。車をしこたま憎んでおりましてですねぇ‥‥」
「お‥‥‥おう‥‥‥」
　なんか信じてるみたいです。

「車を憎むあまり‥‥‥、ついには自分もトラックにつっこんで亡くなられたんですがーー‥‥‥‥‥‥」

「えええええぇ‥‥‥‥‥？」
　お！　これはイケるか？
「で、それからというもの、あのへんに車停めると、**タイヤの空気がいつの間にか抜かれてる**‥‥‥という‥‥‥」
　ちょっと雰囲気出してみました。
「‥‥‥お‥‥‥おぅ‥‥‥」
「それが僕たちの**モータードライブカメラにぃぃ！**」
「‥‥‥お‥‥‥‥‥ぅ‥‥‥」
　なんか効いてる。信じがたい。

「じゃ‥‥じゃ‥‥、あのお札をはがしたやつも‥‥‥‥」
「**パンク婆さんに‥‥‥間違いありません！**」
「そそそそ、そ、そぉか〜〜〜〜。パパパ、パンク婆さんじゃ捕まえようがないな〜〜〜〜〜」
「はい〜〜〜。しかたありません」

　図にのった僕は、
「駐在さんのタイヤも早いとこお祓いしたほうが‥‥‥‥」
「ア‥‥‥アジシオかけたんじゃダメかな？」
「アジシオじゃ**ダメでしょう**ねぇ‥‥‥」
「そ‥‥そうだよな〜。でも、お祓いって高そうだし‥‥」

「あ。なんなら駐在さん、僕がお祓いしましょうか？」
「あん？　ママチャリがか？」
「ええ。密教の九字護身法とか、森田から教わってますから。けっこう霊験あらたかですよ？」
「そ‥‥‥‥そうか。よかった。さっそくやってくれ！」

車の前に駐在さんを座らせまして、
テキトーな魔法陣。
テキトーなお祓い。
そして九字護身法！
「臨（リン）！　兵（ビョウ）！　闘（トウ）！　社（シャ）！　会（カイ）！　国（コク）！　数（スウ）！　英（エイ）！」
「待て待て待て……！」
「はい？」
「なんか、今の後半、時間割みたいに聴こえたんだが？」
「気のせいです」
「そうか？」
「密教ですから」
「……邪魔して悪かった。もう１回やってくれ」
「わかりました」

「臨（リン）！　兵（ビョウ）！　闘（トウ）！　社（シャ）！　会（カイ）！　理（リ）！　国（コク）！　給（キュウ）！　食（ショク）！」
「ん？　さっきと違わないか？」
「え？　同じですよ？」
「なんか最後のほう『給食』とか………」
「密教ですから」
　ついでに駐在さんに塩かけまくり！
「こ、こんなにかけないとダメなのか？」
「当たり前です。霊ですよ？　霊」
　たまに塩のかたまりぶっつけて。
「痛ぇ！」
「騒がないでください。神聖な儀式の最中です！」
「そ、そうか……スポーツじゃ発散できないのか？」
「できません」

こうして、儀式終了。
　あとは駐在さんの顔に、墨で
「な、何か書くのか？」
「あ。梵字です、梵字」（7巻参照）
「ぼんじぃ？」
　落書きだけど。
「呪われないためです」
「そ‥‥‥そうか」
　ほぼバカボンパパみたいな顔に仕上がった駐在さん。
　作品名『バカ梵字』。

「駐在さん。これでもう大丈夫だと思います！」
　笑いをこらえるのに必死な僕です。
「ありがとう。ママチャリ〜」
「いえいえ」

　駐在さん、バカ梵字な顔のまま、お茶なども出してくださいまして、
「しかしなぁ。パンク婆さんかぁ。昔っからいたのかなぁ。ちっとも聞いたことなかったが」
　僕も茶菓子など食べながら、
「え？　このあたりじゃ有名ですよ。なにしろ鎌倉末期から伝わってる話ですから」
「そうか〜〜〜。そりゃ長いな〜〜〜〜」
「はい〜〜〜〜。地縛霊ってやつですね」
（地縛霊＝その土地に根ざす霊［対］浮遊霊）

「地縛霊か〜〜〜〜〜鎌倉時代からな〜〜〜」
「はい〜〜」

「タイヤ、あったのかな？」
「はい？」
　自爆例‥‥‥‥。

第51話　豚と落葉と旅人と

　久保くんの家への道のりは憂鬱でした。
　茶木がリボンのことを調べ始めたのは、仮退院した時ですから、時をまったく同じくして、西条くんは竹内さんと別れたことになります。竹内さんにすれば、最も頼りたい時にフラれたわけで、これはキツかったでしょう。
　久保くんが同情したのも、いいトコ見せたかったのも納得できます。

　ブーー。
　あ？

　久保くんは、なんと豚に乗って現れました‥‥‥。
「よぉー。めずらしいな」
　豚に乗って現れる高校生のほうが珍しいと思う。
　ブーー。
「デ‥‥デカいな。久保」
　しかも目つき悪っ！　この豚。
「え？　覚えてないのか？　コイツ」

　僕が、久保家を初めて訪ねたのは、小学校４年の秋。

久保くんから「豚に乗ってみないか？」という誘いを受け、その魅惑に負けて乗ってしまったことがあったのです。（←豚は乗れる）
　が、馬ならともかく豚。言うことなどきくわけもなく、乗ったとたんに、豚ひたすら暴走！　その速いこと速いこと！

　自転車のおじいさんをぶっこ抜き、バスにクラクションを鳴らされ、道路から民家、畑から田んぼ。
　ま〜〜〜〜〜走る走る！
　僕は、行方もわからず、ただただその丸い身体にしがみついているしかありませんでした。

　やがて、たどりつい着いたのは見も知らぬ民家。
　その家にいた飼い犬に追われ、**豚だけさらに逃走！**
　大事な「売り物を逃がした」というので、久保くんともどもしこたま怒られたのでした。

「えーーーっ？　あの時の豚なの？　僕を乗せた？」
　ブー。
　お前に聴いてない。
「そうそう。タカギだよ」
「あはは！　なんだ？　タカギって。つまんない名前だなぁ」
「テメェが、あん時つけたんだよっ！」
「え？　そうだっけ？　タカギ？」**ブー。**
　ああ‥‥穴があったら入りたいネーミングセンスです。
「す、素敵な名前だね‥‥‥」
　ブー。ブー。
　当人（豚）は気に入ってないようです。

ブーブー言ってます。

「へぇ〜。見つかったんだ?」
「そうそう。あの後な、この辺りの駐在が見つけたんだよ」
 こういう仕事もあるわけです。田舎の駐在さんって。
「それが神社で見つかったってんでよー。ウチのじっちゃんが、コイツは殺しちゃなんねー、とか言って」
「そうだったのかぁ‥‥」

「ま、コイツ多産なんで残してよかったけどな」
「ふうん。長生きなんだなぁ。豚」
「豚は、普通に飼ったら15年は生きるんだぜ?」(←本当)
「へぇーー‥‥‥」

 それにしても、
「デカくなったなぁーーーーーー。タカギ」
ブーーー
 久保くん談。タカギは『ランドレース』(いかにも速そうだ)と言われる超大型種で、当時ようやく日本の食卓に登場し始めたベーコン用の豚として、デンマークあたりから輸入されたのだそうです。
 体重なんと300kg以上!(ちなみにセントバーナード犬で50〜90kg)
 そりゃぁ、逃がしたら怒られますよね〜。

「乗ってみるか?」
「え!」
 あの日とまったく同じシチュエーションでしたが、
「い‥‥‥。いや。やめとくよ」

今度また逃がしたら、なにを言われるかわかりません。
　そういう事情で、久保くんの父親も僕をあまり好いていません。だから、あまり来たくない、というのもあります。

「それよりさぁ、久保」
　ブー。
「河野に聞いたんだけどさ‥‥‥」
　ブー。
「え‥‥‥‥‥‥」
　久保くんは、表情を曇らせました。
　ブー。
　タカギは同じ表情です。
「そうか。ま、バレるとは思ってたけどな‥‥‥」
　ブー。
「うん‥‥‥。あのさぁ。久保」
　ブー。
「わかってるって。お前の言いたいことはよ‥‥」
　ブー。

「いや‥‥‥。その前に、**豚からおりないか？**」

　タカギが豚舎にもどされ、ようやく「人間同士の会話」が可能になりました。
「俺よー。マジで惚れちったみたいなんだよなぁ‥‥‥」
「竹内さん、に？」
「ああ。アイツは魔性の女だな、魔性の女！」
「う‥‥ん‥‥‥‥」
　否定はしません。
「アイツも‥‥‥たぶん、気持ち、西条に残ってんだろうけ

どな……」
　それも、否定はできませんでした。

「なぁ……」
　久保くんは、そう言ってから、ずいぶんと間を置いて、
「お前、調べてくれよ。得意だろが？」
「なにを？」
「リボンの父親……」
「忍び込んでわかったんじゃないのか？」
「それがよー。やっとこ忍び込めた日は千葉が寝てやがって」
「アハハハ。そうそう、千葉は起きなかったんだよ」
　まさか役にたっていたとは。驚きです。

　が。それは僕にとっても「アテ」が外れました。
　僕は、久保くんが「竹内」の名前について、なにか知っていると思って来たのですから。
「何年度だっけ？　その……リボンに書いてあったの」
「昭和14年度だ。確か」
　昭和……14年度？

第52話　真実を知る者（1）

　久保くんは、僕の帰り際に、
「あ、その礼と言っちゃなんだけど」
　デカい白ヤギを見せてくれましたが、それのなにが「お礼」になっているのか、僕にはサッパリでした。

昭和14年度、赤リボンはたった2人。
　うちひとりが『西条』選手。もうひとりが『竹内』選手です。
　竹内さんは私生児で「竹内」姓ではないはず。
　が。この時、僕の中には、「竹内選手」は竹内さんの父親、という、確信めいたものがあったのです。
　写真が竹内さんに似ていた、というのもありますが、なによりの確証は「茶木が探していた」こと。
　茶木こそが、最も竹内さんをよく知る人物なのですから。
　しかし、そうであったとして。その竹内選手がどこの町にいて、それ以前に生きているのかどうか。
「もう少し調べてみるか‥‥‥」
　ヤギ見せてもらっちゃったし‥‥‥。

　まずは、西条くんが持っている『名も無きメダリスト』たちの記録簿のコピーです。
　その日のうちに西条くん宅をたずねるも、「小学校に行ってて留守」とのこと。
　西条くんにとって、小学校は、あまりいい想い出のある所ではありあせん（3巻）。自ら赴くことは考えにくいので、おそらく、お父さんに関連して、なにか知りたくなったのでしょう。

　西条くんの出身小学校は、彼の家からは徒歩圏内。
　目と鼻の先です。
　が‥‥‥‥そこに‥‥‥‥

　ミニパト！

あれって………。
「婦警さん？」
「**だーーーーーーー、っと！　き、き、き、君は！**」
　うろたえまくり！
「お、脅かさないでよっ！　逮捕するわよ!?」
　この人なら、本当にやりかねない。なんてったって、迷子のひとことで手錠かけちゃう人ですから。

「なにやってんですか？　小学校なんかで」
「え〜〜〜っと。あれよ、ほら〜〜〜」
　困ってます。

「そう！　今日は**婦警参観日**なのよ」

　うまいこと言ったつもりか？
「西条、マークしてたんでしょ？　茶木の保護観察で」
「マ、マークだなんて人聞きの悪い……ただのハリコミよ、ただのハリコミ」
　張り込みの方が人聞きが悪い気がします。

「茶木くん、知ってんの？」
「ええ…。向こうは知らないと思うけど」
「そっか。知ってたんだ……」
「でも、こんなとこにミニパトなんか停めたら、バレバレですよ？」
　僕が言うと、泉巡査。突然厳しい顔つきで、
「勘違いしないでね？　保護観察って言うのは、逮捕するのが目的じゃないから」

「え?」
「わたしたちはね。彼に院にもどってほしくないだけ。彼が西条くんと会わなければ、それに越したことはないの」
「あ‥‥‥」言われてみれば。そんな当たり前のことを。
「少年院を出た子の5人にひとりはもどってくるの。こういうパターンでは報復で、ね」
(現在は、8人に1人まで減少している。70~80年が再犯率のピーク)
「茶木くんの場合、次は少年院じゃないから」
「ええ‥‥‥」
「それなのに、ほら、西条くんのことマークしてたからねー」

　ちがいます。
　茶木は、おそらく西条くんをマークしたフリをしただけ。
　そうすることで、警察が標的側(西条くん)をマークするだろう、ということを読んでいたのです。
　そして、保護観察官の目が、すっかりそっちに奪われた隙に「小学校侵入」をやってのけました。
　その西条くんが、たった1日とは言え、青小に泊まり込んだのは、茶木にとって、まったくの皮肉だったに違いありません。
　でも、これはある意味しかたない、とも言えます。
　茶木と西条くんは、同じ「記録」を探していたのですから。

「その茶木のことで聴きたいことがあるんですが‥‥‥‥」
「職務だもの。教えられないわ」
「いえ。彼の知り合いの竹内さんってご存知ですか?」
「あー。同じ施設にいた子ね? 竹内ゆかり。よく知ってるわ」

やはり。さすが保護観察官です。

「君と同じ高校でしょ？」
「ええ。そうなんですが、女子はいまひとつわかんなくって」
「え？　お友達の話だと、君は**全女子生徒の誕生日暗記してる**って話よ？」
　どういう男子高生だよ‥‥‥。誰だ、お友達。
「そんな記憶力あれば、もう少しいい高校行ってます」

「あ。来た！」
　僕が竹内さんの詳細を尋ねる前に、西条くんが校舎を出てきました。
　と、同時に、大慌ての泉巡査。
「じゃね。なんかあったら連絡して？」
「え？　連絡って、どこに？」
「わたしの誕生日は９月25日よ！」
「いや‥‥‥連絡先に誕生日言われても‥‥‥‥」

　行っちゃいました‥‥‥。婦警参観。

　少し遅れて、小学校から出て来た西条くん。
「あれ‥‥‥‥？」
　当然、僕に驚きました。

「ここの学校、受けるのか？」
「なんで高校出て、また小学校受ける!?」
「ここはやめといたほうがいいぜ。イジメあるし」
　いや‥‥‥だから。

第１８章　枯れる花　咲く花

「女子も全体的に幼いし」
　そうでしょうとも。

　☞☞☞☞

　西条くんの家にもどると、驚くことにみんなが集まっていました。
　孝昭くん、千葉くん、そしてジェミーまで。
「どうしたんだ？　お前ら」
「いや、ちっとな……」
　孝昭くんがゴマかしましたが、面子(メンツ)を見れば判ります。また茶木が西条くんを襲撃するかも？　と心配して来たのです。

「ジェ、ジェミーの『土踏まない記録』につきあってるうちに、ここまで着いちゃったんだよ」
「そりゃスゲェなっ！」
　40km以上あります……。
「あ。そうか。大半、アスファルトだもんな！」
　みんなの表情に『西条がバカでよかった』。

「で？　ここからどこまでチャレンジすんだ？」
「もう……ここいらでいいかな」
　みんなの表情に『バカすぎも考えもんだ』。

「それで……。学校どうだったんだ？　西条。お父さんのこと調べに行ったんだろ？」
「ああ。よくわかったな」
「そりゃわかるよ」

高校生が願書出しに行ったとも思えませんから。
「それがよ。まったく手がかりナシだった」
「なにも?」
「ああ。昭和16年から昭和29年は、卒業アルバムもないんだとよ」
「ふぅん‥‥‥」
(昭和18年頃になると、全国的に卒業アルバムは中断される。したがって、この時期の卒業生はアルバムはおろか、卒業生名簿さえ持っていない人が多い)

　僕は、ずっと悩んでいましたが、ここで全部話してしまうことにしました。
　特に竹内さんのことと、久保くんのこと。
　河野くんのこと。そして少しだけ茶木のことも。
　もちろん、西条くんは、激しい自戒の念でこれを聞かなくてはなりませんでした。

「うーーーーー‥‥‥ん」
「西条も、やっぱり竹内さんってひっかかったのか?」
「え?　うーん。まぁな。近くで生きてりゃ、オヤジとの話とか聞けるかと思って」
　そうは言いますが。やはり「竹内」という苗字が気になったのは間違いありません。
「西条、もう一度、あの記録簿見せてくれるか?」
「ああ。いいぞ」

　昭和14年度　男子走り幅跳びの部　第1位　竹内勇三(ゆうぞう)

　しかし、運動会の記録簿に住所が記載されているわけもな

く。
「名前わかってもなぁ～」「俺らにゃ意味ねーな」
　その通りです。卒業名簿もなければ、所在の調べようもありません。よしんば名簿があったとしても、卒業後、町を出ている可能性は絶大です。
　しかし、西条くんは、
「なんとかわかんねぇもんかな……」

「会わせてやりてぇよなぁ……。生きてんならよ」
　西条と言い……。久保と言い……。茶木と言い……。

第53話　真実を知る者（2）

　一見「手詰まり」に思えましたが、
「知る方法は、まだある」
「ホントかよ？」
　あります。
「西条、メダル持って来てくれる？」
「メダル？　オヤジの？」

　半信半疑で、立った西条くん。
　お父さんのメダルは、机の引き出しの、それも一番上に入れてありました。
「昭和十四年のはーー……あ、これだこれだ」
　直径は４㎝くらい。立派な真鍮のメダルです。
「メダルなんかでわかんのか？　大会名以外、なんも書いてねーぞ？」

「ああ。わかる」
「？」「？」「？」「？」

「これってさ。後から送られて来たんだよね？」
「え？　さーーーー、わかんねーよ」
　いや。このメダルは後から送られて来たのです。
　なぜならば、「金属供出があったから」

「予科練を志願するような愛国者が、金属のメダルを隠し持ってたってのは考えにくい。だろ？」
「なる」「ほど‥‥な‥‥‥」
「だから、このメダルは、誰かが隠し持っていて、後から送ってくれたもんなんだ。だからここにある」

「誰？」「先生とか？」
「その通り。さすがだな、孝昭」
　それが、
「たぶん、ベーゼンドルファーの弦を隠し持ってた先生だ」

「那智‥‥‥先生、か？」

　当時、金属供出をしないのは反社会的なことですから。ましてや公務員たる先生が金属を隠し持つなど、あってはならないことでした。
　いわば教師生命がかかってるわけで、学校に何人もいる、とは思えません。
「那智先生って人は、ずいぶんと子供たちを愛した人みたいだから。弦と一緒に隠してくれたんだ。きっと」
　もちろん。僕の「希望的観測」と加えなくてはなりません

第18章　枯れる花　咲く花

が。

「西条。後でお母さんに聞いてみてくれよ。誰が送って来たのか。それとも元々あったのか」
「あ‥‥‥ああ」
「だとすれば、だよ？　竹内選手にも送ってるはずだろ？」
「あ‥‥‥‥そうか！」「住所がある！」
　そういうことです。

　那智先生は、竹内選手の住所を知っている。

「けど、リボンは残ってたんだろ？　竹内‥‥‥娘んとこに」
「そりゃぁリボンまで預かったら、本人の手元に勲章がなんにもなくなっちゃうじゃないか」
「あ、それもそうだ」
「西条のお父さんと同じ歳なんだから、徴兵はされたと思うんだよね。いつ戦死するかわからないのに、なんにも残らないなんて‥‥‥」

「逆によ、戦死してんじゃねーの？」
「それはないと思うよ？　だって、竹内さんが生まれたのって、終戦から15年近く経ってるもん」
「あ、そりゃそうだ！」
「いや、15年間、がんばってがんばって受精せずに耐えた**根性のある精子**だったとかは？」
「お前の精子でガンバレ」

僕の想像は、おおよそ当たっていました。
　西条くんのお母さんの話によれば、お父さんのメダルは、かつての「恩師から送られて来た」物で間違いなかったのです。
　しかし。
「で？　その那智先生の住所は？」
「さぁ～～～～～？」
「それがわかんねーんじゃ意味ねーじゃん！」

「ったく、さんざんカッコつけて解説たれやがって！　森田かっつーの！」
「森田をそんなに悪く言うもんじゃないよ」
「テメェに言ってんだよっ！　森田は引用だよ、引用！」
　あれ？

「西条よー。そん時の封筒とかねーのか？」
「もうないと思う」
「捨てんなよっ！」
「ウチ、1回、火事になってるし」
「燃えんなよっ！」
　初めて聞くツッコミです。

　ツテはあります。
　ひとりは青小の小野寺先生。
「あ、そうか！」
「チャーリーに頼もう」「よしっ！　行こう！」
　でしたが…………

第18章　枯れる花　咲く花

"おお、麻生クン。いつ弁償に来るのかね？"
「あ‥‥‥‥」
　ガチャ。
「なんで切るんだよっ！」
「とても言い出せる雰囲気にない‥‥‥」

「井上に頼めば？」
「今頃、東京」（10巻）

「駐在は？　小野寺先生と親しくなかったっけ？」
「いやぁ‥‥。駐在所はパンク婆さんがいるから‥‥‥」
「パンク婆さんて？」
「自爆霊」

「あ！　婦警さんは？　確か、青小出身‥‥‥」
「誕生日しか知らない。9月25日」
「なんだよ、それ！」

「和美」
「こっちからは電話できない。伯母さんちに下宿だから」
「**役たたずです〜〜〜〜〜〜〜〜〜〜〜〜**」
　ジェミーにだけは言われたくない。

　そもそも那智先生というのは、青小の先生なのでしょうか？
「ベーゼンドルファーには『贈呈』ってあった。給料もらってる一介の教師が、自分の学校にオーストリアのピアノなんて寄贈するか？」
「あ。それもそうだな」

つまり。那智先生というのは、もっと偉い先生なのです。きっと。
　しかし、西条くんのお父さんの学校（西条くんも同じ）の卒業生には、メダルが送られて来ているわけですから、
「たのむ！　千葉！」
「あ？　なにを？」

「もしもし〜？　私、16年度卒業生の佐藤（テキトー）と申しますが‥‥。はい〜。実はですねぇ。同窓会開くにあたって、当時の先生がたをお呼びしたいと思いまして〜‥‥‥‥はい、それでですね〜、那智先生のご住所‥‥‥‥」
　卒業名簿が学校になくとも、同窓会は連絡が必要です。少なくとも教師の住所は押さえてあるはず。

「わかったぞ〜〜〜〜〜〜〜〜！」
「やったぁ〜〜〜〜〜！　N市のどこですか？」
「‥‥‥え？　ジェミー、なんでN市って知ってんだ？」
「千葉先輩の念を受け取って」

「えええええええええええええええ！」

　今度ばかりは驚きです！
　だって、まだ千葉くんは、住所に関することを、なにひとつ言葉として発していないのですから。
「すげぇな！　千葉！　そんなことできんだ？」
「え‥‥‥‥？　あ、ああー。言われてみれば‥‥‥送ってたかも‥‥‥？」
「あと、強いて言うなら、ウチのご近所さんだからですか

第18章　枯れる花　咲く花　　281

ね」
　しかし、みんなジェミーの話どころではありません。
「え～～～！　じゃ、次、俺に送ってみてくれよ！　千葉」
「よーーーし！　ふんっっっ！」
「あ。**来た！　来てます！**」
「‥‥‥えっと～～‥‥強いて言うなら～～‥‥‥‥」
「なにが行った？」
「まばゆい女体」
「おおおおおお！　そこまで合ってる！」
「マジか？」
「‥‥‥‥あの～‥‥‥ウチの近所に～～～‥‥‥‥」
「アグネス・ラム！」
「ざんねーーーん。ちがった。**片平なぎさ**」
「おしい！」
「じゃーーー、次、俺な？　ふんっっ!!」
「来た！　来てます！」
「‥‥‥‥あの～‥‥‥那智さんて家～～～‥‥‥‥」
「まばゆい女体？」
「当たってる！　黒木真由美だ！」
「‥‥‥‥あの～‥‥‥」
「ちがった。**通なとこ来たな～～～**次、俺な？」
「まばゆい女体！」
「そればっかかよ！」「わはははははは！」

「はぁあああ？　近所なら近所ってさっさと言えよっ！　ジェミー！」「ったく。役立たずだなーーー。テメェは！」
「言いました～～～～～」
「聴こえてねぇのは、言ったうちに入んないんだよ！」

☞☞☞☞☞☞

　翌日。念ではわからないので、ジェミー案内のもと、那智先生宅を訪ねることにしました。
「でも、結局、ボクがいないとダメなんですね～～～」
「いいから、さっさと案内しろ」
「あ。でも、行く前に電話したほうがよくないですか？」
　それもそうです。めずらしくいいことを言うジェミー。

　公衆電話。
「もしもし～～。和美先輩はいらっしゃいますか？」
「どこに電話してんだよっ！」
「‥‥あ、出ました。静かにしてください。はいはい～」
「だったら、さっさと換われ！」
　と、言ってんのに‥‥‥。
「はい～～～。え～～、え～～」
　なんだかわかりませんが会話が続いています。
「えー、えー。あっはははははは。はい～～～」
「ですよね～？　ですよね～～～～？」
　盛り上がってます。
「そうですね。先輩、**女にだらしない**とこありますから～」
　なんだとぉ！
　ここで受話器を奪おうとしますが
　パシッ！
　ジェミー、その手をはねのけて俄然(がぜん)ゆずりません！
「ええ、ええ。はい～～～」
　パシッ！

第１８章　枯れる花　咲く花　　２８３

ついには僕に背中を向けて話し続けるジェミー。
「はい～～～～、はい～～～」
　コイツ！

　その後も
「え～～。そうです、そうです。あはははは～～～」
　信じがたい盛り上がり。
　受話器の向こうから和美ちゃんの笑い声もかすかに漏れ聴こえるのですが、会話の内容はわかりません。

　待つこと15分。
「あはははは～。ですよね～～～～」
「**ジェミー！　いいかげんに換われ！**」
　有無を言わさず、受話器を奪い取り、
「あー、もしもし？　僕だけど」
　すると受話器の向こうから、

〝あら？　アナタも和美ちゃんの後輩さん？〟

　伯母さんじゃんっ!?

「バカヤロ～～～！　とんだ恥かいただろうが－－－－！」
「誰も和美先輩本人とは言ってません～～～～」
「ったく！」
　よく、初めて話す伯母さんと、あんなに盛り上がれるな。
　さすが理容店の息子、って言えばそうですが。
　ん？　待てよ？
「お前、さっき『**女にだらしない**』とか言ってなかったか

!?」

第54話　名も無きメダリスト（1）

　これ以上の憂鬱はないってくらいの重い足取りで、那智先生宅。
「ここです、ここです」
　表札に『那智』の二文字。
「……って、相模先生んちの隣りの隣りじゃん！」
「そうですよ？」
　そうですよ……って………。

「だったら相模コーチんちの隣りの隣りだって言えばいいだろが！」
「念では送りました」
「お前の念は届かないんだよっ！」
「修行が足りませんね〜。そう言えば先輩の念も届きません」
　やかましいわっ！

「電波は届きますか？」
「とどかねーよ」

　そうか……。ご近所だったんだ？
　しかし、相模コーチの「邸宅」と比べると、ずいぶんとこぢんまりとした、おおよそオーストリア製のピアノには不似合いな家でした。

そのことが、僕たちをなおさら躊躇させました。
「な、なんで押すんだよ！」
「妖怪ドツキ小僧」
「テメッ！」‥‥‥‥‥‥
　僕とジェミーは、念ではなく、言葉で怒鳴り合っていましたから、木製の門扉の向こうに初老の女性が現れまして、
「どちらさまですか？」
　たぶん那智先生の奥様？　最悪の出会い方。

「えっと〜〜。ボクは後輩のドツキ小僧で、こちら女にだらしない先輩‥‥‥」
「**黙れ！**　あの‥‥すみません。こちら那智征次郎先生のお宅でよろしいでしょうか？」

「那智は、もう他界いたしましたが‥‥‥？」

「え‥‥‥‥‥‥！」
「もう４年になります‥‥」
　まったく想定していない答えでした。
「那智の教え子さん‥‥にしては、お若いわねぇ‥‥‥‥」
「いいえ〜〜〜。こう見えて16になります〜〜〜〜」
「バカッ！」
「ほほ‥‥おもしろい学生さんですこと」
　おもしろいことはおもしろい。他人の立場であれば、ですが。
　でも、気まずい空気を払拭しました。
　役にたつこともあるもんです。

　僕は、考えて。接点であるベーゼンドルファーの話から入

ることにしました。
「ああ、青小の？　はい‥‥あれは那智が‥‥と言うか、どうしてそれを？」
　やはりベーゼンドルファーには、いろいろ曰(いわ)くがあるようで、奥様から、
「立ち話もなんだから、寄って行かれますか？」
　風貌に似合った上品な口調で、僕たちをさそいました。
「あ。よろしいんですか？」
「ええ。こんな年寄りの一人暮らしですからね。お茶のみ話は歓迎だわ」

　なるほど。相模コーチの家と言い、このあたりは一戸当たりの敷地は広いようで、かつて那智先生が愛されたであろう草花が、所狭しと咲き競っていました。
「那智は、草花がたいそう好きだったもので‥‥」
「そうなんですか‥‥‥」
「先輩は女がたいそう好き‥‥‥」
「うるさいよっ！」

　通されたのは六畳ほどの和室。
　ひとつ。ふたつ。座卓にお茶を並べながら、
「那智が他界してから、女ひとりにこの家じゃちょっと広すぎて‥‥」
　少し寂しそうに微笑まれました。
　そのすぐ後ろに遺影があり、駐在さんが「ハゲ」呼ばわりした那智先生が、笑うでもなく、怒るでもなく。

「青小のピアノのこと、だったかしら？」

第18章　枯れる花　咲く花

「あ‥‥‥、いや。あの、その前に、那智先生は、クラスを担任されたことは」
「ありますよ？　いきなり教頭とかなれませんもの。ほほ‥‥‥」
　その言葉で、那智先生というのは、教頭先生にまでなられたことが判りました。

「西条さんと‥‥竹内さん‥‥‥ねぇ。おうちに遊びに来たことあったかも知れないわねぇ‥‥‥」
　うかがえば、奥様もかつて教鞭(きょうべん)をとっておられたとのこと。
「ごめんなさいね。なにしろ何十年も前のことだから‥‥‥。ちょっと‥‥‥‥‥」
「いえ。ごもっともです‥‥」
「で？　その、西条さんたちのなにをお調べになりたいの？」
「はい。昔、この地区の小学校の連合運動会があったんですが‥‥‥当時は、連合陸上競技‥‥‥‥」
「ああ。なつかしいわねぇー。あったあった。戦争で中止になったのよねぇ」

　が、奥様はここで、驚くことを言いました。
「ああ。ひょっとして、メダルをさがしてらっしゃるの？」

第55話　名も無きメダリスト（2）

　奥様は、部屋の奥に行くと、古びた菓子箱を持って来て

「あったあった、これこれ。片付けておいてよかったわ」
　箱が開けられると、そこには、まるで子供が収集したかのようなメダルの数々が。
　僕は、「やっぱりあった！」という言葉を、声にしないのに必死でした。

「ほとんどはご当人に送ったみたいなんですけどねぇ。これを探してらっしゃったんでしょ？」
「はい。あの‥‥‥これ、みんな那智先生の受け持たれた？」
「さぁ‥‥‥どうかしら？　那智は選手団の顧問とかもやったみたいだから」
　そうか。顧問って線があったのか‥‥‥。

「あなたがたの生まれる前ね。日本は鉄に困ってね。こんなものでもみんな回収したことがあったのよ」
「はい。わかります。金属供出ですね？」
「それで、那智が、これは子供達の努力の結晶だから、大砲の玉になんかさせないって。まとめて隠していたのよ」
　やっぱり‥‥‥‥です。

「そうだったんですか‥‥。憲兵とか、さぞや大変だったでしょうね」
「あ。それは誤解ですよ？　金属供出は、体面上はあくまで『任意』だから。憲兵はそこまではやってなかったけど。キツかったのは、むしろ婦人会とかのご近所さんね」
「え？　そうなん、ですか‥‥‥‥？」
「ええ‥‥‥なんかあれば、非国民だ、赤だ、すぐ言われて‥‥‥。特に教師には、隠れて反戦の人、少なくなかったで

第１８章　枯れる花　咲く花　　　２８９

すからね。那智もそうでした」

奥様は、箱の中のメダルをひとつ手にとって、
「戦争が終わってから、みなさんのお宅に送ったんだけど。ほら‥‥‥戦死した子とか‥‥‥。行方のわからない子もいて‥‥‥」
メダルひとつひとつに国鉄の荷札がついていて、名前が記載されています。
そこに『不』の文字がついているのは、おそらく不通。『返』の文字がついているのは返送されてきた意味でしょう。
その小さなひとつひとつに、歓声の中を一所懸命に走って。そしてやがて戦地に散ったり‥‥。ひとつひとつの物語があります。

「本来なら、私が那智の遺志を継いで、転居先を探してでもお届けしなきゃいけないとこなんでしょうけど。年寄りひとりでは‥‥‥なかなかねぇ」
「これ、見せていただいてもよろしいですか?」
「ええ。どうぞ? お探しの方のがあればいいけど」

メダルの裏側には、大会の名前が刻まれています。
探すのは、昭和十四年の一等賞。
「当時は、メダルの出る大会なんて限られてましたからねぇ。それはそれは宝物だったんですよ? 子供たちにとっては」
僕たちの探している傍らで奥様。
「かけっこの速い子、勉強のできる子、勉強できないけど優しい子。自分の教えた子供を戦地に送るのは耐えられないって。いつも‥‥‥」
「そうでしょうね‥‥‥」

戦争の時代の「教師と生徒」。那智先生は、生徒たちが「生きた証(あかし)」を守ろうとしたのです。

　全部で、二十個くらいのメダルから、それを見つけ出すのに、たいした時間は必要ありませんでした。
「あ！　ありましたよ、先輩！　14年度、1等賞」
　つけられた荷札に『竹内勇三』の文字。
　間違いなく竹内選手のメダルです！
「なんか感動ですね～。先輩」
「うん。ずっとここで守られてたんだな……」

「見つかった？　それは、よかったわね」
「はい！」
　しかし、喜びもつかの間。
　メダルには『返』の荷札。
　同時に、「住所の手がかりを失った」ことでもありました。

「そう……。そうだったの。お父様を……」
「お名前に心当たりありませんでしょうか？」
「竹内君……ねぇ。那智が生きていれば覚えていたでしょうけれど」
「そうですか……。送った先の名簿なんて、もうありませんよね？」
「ありますよ？　大事な生徒さんの名簿ですもの。焼いたり捨てたりできないわ」
「ほんとですか!?」
　やった！　これで少なくとも元の住所がわかります。

第18章　枯れる花　咲く花

また奥の部屋へと行かれた奥様。今度は少し時間がかかりましたが
「これこれ。ありましたよ」
　さっきよりもずいぶんと大きな菓子箱を抱えてこられました。
　そこには‥‥‥本当にたくさんの手紙やハガキ、年賀状。那智先生のお人柄が忍ばれます。
　そしてうずもれていた一冊の帳面に、几帳面な文字で、

『メダル送付一覧』

　竹内さん本人は、こうして僕らが探している、などとは露ほどにも思っていないでしょうから、へんな感覚です。
「それは卒業年度別にまとめてありますから。14年度で4年生だったら‥‥‥」
「あ！　そうか！　16年度だ！」
　僕はあわててページをめくりました。
「先輩。乱暴にあつかっちゃダメですよ〜」
「あ‥‥‥。そうだよね、ゴメン」
「女っタラシ」
　そこでそうくるか？

「あった！　写させていただいていいですか？」
　やはり几帳面なかたで、送付日時まで記されてありました。
　思った通り。当たり前ですが、西条くんと同じA市。

　ジェミーが住所を書き写している間、僕は、もうひとつの謎も尋ねてみることにしました。
「そう‥‥。相模さんのお嬢さんの。それはまた‥‥‥‥」

「ええ。コーラスを」
「素敵な、お嬢さんに育たれてねぇ」
　けっこう、おもしろおかしく育たれてます。

「それで、ベーゼンドルファーのことを‥‥‥」
「ええ‥‥‥。そこから偶然に見つかったんです。西条さんと竹内さんの写真」
「そう。主人のピアノから‥‥不思議なこともあるものね」
「やはり那智先生のピアノだったんですね‥‥‥。ベーゼンドルファー」
「いえいえ。あれはね。預かりものだったの」
「預かりもの？」

「そう。あのピアノは、元は浜松にあったのよ？」
　ここから、奥様が語られたベーゼンドルファーの「運命」みたいなものは、実におもしろいものでした。

「でも、浜松はね。楽器の工場がたくさんあったものだから、すぐに目について」
　ここでも金属供出です。ただしこの頃は「噂話」レベル。
「それを事前に知った元のベーゼンドルファーの持ち主が、こんな名器をこのまま兵器にするのにはあまりにも忍びないと言って、送って来たのよ」
「ご友人だったんですか？」
「音楽友達でね。那智とは大親友だったのよ？」
「へぇ。でも、こっちでも金属供出はあったはずですよね？」
　そこで那智先生と、友人は大芝居を打ちます。

第18章　枯れる花　咲く花　　293

「那智はドイツ将校のお気に入りで、ピアノはドイツから送られたって」
「あ！　ナチスのナチ、‥‥‥だから？」
「そうそう。日本人はそういうゲンを担ぐでしょ？」
　確かに。
　ベーゼンドルファーはオーストリア製。
　当時、オーストリアはドイツ領だったのです。

「那智たちは、日独伊同盟を利用しようとしたのね。それなら軍もおいそれと手を出せないだろって。おもしろい人だったわ」
　それで贈呈が「ナチ」先生？
「先輩みたいな人ですね‥‥‥」
「いや‥‥‥。国までは利用しないって」
「してるでしょ？　国家権力」
「余計なこと言うな！」

「でも、青小の財産台帳には価格が入っているって‥‥‥」
「運ぶだけでも大変なお金がかかるもの。予算は捻出しなきゃいけないでしょ？」
　なるほどー。そこは、いろいろあるようです。

「けれど戦局は悪化。結局は徴収されちゃって‥‥‥」
「フレームが木になってましたね‥‥‥ペダルも‥‥‥」
「そう。T市に有名な宮大工さんがいらっしゃって。そのかたに作っていただいたのよ？」
「宮大工さんだったのか。どうりで‥‥‥」

「それでもね。当時の子供達は、ピアノの音なんかから遠ざ

かっていましたからね。那智の弾くショパンを、それはもう喜んで……」
「そうでしょうね」
「でも、一番うれしがってたのは、那智本人でしたけど……ホホホ」
　なるほど。那智先生の人となりが、よくわかります。

「えっと。その元の持ち主という方は？」
「戦死なされたわ……。フィリピンで」
「そうでしたか……」
　つまんないこと聞いちゃったな……。
「那智は、友人から預かった大切な楽器を木にしてしまったことを、ずっと悔やんでおりました……」
　それで……台帳に載せて残そうとしたのか……。
　いろんな思いが詰まったベーゼンドルファー。

「あの……奥さん。あのメダルですが……」
「ええ」
「僕たちが届けます。それぞれの生徒さんに」
「え？」
　僕にはそれが「少年西条くん」を通じた「那智先生の遺志」のように思えました。
　それがずっと自分の糸を切りながら鳴り続けた『ベーゼンドルファーの謎』そのものではないか、と。

第18章　枯れる花　咲く花

第56話　レンラクコウ

さっそく全員集合！

もちろん、ブーブーです。
いや、みんなではなく。
タカギが‥‥‥‥‥
ブーブー

「なんでタカギ連れてくんだ、久保！」
「いや、『全員集合』っつーくらいだし」
　ドリフじゃないんだから‥‥‥。
「え！　お前、タカギはメンバーじゃないと？」
「2足歩行できないヤツはメンバーじゃない！」
　ブーブー
「まぁまぁ。豚がいてもいいじゃないか」
「そうだそうだ。いざとなったら食えるし」
　ブ～～～～～～‥‥
　初めて見る弱気の豚。

　この日の集合は、久保くんの「牛が来るので忙しい」という、よく判らない理由に合わせて、久保農園近くに招集したのですが‥‥‥‥なんと久保くん、タカギに乗って登場。
「それにしてもデカイ豚だなぁ。久保」
「タカギっつぅんだ」
「タカギィイいい？」ブーーー
「ネーミングセンス最低だな」

ああ‥‥‥言わないで‥‥‥。

　ひさしぶりの、ほぼ全員集合。
「実は‥‥‥知恵を貸してほしい」
「豚なら貸す」「姉なら貸す」「妹は貸せない」「エロ本なら貸す」「俺にもまわせ」
　否定形も入っていた気もしますが‥‥‥

　事情を話すと、
「なんでそういうこと引き受けてくっかな〜〜〜コイツは」
「お人よしにもほどがある！」
「そう言うなよ‥‥‥」
　ここのところ僕たちは、久保くんと竹内さんの一件以来、アッチのことはコッチに言えず、コッチのことはアッチにしゃべれない、というバラバラ状態。
　ここいらで無理にでも、みんなが集まる必要があったのです。

「で？　何人？」
「21個」
「え〜〜〜〜！　21人も〜〜〜〜？」「バカか？　お前」
「いや。実際は、複数とってる子もいたから、人数としては16人だけ」
「たいしてちがわねぇよ」
「まぁまぁ」
　幸いと言いますか。普段、最も反発する久保くんが、今回「身内」みたいなもんですから。さほどの抵抗もなく、事はつつがなく進みました。

「ほとんどが関東だ？」
「たぶん、学童疎開の子とか」
「そう」「かい」
「つまんねーよ。千葉ぁ」
　が。
「あっははははははははははははは」
　例によってグレート井上くんのみ、大ウケ。
　ブブブーブー
　なぜかタカギにも……。メチャメチャ頭いいな、この豚。
（※冗談のようだが、豚はかなり賢く、人の笑い声や怒鳴り声にちゃんと反応したりする。ノンフィクションである）

「久保ぉ。タカギ、会議からはずしてくれよ……」
「お！　平等に扱えよ！」
　無理だ。トン足だし。
「とにかく豚がいたんじゃ会議にならない」
　こんな台詞どっかの議長が発したことあるでしょうか？
「わかったわかった。よし、タカギ。先に帰ってろ」
　ブィ！

「ホントに帰った……」「スゲ！　……タカギ」
「だろ？」

「すると返ってきたのは、家が空襲かなんかで亡くなった人たちだな？」
「おそらく」
「ふうん……。俺らより年下だったろうにな」
「うん……」

ちょっと湿った空気の流れる中、

「別に普通に郵便で出し直せば？」
　と、チャーリー。
「一度もどって来てんだぞ？」
「いやいや。那智先生ん時とは事情がちがうぞ？」
「事情がちがう？」
　チャーリーが言う「事情」とは、『郵便番号制度』
　1968年から導入された郵便番号制度によって、国民のほとんどが「転居先届け」を出したからです。

「あ、そうか！」「さすが郵便屋！」
（チャーリーの家は特定郵便局。自動車工場は兄）

「でも、メダルの現物は那智先生の家にあるし‥‥‥」
　そのまま転送されてしまっては、最も肝心な竹内選手の家は判りません。
「お礼くらい、よこすんじゃね？」
「本人が生きてれば、ね‥‥‥」
　その方法では安否すら判りません。

「じゃ忍者は？」「矢文は？」「伝書鳩は？」「駐在は？」
『三人集まれば文殊の知恵』とはよく言いますが、人数が多すぎると必ずしも当てはまらない、よい例。
「伝書鳩って‥‥バカだなー。ジェミーはー」
「矢文に言われたくありません〜」
「だよな〜。今から鳩飼っても間に合わねーよなぁ」
　ここで学ぶべき諺は、『目くそ鼻くそを笑う』です。

第18章　枯れる花　咲く花　　299

ここで、グレート井上くん、
「じゃぁ電報にすれば？　普通郵便よりも、転居先さがしてくれるぞ？」
（電話がまだ100％普及していなかった当時、電報はまだまだ重要な連絡手段であったため、かなり徹底して転居先を探してくれた）
「なるほど！」

　結局、このグレート井上案を採択し、実行は郵便屋さんであるチャーリーに頼むことになりました。特別な割引があるからです。

『アズカリモノアリ　レンラクコウ』

　が。その日のうちに問題発生。
　夕方になって、久保くんから電話がありました。
〝タカギ、帰ってねぇんだよ〜〜〜。どうしよ〜〜〜〜？〟
　やっぱし‥‥‥、そんなもんだ。

第57話　黄泉の国から来た手紙

　この方法は、実に簡潔で、実に的を射ていました。
　受け取りは私書箱（主要郵便局に言うと無料で作ってもらえた）で、なんの労もなく次々とメダルの持ち主が判明！
「こんなに簡単でいいのか？」ってくらいで、同時期、坂本家騒動に忙殺されていた僕たち（10巻）には、実にありがたかったのです。

が……。こういう「うまく行き過ぎている」事こそ、思わぬ落とし穴があるもの。
　情報を共有することができなくなっていた僕たちは、大きな失敗を２つも犯していたのです。
　ひとつは…………

「さすがだなぁ。井上〜」「ホントさすがだ」
「いや、今回はチャーリーの手柄だよ」

「珍しいなぁ。チャーリー」「ホント珍しい」
「なんで井上と俺と感想が違うんだっ!?」
「あ……ゴメン。なんとなく」
　なぜなのでしょう？
「いや。チン○°の大きさとは関係ないからさ」
「そういう意味じゃねーよ！　するとなにか？　お前ら、チン○°の大きさで人を差別すんのか!?」
「いやいや、そんなことで差別しねぇって」
「そうだぞ？　そういうことで**差別すんのは女だけ**だから」
「................」
　世の中には、**慰めの方がキツイ**こともある、ということを知るチャーリーでした。

「しかしすごいなぁ。みんな即座に返事くれたな」
「ああ。すごい反応だ。驚きだよ」
　と、返信された手紙の束を見て悦に入るメンバーでした……。
「チャーリー。この返信先……」
「ん？　どうした？　森田」

第18章　枯れる花　咲く花　　301

驚きの真実発覚。

「あ〜〜!　**代表が那智先生本人**になってんじゃんっ!!」

「え?　あったり前だろ?」
「いや。あたり前って‥‥‥故人だぞ?」
　そうなのです。チャーリーってば、差出人を那智先生本人の名前にしてたのでした。
「え?　葬式だって電報送られてくんだろが!」
「いや。葬式、**死んだ本人が出してるわけじゃない**から」
「え‥‥‥‥?」

　そりゃ、みんな大慌てで返して来るわ‥‥‥‥。
　天国からの電報‥‥‥だもん。

「森田。メダル送る時、お詫びいっしょに書いてくれる?」
「奥様の方がよくない?　それが常識だと思うけど」
「**え〜〜〜〜〜〜。事情話すわけ?**」
　しかもこんな「バカな事情」‥‥‥‥。

　やらかしたのはチャーリーですが、事情を話すのは僕です。
「ホホ‥‥‥。よろしいですよ?」
　再会した奥様は、事情を聴いて微笑まれました。
「すいません‥‥‥‥」
「いえいえ。那智とは縁もゆかりもないのに、こんなによくしていただいて‥‥。きっと那智も喜んでいると思います」
「そう言っていただけると助かります‥‥‥」
「那智も、かねてより**出来の悪い子ほどかわいい**、って申

しておりましたから」
　出来の悪い子……。
　心なしか、そこだけ強調されてた、と思ったのは、考え過ぎでしょうか？

「不思議なことに、そういう子に限って、那智の葬儀に献花してくださったりするんですよね……」
「あ、なんとなくわかります」
　出来の悪いのが多い我々としては。

　ん………？
「奥さん、今、なんておっしゃいました？」
「え……？　ですから、**出来が悪いわねって**……」
「そっちじゃなくっ！」

　もうひとつの失敗の方は、深刻でした。
　話は少しだけ前後します。

　僕は、このことを竹内さんに伝える役目を、久保くんに頼んでいました。今つきあっているのが久保くんなのですから、当然です。
　西条くんがしゃしゃり出れば、久保くんばかりでなく、茶木も交えてグッチャグッチャになることは明らかで、最も妥当な判断。と、思っていました。

　ところが久保くんは、竹内さんの誕生日が近い（8月生まれ）ということもあってか、へんに気を持たせて
「誕生日には、すっげぇプレゼントあっからよ！」

「すごいプレゼント？」
「まー、楽しみにしてろって！」
　といった程度しか伝えていなかったのです。
　逆に茶木には、伝令ゲームのように、僕たちが「調べている」ことだけが伝わり、青小に宿直したことから、彼の歪んだ確信に変わっていました。
　むろん、そのどちらも僕には知る由もないことでした。
　僕にとっては、「できれば関わりたくない人たち」で、後輩、坂本くんに起きていたことの方が、ずっと重要だったのです（10巻）。

　那智先生のお宅からの帰り道。
　茶木は、本当にこつ然と、僕の目の前に現れたのです。

「テメェか……。ゆかりのこと、嗅ぎ回ってるってーバカは………」

　僕は、自分でもみっともないくらいに慌てふためきました。
　それほど、心の準備ができていなかったのです。
　茶木は、僕の襟元を両手でつかみあげ、そのままなんなく持ち上げました。
「ち……ちが……ケホ」
　喉が押されて声が。なんてバカぢから……
　そして、その目。尋常じゃありません。
　今まで何人となく不良にからまれたことがある僕ですが、これほどに恐怖を感じたのは初めてでした。

「茶木君！」
　女性の声がして、僕は、まるで荷物のひとつのように、地

面に落とされました。

「だいじょうぶ？　ヤドカリくん」
　そのふざけた呼び方は‥‥‥？
「ふけい‥‥‥」
　息を吐こうとすると、ひどく咳き込んでしまい、声になりません。

「茶木君。アナタ、仮退院をよくわかってないようね？」
　僕よりも背の低い婦警さんに叱責される茶木の姿は、奇妙に映りました。
　茶木は、
「るせぇ‥‥‥」
　とだけ言って、その場を立ち去りました。

「あ‥‥、すいませんでした‥‥‥婦警さん」
　ようやく、声らしき声を発した僕でしたが、
「ザリガニくん。あなた‥‥‥」
「はい？」
「竹内さんにも手を出してたの？」
「ち‥‥‥ちがいますよっ！」

　なにを唐突なことを。と、思ったのですが、違いました。
　そこは、竹内さんの下宿先のすぐ前だったのです。
「え？　知らなかったの？」
「し、知りませんよ‥‥‥」
　Ｎ市内である、ということだけは判っていましたが。
「え？　だって、君は学校の全女子の家を知ってるって‥‥‥お友達が‥‥‥」

「あのですねぇ」
 だから、ダレだ？　その「お友達」。
 そうか。僕の方が、蜂の巣の前につっ立ってたわけだ。

 泉巡査は、なんと僕を本署に連行。
 言うまでもなく、そこは「知り合いイッパイ」です。良くない意味での（3巻ほか）。
「お！　**ママチャリ！**」
 さっそく出ました。五十嵐さん。
「そっか。とうとう年貢の納め時か？　あっはっはっは。ナニやった？　ママチャリ。詐欺か？　それとも詐欺か？」
 なんで『詐欺』しか出て来ない？

 別室。
「なんで僕が取調室なんです？」
 普通の調書程度は、取調室までは使いません。事務所の中か、会議室の角でチョイ、くらいで終わるのが普通。ここに通されるのは「よほどのこと」なのです。

「初めて見たでしょ？　取調室」
「あ〜〜〜、過去にも１、２、‥５‥‥７回ほど‥‥‥」
「はぁ？　ナニやってんの？　高校生が」
「いやぁ〜〜‥‥‥」
 ナニやってんでしょう‥‥‥。

「どうしてさっさと、連絡しなかったの！」
 連絡先が誕生日だったからです。「9月25日」。
「本当に今日初めて会ったんですよ、彼とは」
 ‥‥‥信じてくれていない様子。

306

「とにかく、調書はとるわよ?」
「いや‥‥‥暴力沙汰ってほどでも」
「保護観察中の子はねぇ。普通よりずっと厳しいの」
　つまり。保護観察の権利を失う、ということです。
「で?　どうする?　起訴する?」

「‥‥‥いえ‥‥‥しません」
　それは西条くんが家出してまで避けて来たことでもあり。
　去年の茶木もまた‥‥。『茶木は起訴しないそうだ』（2巻）

「ただ、タカイタカイしてもらってただけですよ‥‥‥」
　フッ‥、と溜め息をつくと泉巡査、
「カタイカタイねぇ‥‥。コレだから高校生ってのは‥‥‥」
「**カタイカタイ**じゃなくって、**タカイタカイ**です」
　泉巡査、自分が言った失言に気づき大赤面！
「**あ～～～～～っ！　なな、なんてことを！　た、逮捕するわよっ!?**」
　勝手に間違ったくせに‥‥‥。
　カタイカタイ。

・・・・・・・・・・・・・・・・・・・・・・・・・・・・・・

第58話　カサブランカ

　この失言は、あまりに名言でしたので、さっそく流行らせました。
「そうそう。カタイカタイはひとりでするもんだ」

第18章　枯れる花　咲く花　　307

「いや。2人だろ？」
「あっ！　テメェはーーー！　和美いるからってーーー！」
　しまった‥‥‥大失言。
「和美とカタイカタイしてやがんな!?」
「し、してない‥‥ってば」

「固い固い約束」
　え？　そんな奇麗なオチ？　西条なのに？

「で？　転居先がわかったって？」
「うん。新潟」
　この日、西条くん達を集めたのは「カタイカタイ」があまりに面白かった、というのもあるのですが、ついに竹内選手の住所がわかったからです。
　それは、まったくの「盲点」でした。

『奥さん、今、なんておっしゃいました？』
『え‥‥‥？　ですから、**出来が悪いわねって**‥‥‥』
『そっちじゃなくっ！　葬儀の話‥‥‥』
『ああ‥‥‥献花？』

　那智先生が他界されたのは4年前。
　その葬儀に列席したか、献花をしていたかも知れないわけです。たとえ『卒業生一同』であっても、年度別が普通ですから、住所は割り出せます。
　そして、葬儀の献花と、電報の一覧にその名前はありました。
『竹内勇三‥‥‥‥‥‥』

『ああ‥‥‥、この竹内さん！　はいはい、覚えてますよ？』
『ホントですか？　奥さん！』
『いえ、ご当人を覚えているわけじゃないんだけど‥‥‥。那智の葬儀に、とっても貴重な花を届けてくださって』
『貴重な花？』
『何十年も前の生徒さんが、個人で下さるっていうのも珍しいから。よほど那智と親交があったんだなぁ、って‥‥‥』

　その花というのが、
『カサブランカ』
「カサブランカ？　おお！」
「知ってんのか？　西条」
「モロッコの都市じゃん」
「すげぇ！　さっきの発言と言い、西条と思えねぇ！」
「いや、熊の名前（2巻）から。ちっと調べて」
「なんだ、熊か」
　なんだ、熊か、って落胆もおもしろい。

　那智ご夫妻は、庭中が花壇なくらいですから、たいへんに花に造形が深くていらっしゃったようで、奥様も「生きた花図鑑」でした。
『カサブランカは、百合の女王様。こんな素敵な花をくださるなんて、どういう生徒さんだったのかしら、って‥‥‥』
（近年は結婚式のブーケと言えばカサブランカ）
『ほら‥‥。そこの花壇に咲いてるでしょ？　それがキッカケで、私も植えてみましたの』
　それから奥様は、
『香りが強いでしょ？　窓辺に大量に植えてしまったこと、

ちょっと後悔してるの。ホホホ』
　そう言って、笑われました。

「住所、判ったってなるとーーー‥‥‥」

　そうです。後は、本当に竹内さんの父親であるかを確認しなくてはなりません。
　僕は、久保くんから、そこまでの話はすっかり竹内さんに伝わっている、と考えていましたから、直接、話してみることにしたのです。

「大丈夫なのか？」
　心配顔の孝昭くん。
「うん‥‥‥。だって、西条ってわけにいかないし」
　それこそ茶木が踏み込んで来たら、今度こそ、タダでは済みません。
「いや。和美の方が」
　う‥‥‥‥‥！

☞☞☞☞☞☞☞☞☞

「なんで駐在所で待ち合わせする？」
「いえ。ここなら安全だなぁ、って」
「安全だが‥‥‥。普通、交番はデートに使わんぞ？」
「やだなぁ～。デートだなんて～。ちがいますよ～」
「照れんなっ！　そういう意味で言ってねーからっ！」

「で？　来たら席を外せってのは、どういうことだ？」
「いやぁ。駐在さんがいると女の子は怖がるでしょ？」

「ママチャリ。なんで駐在所が駐在所って言うか知ってるか？」
「‥‥‥‥‥喫茶店よりもサービスが悪いから？」

「警察官が駐在してるからだ！　バカヤロー」

　というわけで、あえなく追い出されてしまいました‥‥。やはり喫茶店よりも、だいぶサービスが劣ります。
　が、竹内さんは、ここを目指して来るので遠くへは行けません。
　表で待とうにも、夏の日差しは強く、紫外線はお肌の大敵。
　そこで、駐在所からさほど遠くなく、クーラー付きの涼しい居場所を見つけました。
「‥‥‥‥なんだって俺のスミレちゃんに乗ってる？」
「パトカーだと、いろいろまずいかと思いまして‥‥‥」
「人の車はまずい、という考え方はなかったのか？」
「はい」

　追い出されました。正確には引きずり出されました。
「鬼っ！」
「なんとでもほざけ！」
「パンク婆さんに祟られろーーーーー！」

第59話　vs茶木（1）

　なぜか駐在さんといっしょに氷あずきを食べている僕です。
　すでに待ち合わせ時間から3時間が経過し、あたりからヒ

グラシの声が聞こえ始めていました。
「フラれたようだなぁ？　ママチャリぃ。わははははは」
「いえ……。だからそういう相手じゃないんですよ」
　何度か下宿先にも電話をかけましたが、留守でした。
「電話も勝手に使いやがったのか！」
「ちゃんとことわりましたよ」
　念で。

　考えられることはひとつだけ。
　茶木が足止めした、ということ……。

「駐在さん。茶木は、どうして西条を起訴しなかったんですかね？」
「ん？　美奈子ちゃんの時か？」
「ええ……」
「西条も起訴はしとらんだろ」
　そうなのです。巷では「西条が茶木を年少送りにした」として有名になりましたが、実際に起訴したのは警察と被害者・美奈子さんであって、西条くんは被害届を出していません。

「西条は乗り込んだ側ですから」
　対して茶木は乗り込まれた側。
　もし、あの時、警察か茶木が起訴していれば、西条くんは間違いなく退学でした。

「元不良の親玉としては、どう思います？」
「そういう言い方はよせ……」
「元不良の親玉としては、どう思われますでしょうか？」

「語尾しか変わってないぞ！」
　元不良の親玉がおっしゃるには、
「喧嘩の借りは喧嘩で返す、ってことだろ。十何人も寄ってたかって西条ひとりに負けたんじゃな」
「そんなもんでしょうか？」

「プライドってーもんがあるからな」
「プライド‥‥‥‥‥‥」

「駐在さんにもあったんですか？」
「なんだ！　その言い方はぁ！」
「駐在さんにもございましたか？」
「敬語にすりゃいいってもんじゃねーぞ？」

「だいたい、俺たちの頃の不良ってのは、今のお前らとはまるで違う」
「そうだったんでございますか？」
「気持ち悪いから、そのドヘタクソな敬語やめろ」
　お気に召さなかったようでございます。

「俺たちの頃ってのは、全体に貧しかったからな。お前らみたいに全力で不良やってられるバカはいなかった」
「全力ってわけじゃ‥‥‥」
「そうだろ。わざわざ不良やるため、金かけて専用の学ランなんぞ買ってるわけだからな。一生それでやってけると思ってやがる」
　確かに。そういうとこあります。（←あった）

「お前らもそうだ。悪戯やって一生食ってけるワケじゃねぇ

第18章　枯れる花　咲く花　　　313

んだぞ」
　そこに来たか‥‥‥（苦）
「あ。でも、将来その体験を本にでもすれば‥‥‥」
「わははっ！　そんなもんが売れるか！　バカ」
　そうでしょうか？

　それからまた１時間。
　駐在さんも公務ってもんがありますから、いつまでもつきあってもらうわけにもいかず。
「僕。帰りますね‥‥‥」
「もう、いいのか？」
「ええ。もし来たら、帰ったって、伝えておいてください‥‥‥」

　しかし‥‥‥。

　駐在所からだいぶ離れた所まで来て‥‥‥。
「ジャガーだ‥‥‥！」
　ゆっくりとドアが開いて、降りてきた大男。
　茶木です‥‥‥。

　しまった‥‥‥
　自転車を止めて、Ｕターンしようか悩みましたが、相手は車。どうする？
　茶木は、ゆっくりと、ゆっくりと近づいて来ると、
「オマエ‥‥‥今日で、終われ‥‥‥‥‥」
　ゾッ‥‥‥！
　ケンちゃんにも似た殺気に、僕は恥も外聞もなく、
「お‥‥‥、おまえ、まだ保護観察中だろ！」

最後の抵抗を試みていました。
「ち、ちがうんだ！　聞いてくれ！　僕は、竹内さんのお父さんのことで‥‥‥」
　本当に無様に、恥も外聞もなく。

　が。
「茶木ぃ！　テメェの相手はそっちじゃねぇぞ！」
　孝昭！
「こんなこったろうと思ったぜ」
　心配して来てくれたのか‥‥‥！

「へへ‥‥‥。茶木ぃ、テメェとは一度やりたかったんだ。姫沼じゃ、１発借りがあっからかなぁ」
　そう言って、手にしていた竹刀を、ひと振り、ふた振り。
「お前‥‥‥お蘭の弟‥‥‥？」
　やはり早苗さんを知ってる。
　著名な不良同士。知っていて当然です。
　僕は、さっきの言い逃れの時に、なぜ早苗さんの名前を出さなかったか悔やみました（14巻参照）。どうせあそこまで無様なら、無様ついでで言えばよかったものを。

「姉ちゃんはあいにくと三千里中だからよー。俺が相手してやるわ！」
「三千、里‥‥‥‥？」
「生理のなげぇヤツだよ」
　ちがうだろ？

　茶木は、孝昭くんの竹刀が仕込（鉄心の入った竹刀）と察知するや、ジャガーにもどりトランクを開けました。

手にしたのは木刀！
　僕はとっさにジャガーの所へ移動し、
バン！
　思い切りトランクを降ろします！
「うがぁあああ!!」
　ジャガーの重量級のトランクに、さすがの茶木も悲鳴を上げました。
「孝昭ぃ！　今だ！」
「キ‥‥サマ‥‥‥！」
　僕が全体重をかけているというのに、茶木は乱暴にトランクから片手を抜くと、
　ブン！
　その腕が僕を突き飛ばしました。その怪力！

「茶木ぃ！　テメェの相手は俺だっつってるだろ!?」
　ガン！
　茶木が辛うじてかわし、ジャガーのボディと仕込の激しい金属音が響きました。
「らぁあ！　逃げんなぁ！　茶木ぃ！」
　孝昭くんが追いかけます。茶木はここまで防戦一方。
　が。それは西条くんもよく使う体勢を整える手段。やはり茶木のケンカ慣れは本物です。

「図にのんなよ‥‥クソ野郎‥‥‥‥！」
　体勢を整え、隙のない構えをとる茶木。
　片手で持っているだけですが、剣道の心得のある者のものです。
　対する孝昭くんは、我流も我流。チャンバラに近いもので、本人が「ケンカ殺法」と呼んでいるくらい。

「そんなんで‥‥俺に勝てると思って来てんのか‥‥‥？」
「へっ！　今のうちにほざけるだけ、ほざけ！」
　が‥‥‥素人目にも、棒物は茶木に分があります。
「死ねやあ‥‥‥！」
　ドッ！

　なにがおきたのか、倒れたのは、茶木？

「オ‥‥‥マエ‥‥‥‥‥」

　それはなんと、河野会長でした。
「わりぃなー、茶木さん。ダチはうらぎれねぇ」

●●●●●●●●●●●●●●●●●●●●●●●●●●●●●●
第60話　vs茶木（2）

　さすが元番長。こうなることを読んでいて、あらかじめ河野くんを配置していたのです。
　河野くんはヘルメットまで完全武装済み。
「く‥‥‥汚ねぇ‥‥‥ぞ‥‥‥」
「へ！　俺は剣道やりてぇなんて、ひとっ言も言ってねぇんだぜ？　茶木ぃ！」
　河野くんは、倒れた茶木の足にしがみついたまま。
　その上から、棍棒のような茶木の腕が激しく振り下ろされますが、河野くんは放しません。
　そこをめがけて
「ケンカは勝ちゃいいんだ！　だろぉ？　え？　茶木ぃ！」

第１８章　枯れる花　咲く花　　317

「うらぁああああああああああっ!!」

　が、寸前。その中間に、
キキッ！
タイヤのスリップ音が響き、急停車したのが

スミレちゃん!?

　その窓から、
「お前ら！　待て待て！　待たんか！」
　しかし、孝昭くんの勢いは急には止まりません！

ガン！

「あ～～～～～～～～～～～～～～～っ!!」
「ありゃ？　駐在、なんで？」
「なんでじゃねぇっ！　お‥‥俺のスミレちゃんが‥‥」
　あわれ新車のボンネットの端に、孝昭くんの仕込どお～～
～～りの凹みが。

　スミレちゃんの凹みもすごいけど、駐在さんの凹み方はそれ以上でした。
　しばらくボンネットをなでながら、うなだれていた駐在さんでしたが、
「キッサマら～～～～～～～～～～～!!!」
「いや‥‥駐在。勝手に真ん中来たんだろ？」
「問答無用だーーーーー！　孝昭ーーーーーー！」
「わぁあああああ！」
　我を失って孝昭くん側を追い回す駐在さん‥‥‥。

なにしに来たんだ？

　再び駐在所。
　駐在さんのおかげで、まんまと茶木は逃げおおせて、僕たち３人だけの事情聴取です。
「ったく、バカ駐在！」
「うるさいっ！　バカ孝昭！」
　駐在さんも孝昭くんも同レベルで不機嫌です。

「‥‥‥でも、駐在さん、どうして？」
「泉巡査から報告があった。お前が茶木の話、出してたんで、気になってな」
「そうだったんですか‥‥‥」
「フ‥‥‥。こんなこったろうと思ったぜ」
　セリフだけなら、すごく冷静でカッコいい駐在さんですが、涙の跡だけは拭いてほしいものです。
グスッ！
　鼻水も‥‥。

　新車スミレちゃん。本日整形外科入院。全治３日。

☞☞☞☞☞

　結局、竹内さんの父親については、それ以上の進展もなく、変わったことと言えば、僕や、孝昭くん、あるいは河野くんも、いきなり危険度が増したこと。
　中でも弱弱の僕は深刻です。

「こうしちゃいらんない！」
　こうなったら西条同様、出島するしかありません。
　僕がそそくさと準備を始めると、
「あら。どうしたの？」
　さっそく息子の異変に気づいた母。
「えっと～～～～‥‥見ての通り」
「非難用具の点検？」
「いや‥‥‥‥」

　でも、さすがにハッキリとは言いにくく、
「じゃ、母ちゃん、クイズね」
「クイズ？」
「はい！『クイズ・神童は誰だ！』の時間がやってまいりました～～～」
　パチパチパチ！
　ノリのいい母です。

「では問題です。江戸幕府が関所を設けて厳しく取り締まったものはなんでしょう？」
「え‥‥‥ヒントは？」
「入鉄砲に～～～～～？」「豆鉄砲？」
「**ブーーーー！**」（正：入鉄砲に出女）
「おしい？」
「おしくない。入鉄砲に～～？」「出刃包丁！」
「**ブーーーー！**　でも、『出』は合ってた！」

「入鉄砲に～～～～～？」「デボネア！」
「**ブーーーー！**　江戸時代にデボネアないから。でも、ニュアンスは似てた」

320

「ニュアンスね？」
　こうして、
「入鉄砲に？」「マドンナ？」「意味合いは似てる！」
「入鉄砲に？」「スザンナ？」「誰だそれ？」
「入鉄砲に？」「ジョアンナ」「気分的に近い！」
「入鉄砲に？」「ディオンヌ」「ほとんど合ってる！」

「正解は『入鉄砲に出女』でした〜〜〜〜。残念！」
「くやし〜〜〜〜〜〜。デオンナって誰？」
「人名じゃないんだよ……。母ちゃん」
　ホント、歴史に弱いな。元神童。
「というわけで、しばらく家出する」
「『出』しか合ってないじゃないの！」
　出島とどこがちがうんだ？

　折りも折り。そこに１本の電話が入り、僕に決断を急がせることになりました。
　相手はキャデラック早乙女さん。
〝茶木ってボウズのことなー〟
「わかったんですか！」
〝**右ハンドル**の外車なんて乗ってるヤツぁ、めったにいねぇから、すぐわかったぜ！〟
　長かったので、なるべく正確に要約しますと、
「**右ハンドルの**ジャガーを持っているのは、早乙女さんのとりしきるテキ屋（お祭り等の露天商を営む人々）の若頭。茶木はさらにその舎弟として、**右ハンドルの**ジャガーを預けられているだけ」なのだそうです。

　そうであるなら、今日、孝昭くんに車を傷つけられたのは、

どえらい騒ぎになっているに違いありません。
　なにしろ借り物の(右ハンドルの)外車。
　もう、時間はない‥‥‥。

　よくよく考えれば、僕を襲うのなら、50人も手下のいる茶木。その中の１番下っ端だって済むことです。
　そうしないで、自分の進退まで危うくして自ら来たのは‥‥‥たぶん‥‥‥。
　茶木には、そういう１本、筋の通ったところがあるのは、確かです。

　僕は、そんな茶木に賭けてみることにしました。

「あ、あの早乙女さん、お願いがあるんですが‥‥‥」
"やなこった！"
「まだ‥‥‥なんにも言ってませんけど？」
"テメェの頼みが、よかったことは一個もねぇからな。だいたいセイガクのくせし‥‥"
「左ハンドル最高！　キャデラック最高！」
"よし。言ってみろ"

　もちろん万難を排して。

☞☞☞☞☞☞☞☞☞

　茶木が現れる所は、泉巡査が張っていた場所で、おおよそ判ります。今なら竹内さんの下宿前。
　逆に、そこであれば、いつ保護観察官が来るやも知れない場所なのですから、茶木もめったなことはできない。

翌日、午後６時。Ｎ市。
　ブロオオオォォ‥
　直列６気筒独特の低いエキゾーストノート。
　来た！　ジャガーだ！
　膝！　ガクガクするな！

　茶木が、車を停めて、その大きなガタイで僕の前に影を落としました。
「お前‥‥‥‥‥？」
「アンタを待ってた」
「今日は‥‥‥ひとりか‥‥‥バカなのか度胸あんのか」
　僕だって、無策でノコノコやってきたわけじゃありません。
　でしたが。

「アレ？」おかしいな？
「いいから‥‥‥死ねや‥‥‥お前」
「い、いや。ちょ‥‥‥ちょっと待って！」
　アレレ？
「なにが待てだ‥‥‥フザけんな‥‥‥‥‥‥」
「い、いや。ちょっ、ちょっとだけ！」

　あーーーーーーーっ!!!

駐車違反のキップ切られてるーーーーーー
　しかもよりによって五十嵐さんに！
「ちょ、ちょい待ち！」
　大慌てで横道を走って、バス停前！

第１８章　枯れる花　咲く花

「い、五十嵐さん！　ちょっと！　なにしてんですか!?」
「見ての通り駐車違反取り締まってるが？」
「いや……その車は………」
　早乙女さんのキャデラック。
「お前と関係あんのか？　この外車の**運転手さん**」
　うわぁ〜〜「運転手さん」ってとこが完全に業務モード！
　運転手さんの顔には、
（やい！　セイガクぅ!!　テメェのせいで駐禁とられたじゃねぇかっ!!）

「え〜〜っと、そうなんですよ。僕がここで待機していただくよう……。だから見逃してください」
「ダメだな。バス停前にこんなに露骨に停めて喫茶店にいたんじゃ。ねぇ、運転手さん」
　だからその「運転手さん」ってヤメテ……。
　運転手さんの、険しい表情には、
（テメェ！　なんでマッポと一緒に呼びつけやがる!?）
　いや……僕が呼んだわけでは………。
　泉巡査は来るだろう、とは思っていましたが。

　僕の思惑も知らず、五十嵐さんは、ただただ淡々と、
「あ、運転手さんね、理由はともあれ、30分も停めてちゃダメだよ〜。ここにサインして」
　ウソ？　早乙女さん、30分も前から待機してくれてたの？
　なんて外見に似合わぬいい人なんでしょう……。
「へい‥‥」
　ああ‥‥サインしちゃったよ‥‥。目尻に涙うかべて。

もっと驚いていたのは茶木です。なにしろ本物ヤクザと本物警察官ですから。
　早乙女さんが車を移動したとたん、もんのすごい形相でやって来まして、
「キサマ‥‥‥俺を売るつもりで仕掛けたのか‥‥‥」
「いや～～‥‥。そういうわけじゃ～～～～」
「必ず、ころ‥‥す‥‥‥」
　ああ‥‥‥最悪‥‥‥‥‥‥。

　が、その後方から五十嵐さん、
「えっと～～、このジャガー、運転手さんの～～？」

第61話　閉ざされた絆（1）

　いやいやいや五十嵐さん！
　これ以上、窮地に追い込まないでもらいたい！
　怖くって茶木の顔が見れません（泣）
「君。免許証を」
　こうなったら‥‥‥！
「5分以内の荷物の積み降ろしは駐車違反にはならないでしょ？」
「荷物を積み降ろしてないだろ」
「つ、積み降ろしてますよ！　な？　な？　な？」
　茶木に同意を求めることになってしまいました。
「なにを？」
「えっと。木刀‥‥‥とか‥‥‥‥‥‥」
　かえってマズイか～？

第18章　枯れる花　咲く花

「車を降りてても、すぐ移動できる状態であれば駐車禁止にはならないですよね？」
（↑本当：道路脇の販売機からジュースを買ってくるのは駐車違反にはならない、という判決が出ている）
「相変わらずつまんないこと知ってんなぁー」
　そのつまんないことで罰金とってんの誰だ？

「あそこは駐車禁止だからね。とっとと移動しなさい。じゃぁ、ママチャリ。そういうことで」
「え！　そういうことでって‥‥‥帰るんですか？」
「今の貸しは大きいぞ。フッフッフ」
　貸し‥‥‥。早苗さんと付き合い始めてから、五十嵐さんが、だんだんダークに染まって行く‥‥‥。

　ドロロロロロロロロ‥
「セイガクぅぅーーーーー！」
　五十嵐さんと、入れ替わるようにキャデラック！
「あ、早乙女さん‥‥」助かった〜〜〜〜〜（涙）
　と、思ったら、
「テメェ！　今日の駐禁の罰金払えよっ！　バカヤロウ」
　僕に罰金の納付書とカードを渡すと、やはり帰って行かれました。

　どうしましょ？

　ところが。
「手間‥‥‥とらせたな。助かったぜ‥‥‥‥‥」

茶木が、礼を言った？
「いや‥‥‥いえ。とにかく車。移動しないと‥‥」
「乗れ‥‥‥」
「え？」
　それは、僕に早急な判断を迫りました。
　が、運転手は茶木。他に誰もいませんから、助手席は最も逃げやすい、ともとれます。
「左ハンドルでなくてよかった〜‥‥‥」
「なに言ってやがんだ‥‥‥？」

　ジャガーの車内は、革と煙草ときつい香水のまじった「その筋」くさい匂いがしました（←乗ったことのある人は判る）。
　その匂いだけで、すでに「降りたい（泣）」。

　茶木は車を走らせると、わずか交差点をふたつくらい進んだ所の映画館の駐車場に車を停めました。
　僕は、その間、ドアノブの位置を確認していましたが、その人通りからして、ここでボコろう、というわけではなさそうです。

「お前‥‥‥‥」
　先に口を開いたのは、茶木の方。
「昨日‥‥‥ゆかりの父親がどうこうほざいてたな‥‥」
「あ‥‥‥うん」
　僕は、あの無様な姿を思い出されたのが嫌でしたが。
「あ、誤解しないでくれ。僕は竹内さんとはなんにも‥‥」
「**一緒にエロ本買いに行った**そうだな‥‥‥」（13巻）
　なんで‥‥‥そんなことだけ（恥）
　昨日の見苦しい言い訳と言い、茶木の中の「僕」って、

第18章　枯れる花　咲く花　　　327

サイテーの男なんですけど。

「どういう……ことだ？」
「え……？　エロ本は竹内さんが……」
「エロ本の話じゃねぇよ……」
　ですよね〜〜〜〜。
　茶木は、村山くん以上に話しベタでした。それだけに、一言一言の低い声に迫力があります。

　僕は茶木にメダルの成り行きを、わざわざ美奈子さんの事件まで遡って話しました。
　すると茶木は、
「あの女のことは‥‥悪かった‥‥って思ってる‥‥‥‥」
　はじめに美奈子さんのことを詫びました。
　それは、それまで僕らの持っていた茶木のイメージを覆すものでした。

　僕は、
「アレ、アンタがやったんじゃないんだろ？　本当は」
　自分の憶測を言いました。正直、ゴマをする意味合いのほうが大きかったんですが。
「タメ口利くな……。俺はオマエらより二つも上だ」
「あ……。す、すいません」
　その有無を言わさぬ威圧感。この男の前だと、僕はいいとコナシです。

「同じことだ。俺らがやったんだ……」

茶木の態度が豹変したのは、やはり「竹内選手」の所在に話が及んだ時。
「なんだ……と？」
「やっぱり知らなかった…だ……ですか？」
「教えろ！」
　茶木は突然、不良にもどったように語気を強めると、僕の襟を摑みました。その力の強さ。加減のなさ。

　ここだ。最も肝心なのは。

　僕は、今後一切「我々に手を出さない」ことを条件に、そのメモを渡すことにしました。
「どっちにしろ…西条に手を出すつもりはねぇ……」
　茶木は、住所の紙を受け取ると、くれぐれも竹内さんに関わらぬよう、逆に条件をつけました。
　でも、久保はもう……。おそらくは西条くんも。
「なんでそんなに、躍起になるんです？」

「ゆかりの親父は……、母親の……実の兄だ………」

　苗字の謎は解けました。最悪の形で。

第62話　閉ざされた絆（2）

　しかし、疑問はあります。
「なんで……わかったんです？　その竹内兄妹のことは」
　それからの茶木は、人が変わったかのように能弁でした。

自分の中に仕舞っておいた物がいっきに吹き出したかのように。
「ゆかりには‥‥‥足長おじさんがいた‥‥‥」
「あ。なんか援助する人‥‥」
　これで、竹内さんと出会って以来の「なぜ高校に入れたか？」という疑問が判りました。
「はじめ、俺たちも存在がわかんなかったが。中学の入学式の日に、ゆかりに花が送られてきてな‥‥。それで表に出た」
「花？」
「見たこともねぇ大きなユリだった‥‥‥」

　カサブランカ‥‥‥‥？

「それが花束になってんだから、かなりの金持ちだろ、ってな。なんで同じ金額の食い物を送ってくれねぇ、とかフザけあってたが‥‥‥」

「ゆかりの母親の名は『竹内 百合江(ゆりえ)』だからな？　ひょっとすっと、って話も出てはいたんだ」
「百合‥‥‥」
「だが施設は誰だか教えてくれねぇ‥‥‥が。ゆかりもうすうす、それは親父じゃないかって‥‥‥思うのが普通だろ？　希望も‥‥‥合わせてだがな‥‥‥」

「ゆかりは‥‥その花が枯れたとき、ずっと泣いてた‥‥‥‥。たぶん唯一の‥‥縁が枯れるって‥‥そう思ったんだろうよ‥‥」

「中学卒業んとき‥‥施設がゆかりに高校に進むことをすすめた‥‥。金いるのに不思議だなって誰もが思ったが‥‥。誰もそのことには触れなかった‥‥。ヒガミもネタミも蔓延してる施設じゃ、タブーだったんだ‥‥」
 しかし、その後、リボンから思わぬ物証が見つかります。
『男子走り幅跳びの部　第１位』

「俺は‥‥施設になかば脅しで問いつめた‥‥。それで今まで、父親のことをゆかりに伝えられない理由も、名乗り出ない理由も‥‥わかったんだ」
 茶木は、最後の最後に、また「ゆかりに関わるな」という念を押して、たいした別れの挨拶も、約束の言葉もないまま、僕を車から降ろしました。

　☎☎☎☎☎☎☎☎

「え？　姉ちゃんと血が繋がってなかったら？」
「うん。孝昭ならどうする？」
「ナプキンおつかいに行かされないで済む」
「いや‥‥そういう話じゃなくってさ‥‥‥‥」
 そういうことに弟使うか？　あの姉も。
「とりあえず三千里逃げる」
 参考にならない‥‥‥‥。

「え？　夕子と血が繋がっていなかったら？　なんだよ、それ？」
「いや、例えだよ、例え。井上ならどうする？」
「とりあえず、お前らから遠ざけるよ」
 やっぱり参考にならない‥‥‥‥。

と言うか、グレート井上くんの場合、結論はおんなじ。

　僕は茶木の言っていた「兄妹」説には、いささか懐疑的でした。
　普通の哺乳類であっても、血縁の近い交配は異常の出る確率が高い。けれども、竹内さんにはそういう雰囲気は毛頭なかったからです。
　ごくごく普通の。ごくごく不良娘。
「まぁ、いっかぁ‥‥‥」

　しかし。
　茶木との約束は、僕たちの方から破ることになりました。

　西条くんのお父さんの日記に、竹内選手との写真が挟まっていた、と言うのです。
「あるんじゃない？　肩組んでたくらいだし」
「そうじゃねーんだよ」
「？」

「予科練時代のに写ってんだ」
「予科練？」
　それなら少なくともあの記録写真から６年ほどは経っているわけで、同一人物という確証はないだろう、と反論すると、
「コレ」
　違ったのです。そこには、

『戦友・竹内とともに』

「あ‥‥‥」

しかし、召集令状や志願でも、友人同士が同じ隊を希望するのはよくあることだったらしく。軍も、末期前まではそういう配慮をしたと言います。
　西条くんの結論は、

「俺、メダル届けに行ってくる！」
「気持ちはわかるけど。よせよ‥‥‥。新潟だぞ？」
　だいたいメダルは、まだ那智先生の所にあります。
「いいから、少しは落ち着けよ」
　僕はそのことに油断しました。

　一方、茶木は、すでに動き出していました。
　やはり「居所がわかった」ということは、たいへんな出来事だったのです。

「おまえに電話だよ」
「誰から？」
「え〜〜〜っと〜〜〜、ジョアンナさん？」
　入鉄砲からのスライド‥‥‥？
　つまり新人さん？　今までかけて来たことのない女性です。

　その正体は、なんと、
「婦警さん!?」
"悦んでないで！　大変なの！"
「悦んでるように聴こえました‥‥？　どうしたんですか？誕生日はまだですよね？」
"そう。9月25日"
　告知する余裕はあるんだな。

第18章　枯れる花　咲く花　　333

〝茶木君が捕まったのよ〟

「え‥‥‥‥」
　むろん考えたのは、西条くんか、孝昭くんとの決戦でした。
　僕は、茶木が早々に約束を破ったことに腹が立ちました。茶木なんかを信じた自分にも。
　が、これがまるで違ったのです。
〝速度違反で〟
　ほっ‥‥‥‥‥。
「それがなにか？　自転車だったんですか？」（1巻）
〝茶木くんも、さすがに**そこまではバカじゃないわ**〟
　ムッ‥‥‥‥！

〝茶木くん、免停中だったのよ〟
　え‥‥‥‥？
　そうか‥‥。それで駐禁の時。礼を言ったんだ‥‥‥。
　が、茶木の場合、それで済む話ではありませんでした。
「速度違反も保護観察、権利失うんでしたっけ？」
〝免停中となればねぇー‥‥‥前例じゃそうね‥‥‥〟
〝今、こっちに移送されてるんだけど。君か西条くんを呼んでくれって聞かないのよ〟
「茶木が？　僕か西条？」なんで？
　免停中であれば、継続して運転して帰ることはできません。呼ぶなら運転のできる手下でも呼べばいいものを。

「僕も西条も車持っていませんよ？」
〝あ！　ビンボーだから？〟
「そうじゃなくって、18歳になってないからです」

"うらやましいわ〜……"
 いったい、なにを言いたいのでしょう。
「計算じゃ現役女子高生じゃないんでしたっけ?」
"そんな**タワゴト**言ってる場合じゃないの"
 腹の立つ……。典型的青小卒。

「西条は?」
"西条くん、連絡したんだけど、いないのよ"
「この時間に、ですか?」
 時計は? 午後7時?
 まさか? ひょっとして……!

"新潟に旅行に行ってるって"

 やっぱり……! でもメダルは?
"だから、君でガマンするから。手数だけど協力してくれないかしら?"
「すいませんね……ガマンしてもらって……」
"気にしないで"
 そっちが気にしろ!

 置いた受話器をすぐに上げ、西条くんにかけてみました。
 やはり。いない……。

 わかった!
 抜かっていました。同じ大会の1位のメダルは同じ。
 西条くんは、お父さんのメダルを持って行ったのです。

第63話　閉ざされた絆（3）

「お前、表に婦警さんが……」
「え？　もう来てた？」
「家出とか言って‥‥とうとうなのね……お前……」
「え？　とうとうって？」
　どうやら「逮捕」と勘違いしてる？

「お母様でいらっしゃいますか？　ちょっと息子さんに用件がございまして」
　さすが保護観察官。泉巡査は、しっかり保護者にも話を通そうとするのですが、
「息子を、よろしくお願いします‥‥。スザンナさん‥‥‥‥」

☞ ☞ ☞

　3度めのミニパト。
「なんかお母様、**泣いてらしたみたい**だけど。大丈夫？」
「ええ。毎回、あんなもんです」
　スザンナとかほざいてるうちは大丈夫。

「でも、茶木がなんで西条とか僕を？」
「さぁ‥‥？　まだ会ってないからわかんないわ。本人から聞いてちょうだい」
　でも、保護観察中が処分取り消しになるような状況とか、まったく想像がつきません。いったいどこで拘置されて、ど

こで面会するのか？

　しかし、それは取り越し苦労でした。
「なぁんだ〜。普通の取調室じゃないですか〜」
「ここに連れて来られて、『なぁんだ〜』って言う高校生、初めて見たわ‥‥‥」
「そうですか？」

「君はここで待ってて」
　僕を廊下に待たせると帽子を脱ぎ、キリリと婦警さんは入って行きました。

　この廊下にほっとかれた人は、あまりいないと思うのですが、キツいのは『接見室』が隣りにあること。
　そこに『接見者の心得』なるものが貼ってありまして、他に読み物などないので、つい読んでしまうわけです。これを読めば、たいていの人は「ああ警察のやっかいになるもんじゃないなぁ」と思います。

　割合に短時間で、泉巡査が部屋から出てきまして、
「あ〜〜〜ビックリした〜〜〜。なんかヤクザもんがいるんだもん」
　間違えたんかいっ！

　茶木は別の部屋でした。
　さらに２人くらいの警察官がいて、茶木はフテ腐れた顔で座っていました。
「連れて来たわよ？　茶木くん」
　茶木は、僕と二人だけにしてくれるよう申し出ましたが、

第１８章　枯れる花　咲く花　　３３７

受け入れられるはずはありません。

　しぶしぶ３人が監視する中で、
「お前に、頼みがある‥‥‥」
「なんですか？」
「竹内がＡ駅で待ってる‥‥。俺はドジやって行けねぇから‥‥お前、代わりに行ってくれねぇか‥‥‥」
「え？」
　率直に驚きました。
　それを、僕か西条に頼もうとしてた？

「もう‥‥‥待ち合わせから３時間経ってる。もし帰っていればそれでよし。帰っていなければ‥‥‥」
　帰っていなければ？
「そのまま‥‥親のとこに連れてってやってくれ‥‥‥」
「親って‥‥‥‥」
　新潟の？
　僕は口だけをそう動かしました。
「そうだ‥‥‥」

「他に‥‥‥頼めるヤツがいねぇ‥‥‥‥」
　意外でした。50人からの手下のいた茶木。
　それがなぜ、敵とも言える僕たちを選ぼうとするのか。
　確かに、竹内父子の複雑な事情を、人に１から説明するのは、むずかしそうですが。
　茶木は、もう１度、
「頼む‥‥‥」
　複雑な事情を話せる状況にない、と悟った僕は、
「わかった」と、答えました。

茶木は、
「ありがてぇ‥‥‥」
　少しだけ安堵したように見えました。

　部屋を出ると、泉巡査が、
「竹内って、竹内ゆかりのこと？」
　僕がそれに答えずにいると、彼女は、「ふぅ‥‥」と、溜め息をひとつつき、
「どっちにしろ、保護観察中に女の子と旅行なんかできないのに‥‥‥」
「そうなんですか？」
「当たり前じゃないの」
　確かに、茶木は「ゆかり」ではなく「竹内」と言いました。相手が女と知られたくなかったのでしょう。
「考えようによっちゃ、免停中の速度違反より悪いわ。なんで少年院入ったと思ってんの」
　それは美奈子さんへの婦女暴行未遂‥‥‥
　あ。そうか‥‥。手下は使えないかも知れない。
　へんなところで納得してしまいました。
「ま。いいわ。送るから。A駅って言ったっけ？」

「その竹内さんって、誕生日はいつ？」
「え？　えっとーー。確か、8月の16日あたり‥‥‥」
「**やっぱ知ってんじゃないの！　あっきれた〜〜〜〜**」
　くそぉ‥‥‥。
「ネネネ、わたしのは覚えた？　覚えた？」
「忘れました」

誰が覚えるか！

第64話　決意と決断

　それから泉巡査は、呪文のように「9月25日」を唱えながら、A駅到着。
「覚えた？」
「はい‥‥9月25日です‥‥‥」

　最終1本を残し、閑散としたホーム。
　竹内さんは‥‥‥？
　いない‥‥‥。
　さすがに3時間は、待ち切れなかったようです。
　どこかに安堵した自分と、ガッカリした自分がいました。

　ところが。
「竹内、さん‥‥‥？」
　実はいたのです。三つ編みの髪をバッサリ切り、まるで中学生の男の子。それが竹内さんでした。
「変態先輩‥‥‥！」
　いや‥‥‥。だから変態って‥‥‥。
「どう‥‥‥したの、その髪‥‥‥‥‥」
　愚問です。彼女は「男」になって、茶木について行くつもりだったのです。保護観察中だから。
　なんて強い子‥‥‥！

「いたの？　ヤドナシくん」

「え?　ええ」
　ヤドナシじゃなくって、ヤドカリだったんじゃ?　と言うか、そもそもはザリガニ。それ自体が違うけど。

「あなた。竹内ゆかりさん?」
「え……?　あ、ハイ………」
　泉巡査が、僕からは最も言い出しにくかった「茶木はいくら待っても来ない」ことを伝えてくれました。
　それを聞いた竹内さんは、
「え……それじゃ…………」
「それは、これから決まるから」
「それ」とは。仮退院の取り消し処分。
　せっかく髪まで切って来た彼(?)には、ショックだったでしょう。

「じゃ、わたしは戻らなきゃいけないから。後はおねがいね?　用ナシくん」
　ヤドナシじゃなかったのか?
　あ、もう用がないから、用ナシか。
　しかし、高校生の男女をそのまま放置して行ったのですから。ある程度、茶木の希望を汲んであげたのでしょう。

　竹内さんとは、西条くんの「エロ本見つかった事件」(事件名にするのもイヤだけど)以来。前回はスッポカシをくらいましたから、本当に久しぶりの1:1です。
「えっと……。どうする?　下宿まで送る?」
　竹内さんは首を横に振ると、
「変態先輩!　お願いです!　アタシを新潟に連れてってください!」

驚いたことに、茶木は、竹内さんに「最悪の場合」のことを伝えてありました。
　つまり、僕か西条くんが代わりに来る、ということを。
　そこまで覚悟しての行動だったのです。
　それがなぜ久保くんでなく僕なのか？　という疑問はありましたが。
　答えはなんとなくわかります。
　僕には、つきあってるカノジョ・和美ちゃんがいますから。
　そういう意味で、むしろ疑問なのは「元カレ西条」の方、とも言えますが。

　茶木は、やはりどこか西条くんを認めているところがありました。竹内さんが選んだ男性として。
　それは、兄と言うよりも、「娘の父親」に近いものさえ感じられます。

　竹内さんは、もう１度、
「お願いです！　アタシを新潟に連れてってください！」
　えらく信用されたもんだ‥‥‥。
「わかった‥‥‥」
　彼女の短すぎるほどに切られた髪を見て、そう答えざるをえませんでした。

「え〜〜〜〜〜千円しか持ってないの？」

「はい‥‥。だって、茶木にいちゃんに乗せてってもらうつもりだったから‥‥‥」
　そもそも彼女は、そこから移動するだけのお金さえ持って

いませんでした。
「髪切って‥‥男の子の服買ったら‥‥」
　それが、もともと貧しい彼女の「全財産」でした。

「まいったな‥‥‥」
　それにしたって、いくらなんでも千円で新潟往復は無謀。
「そのへんのアンちゃんダマして、まきあげますか？」
「いや‥‥‥‥‥‥」
　このへんが不良少女の発想。
　そうか。茶木がいれば、なんとでもなるのか。
　町を歩いてる弱そうなヤツは、歩く『現金自動支払機』に見えるんだろーなー。

　かく言う僕も、
「早乙女さんの罰金代の五千円しかない‥‥‥」
　それだって、偶然に持ってただけ。出発する前から、新潟旅行はいきなり暗礁に乗り上げました。

〝はあ？　罰金、払えないだぁあ？　ザケンなよ？〟
「それが今、あいにくと五千円しかなくって。できれば、もう五千円貸してもらえませんか？　早乙女さん」
〝いや‥‥‥セイガク。お前、ナニ言ってっか自分でわかってんのか？〟
「自分の中では‥‥‥」
〝じゃぁ、その貸した五千円で罰金払おう、って、そういう話か？〟
「ちがいます。罰金は早乙女さんに払っていただいて一。僕の五千円では足りないので、さらに五千円を‥‥」
〝いや‥‥‥ちょっと待て‥‥。頭、整理すっからな？　ま

ず、テメェのせいで駐禁とられたよなぁ？　そこまでは認めるな？"
「はい」

"……よし。お前の願いを順番だてて言ってみろ"
「はい。新潟まで乗せてってください」
"さっきと違ってんだろがっ！"

第65話　あ・ぶ・な・い・ヒッチハイカー（1）

"つまりなにか？　今から新潟行きたいが、五千円しか持ってなくって、その五千円は、俺の罰金用だが、もっと銭がいるってことか？"
「いえ、早乙女さんが新潟まで乗せてってくれれば、そこまでお金はいらないので、五千円は必要ありませんから、お互いにWIN・WINかなぁ、って」
"新潟までのガソリン代は誰が払うんだ？"
「早乙女さんが……」
"罰金は？"
「早乙女さんが……」
"俺が負けてんだろがっ！　WIN・LOSE！"

「あの〜〜〜。言いにくいんですが、早乙女さん。交通違反の罰金って、人に払ってもらうと、とんでもない罪になるって知ってますか？」
"ぁあ？"

すぐに吹っ飛んで来てくださいました。早乙女さん。
　やっぱりやさしいなぁ。
「さっさと罰金のキップよこせっ！」
「すいません……。それで、新潟行きは………」
「いいか。セイガク、いい言葉、お前に教えてやる」
「はい」
「**テーー・ツーー・ドーー・オーー**。言ってみろ！」
「鉄道……」
「その言葉知ってりゃ、あーら不思議。全国どこへでも行けっから。あとは町の人にでも聞け」
「はい……」

　それから早乙女さんは、僕に五千円札を渡すと、
「これは貸してやる。その代わり、トイチでな」
「トイチ？」
「10日で1割ってことだ」
「え〜〜〜〜！　10日後に1割になるってことですか？」
「そういうこった。頭いいな、お前。口約束でも契約は成り立ってんだからな？」
「ありがとうございます！　10日後、五百円必ず払います！」
「いや……元金減らしてどうする……」
「早乙女さん、金利って言ってないじゃないですか。それなら『10日で1割の金利がつく』って言わないと」
「う……」
「口約束でも、契約は成り立ってますよね？」

　早乙女さんは、結局、金利ゼロで五千円を貸してくれた上に、国道まで僕と竹内さんを乗っけてってくれました。

「ありがとうございました!　早乙女さん。これ、お礼と言ってはなんですが、ケーキ屋メルヘンのポイントカード‥‥」
「**いらねぇよ!　バカヤローーーー!**」
　別れの言葉が身にしみます。

「さて‥‥‥」
　すでに真っ暗な国道。
「ここからはヒッチハイクしてこう」
「ハイ‥‥。でも、乗せてくれる車なんかありますか?」
「なければ作ればいい。竹内さん、千円札持ってたよね? 僕の五千円札と取り替えて」
「え‥‥‥?」

　そこに新潟方面からトラックが。
　3台で1グループらしく、次から次に駐車すると、運転手さんどうしが談笑しながらドライブインへと入って行きました。
　ラッキ〜♪
「あの‥‥‥ヒッチハイクするなら、こっちだと新潟とは逆向きですよ?　先輩」
「逆向きじゃなきゃ困るんだよ」
　運転手さんたちのテーブルの所まで行くと、
「すみません。ちょっと教えていただきたいことがあるんですが」
　竹内さんと取り替えた千円札を出しました。
「なんだい?　ニイちゃん」

　ドライブインの外。竹内さんは不安そうに待っていました。
「バッチリ!　さぁ、歩くぞ」

「え！　歩くんですか？」
「そう。２キロもどって100キロ進む！」
「？」

　その道すがら。
「それにしても、西条のお父さんの親友に竹内って名前があった時は驚いたよ」
　ところが竹内さんは、
「アタシは‥‥‥。知ってました‥‥‥」
「なんだって？」

　竹内さんの話はたいへんな驚きでした。
　僕たちが辿ったのは、実はまったく逆。
　すなわち‥‥‥‥。
「いえ‥‥‥。父のことはわかりませんでした。知ってたのは西条さんのお父さんの方」
　見せられた写真には、

『予科練、戦友の西条と』

　なんという‥‥‥‥‥‥。
「い、いつから？」
「施設を卒園する時に。預かりものは全部渡されるから」
「じゃ‥‥高校入る時‥‥‥？」
　その年の秋から、竹内さんと西条くんはつきあい始めています。
「でも、当たり前だけど父の名前は書いてないから。まさか『竹内』だと思わなかったし‥‥‥‥‥」
「じゃ、なんで西条に言わなかった？」

「西条さんは‥‥お父さんの話すると怒るもん‥‥‥‥」
「‥‥‥‥‥」
「怒ったついでで縛られたりとかやだし」
「‥‥‥‥‥‥‥‥‥‥‥‥‥‥‥‥‥‥‥‥‥‥‥」
　だいぶ詳しくなったなぁ～～～～。
　エロ本、買ってあげた甲斐があります（13巻）

　思ったよりも長い距離を歩き、向かい側のドライブイン。
「じゃ、トラック探して。無線のアンテナのついてないヤツ」
「無線のアンテナのないトラックですか？」
「あ！　あった！　これがいいや！」
　それは誰でも名前を知っている有名な運送会社のトラックで、4台組。おそらく同じ所へ行くのでしょう。

　それから10分ほどして、そこに運転手さんたちがトラックにもどってきました。
　勝負！
「すみません。みなさん、今から新潟に行くんですか？」
「ああ、そうだが。ヒッチハイクはおことわりだぜ？」
　そんな返事、わかってました。
「いえ。この先で取り締まりやってるの、ご存知でした？」
「え‥‥‥」
　顔を見合わせる運転手さんたち。
「僕、ここから新潟まで、今夜やってる全部の取り締まり箇所を知ってるんですよ。乗せてきませんか？」
「え‥‥‥」
　また顔を見合わせる運転手さんたち。

そうです。向かい側のドライブインで買って来たのは、新潟から来たトラック運転手さんから仕入れ立ての「取り締まり情報」。運転手さんなら絶対に欲しい情報です。（当時、夜中でも盛んに取り締まりが行われた）このため、急速にトラック無線が普及しましたが、大手のトラックには搭載されていません。

「1台捕まると15キロオーバーで罰金6000円。みなさんだと24000円以上のお得ですよ！」
　こんなことだって売り込みは大事！
　運転手さんたちは、しばらくあっけにとられていましたが
「アッハッハッハ！　おもしろいな！　アンちゃん！　いいぞ！　乗ってけ！　いや、乗ってくれ！」
「ありがとうございます！　2人ですけど、いいですか？」
「いやいや。こっちこそ、そりゃ福の神だ！　乗せねぇわけにゃいかねーよ！」
　大歓迎♪
（この方法は、当時100％のヒッチハイク成功法だった）

　しかし。計算外なこともあります。
寒っ・・・・・・・・・・・!!
　とにかく寒い。車内はまるで冷蔵庫！
「ぺ、ペンギンでも飼ってるんですか？」
「あ？　違う違う。俺らぁ夜行組はよ。夜、居眠りすっといけないだろ？　だから冬でもクーラーかけるくらいなんだよ」
　なるほど・・・・・・そうやってまで・・・・・・。日本の流通は支え

第18章　枯れる花　咲く花　　　349

られているわけです。(←本当)

「そっちの小ちゃい兄ちゃんは弟かい？」
「あ。いえ。この子はともだちの竹内くんです」
「へぇ～～。なんか女の子みたいだな！　あっはっは」
「あははは～～～‥‥」
　笑いも凍り付きます。

「寒いなら、後ろに毛布あっから。かけっといい」
「じゃ、お言葉にあまえて‥‥‥」
　大型トラックには、後部に半畳ほどの仮眠室がついています。
　そこから毛布を引き出そうと身を乗り出すと‥‥
　仮眠室にはなんと女性ヌードグラビア！（たいていのトラックの仮眠室に、なぜか必ず貼ってあった）

　しかもこのグラビアねえちゃん。
　三つ編みの頃の竹内さんとソックリ‥‥‥！
　いや。雑念がそう見せているだけかも知れませんが。

「1枚しかねぇからな。2人で1枚でかけてくれ！」
「え‥‥‥‥‥‥」
「なんだ。男どうしじゃイヤか？　おホモだちになっちゃうか？　あははははは」
「い‥‥‥いえ‥‥‥‥」
　絶対ホモだちにはならない自信があります。
　だって女の子だもん。

　ひょんなことで、後輩女子とひとつ毛布の中。

僕も寒イボ状態でしたが、竹内さんはすでに震えています。
「すみません。先輩・・・・・・・・・」
「あ・・・・い・・・・・・いや・・・・・・・・」
　ところが、トラックがけっこうな速度で右カーブに差しかかり。

　密着ぅぅ！

　うぉおおお！
　が。竹内さ・・・・クン。僕の温度が心地いいのか、車が元にもどっても離れません。離れないと言うよりも・・・・・・。
　わざとくっついて来てる・・・・・・？
　ゴクッ！
　うわ〜〜〜〜〜やべ〜〜〜〜〜身体正直〜〜〜〜〜
　鮭(さけ)のオスの気持ちが理解できる〜〜〜〜〜〜
　鮭の気持ちまで考えたのは初めてです。

　そうだ！　こういう時こそ九字護身法！
　臨！　兵！　闘！　社！　会！　英！　国！　体！　H！
ん？「H」ってなんだ？　・・・・・・あ、ホームルームか。
　うわ〜〜〜。こんなことなら正確にマスターしておくんだったなぁ〜〜〜。英文字入っちゃダメだろ〜
　しかもH。

第66話　あ・ぶ・な・い・ヒッチハイカー（2）

　離れないわけです。竹内さん、ここまでの疲れが出たのか、

あっけなく寝てしまっていたのです。
　さらに、竹内さんの体重がかかり、
うわぁ。やわらけ～～～～～
なんで女ってやわらかいんだ？　ゆるせねー！
　どかせばいいのですが、電車を見ても判るように、女子高生に寄りかかられてどかす男はいません。（ただし最大積載量65kgまで。これを超えると女子高生でもどかされる）

　さらに。次のカーブで、コクンと竹内さんの頭が肩に‥‥。
エメロンの匂いが～～～～～
ライオンのバカヤロ～～～～～～～！　ゆるせねー！
　男子高校生は、ゆるせないものがイッパイ。

　ああ‥‥こんなことなら、少しエネルギーを放出しとくべきだった‥‥。
　そのほとんどは熱エネルギーに変化し、
「ぷは～～～～～～」
　毛布などいらないほど。

　ヒッチハイカーのマナー：
『運転手さんが眠くならないよう、精一杯話相手すること』
　出身地とか。旅の話とか。（野球やスポーツの話はタブー。同じチームを好きでなかった場合、険悪になるので）
　相手が好きそうな話題を、極力早く見つけるのがコツ。

　で。この運転手さんの好みが‥‥‥「女の話」でした‥‥‥。それもエロエロ話！
「いやぁ～、前によ～。前橋で会った人妻はたまんなかったなぁ～～」

こっちが、そういうのにはアマチュアな高校生ですから、得意満面！

「‥‥‥でな？　太ももあたりから、こう、スススーって‥‥‥。アンちゃんは触ったことあっか？」
「え！　女の子の太ももですか？」
「男の触ってもしょうがねーだろーー」
　触ったことはありませんが、今すぐ触れる位置にはあります‥‥‥。
「でよ‥‥‥。その付け根あたり‥」
「あ！　次のＹ字路の付け根あたりが検問です！」
　あ‥‥つい、つられた‥‥。Ｙ字路の「付け根」って‥‥‥。
「げ！　ホントだ！　検問だぜ！　アンちゃん！」
「でしょ？　情報源は確かですから」

「で？　どこまで話したっけ？」
　まだ続くのか‥‥‥。スポーツで発散‥‥‥無理か。

☞☞☞

　７号線に入ってから、運転手さんは再度休憩を入れました。
「クーラー効かすのいいんだが、近くなってかなわねぇ」
　それは元女性（？）である竹内さんは、さらに顕著でした。
　ついさっきまで眠っていたのに、トラックを飛び降りると、トイレへと一目散！
「おいおい！　小ちゃいの！　そっちは女子トイレだぜ？」
「あ‥‥‥！」
　竹内さんは、バツの悪い顔で男子トイレに入ってくると、

第１８章　枯れる花　咲く花　　３５３

当然ながら「大」へ。
「先輩！　さっさと出てってください！」
「あ……！　うん……ごめん……すぐ」
　そうか。音、恥ずかしいのか……。
　そう言われると、なおさら耳に意識が集中しちゃうのはどうしてなんでしょう？　神様。

　隣りにやって来た運転手のオジサンが、僕のほうをのぞきこんで、
「お！　アンちゃん、若いなぁ！　え？　眠気覚まし効きすぎたか？　あはははははは」

第67話　若鷺の歌（1）

「で？　アンちゃんたち、新潟のどこまで行くんだ？」
「長岡です」
「え？　新潟から長岡は1時間以上あんぞ？」
「あ、そんなに遠いんですか？」
「まぁなぁ」
　運転手さんは、他の運転手さんと相談して、
「よっしゃ！　これも乗りかかった船だからな。長岡まで送ってやる！」
「あ、ありがとうございます！」
「なぁにぃ。アンちゃんのおかげで検問ひとつもひっかからなかったからなぁ」
　運転手さんが、あまりにいい人で、長岡の別れは、ちょっぴりつらいものになりました。

長岡着は午前３時。
　日頃より、夜中に暴れ回る心霊研究会と違いまして、竹内さんはさすがにしんどそうです。
「これから……どうしますか？」
「まずは寝るとこ探さないと」
「ハ……ハイ……！　そ、そうですよネ……！」
　なんか竹内さんは、「来る時が来た！」という感じでした。

　見れば、暗い通りにホテルのネオンがポツリ、ポツリ。
「ああ、そういうんじゃないよ。そんなお金ないし」
　だいたいそんなことしたら、茶木に殺される……。
　やって来たのは、市立病院。
「こ、ここに泊まるんですか？」
「そう。タオル、ある？」
　僕と違って、竹内さんは宿泊準備が整っています。

　緊急外来から忍び込んで、廊下のソファー。
「ここに横になっていいよ」
「だ、だいじょぶなんですか？」
　湿らせてきたタオルをたたんで、竹内さんの額にのせました。
「誰か来たら、僕に話合わせてね？」

　薄暗い外来ロビーに、静かな時間が流れていました。
　ロビーには、時折いろいろな人たちがやってきますが、竹内さんは、誰が見ても病人か看病づかれといったところ。
　警備員さんもなんなくスルー。
　時折、タオルを裏返すふりをすると、

「‥‥‥先輩って。お兄ちゃんみたい‥‥‥」
「え？　茶木って、こんなだったの？」
「茶木にいちゃんは‥‥ちょっと違うケド‥‥‥。でも、やっぱ似てるかナ‥‥‥。わかんナイ。お兄ちゃんって本物いないから‥‥でも、いたらこんななのカナ‥‥‥って」

「お兄ちゃんどころか‥‥‥お母ちゃんも‥‥‥お父ちゃんも‥‥‥おばあちゃんも‥‥‥‥いなかったから」
　竹内さん‥‥‥‥。
　彼女の目尻に、常夜灯の光が反射しました。

　そうか‥‥‥。この子は、ずっと「身内」を求めていたのかも知れない‥‥‥茶木も‥‥‥西条も‥‥‥あるいは久保も‥‥‥。
　ひとりぼっちになるのがイヤで‥‥‥。
　ずっとひとりぼっちだったから‥‥‥。

「いいから。おやすみ？」
　ちょっとお兄ちゃんぶって言ってみました。
「あ、ちょっぴっと西条サンに似てる」
　それって褒めてないから。

☞☞☞☞☞

「‥‥‥‥‥先輩」
　ん？
「先輩。起きてください」
　ありゃ？　いつの間に寝てた？
「ちょっと賑やかになって来ました。出た方が‥‥‥」

「ああ、うん。そうだね」
　病院を出たのは、午前７時頃。

「銭湯とか、ないですかネ？　汗くさくなっちゃって‥‥‥」
　さすが女の子です。僕たち男がまったく気にしないことを気にします。
「シャワーならあるよ？」
「シャワー？」

　やって来たのは市民プール。
「午前９時からだって。無料だよ」
「よかった〜〜〜」
「あ、竹内さん！　そっち！　男！」
「あ‥‥‥つい‥‥‥‥」
　とんでもない大騒ぎになるとこでした‥‥‥。

　竹内さんがシャワーを浴びている間、僕は母に電話しました。警察にショッピングされてそれっきりでしたから。
〝え！　長岡にいるって？〟
「うん。そう」
〝そう、って‥‥お前‥‥‥‥どれだけバカなの？〟
「あ‥‥‥いや。悪いとは思ってるよ」
〝お前ねぇ。高校生でしょ？〟
「うん‥‥‥そうだけどさ‥‥‥」

〝**出島って言ったら長崎よ？　それをなに勘違いして長岡なんだか‥‥‥**〟

第18章　枯れる花　咲く花

"あ。『長』しか読めなかったのね……"
「いや‥‥そういう間違いで長岡来たんじゃないよ」
"シーボルトには会った？"
「会ってねぇよ。長岡だし」
　と言うか、長崎でも、もう会えません。

"あ、そうそう。長崎って言えばねぇ。今、長崎くんちやってるかも知れないから見てくるといいよ"
　まったく聴いてない……。
"♪長崎くんちのツトムくん〜〜"
「それは山口くんち！」
"お前‥‥‥ちかごろ少しヘンよ〜？　どうしたのっかな〜"
「歌うか説教するか、ハッキリしてくれ」

「ところで、母ちゃん、予科練のことわかる？」
"予科練？　どうしてまた"
「えっと。西条の父ちゃんがいたらしいんだ」
"予科練に？　いいよ。教えてもよかれん"
　つまんねーシャレ言ってないでさっさと教えろ。

"西条くんのお父さんの歳じゃ、予科練も末期だね……。特攻隊のこと知りたいの？"
「よく西条の父ちゃんの歳わかるな？」
"写真では、昭和十四年で12歳ってことでしょ？"
　あ。そうか。
（予科練の末期は悲惨だった。昭和20年には、年齢制限も外れ６万人もの少年を採用。当時の日本に飛行機がそんなにあるわけはなく、つまりは始めから「消耗品」としての採用

であった。卒業生24,000名中、18,564名が戦死）

"なんだってまた？　あ、山本五十六(いそろく)のなんか見たの？"
「いや。山本五十六って長岡なの？」
"そうだよ。それで空襲にあってんだから"

　竹内さんのお父さんも、西条くんのお父さんも、二人とも予科練繋がり。もし、今日、竹内さんのお父さんに会うなら、知っておいた方がいい、と思っただけだったのですが。
"もし、長岡にいるんだったら、空襲と関わりあるかもねぇ〜"
　母は時折こういう鋭いことを言います。とても『長崎くんちのツトムくん』を歌った人物とは思えません。

"森田くんのじっちゃんが詳しいわよ？　予科練だったら"
「え！　森田のじじぃ……さんって、軍人さんだったの？」
"そうだよ？　けっこう偉かったと思ったけど"
　ビックリ。あんなのが大将とかだったら、その隊は全滅したに違いない。なにしろ、将棋はドヘたくそ。

"もしもしと　出てはみたけど　あんた誰"
　ああ……これだ。川柳もヘタクソなんだった……。
「もしもしと　電話したけど　季語がない」
"う……！"
　川柳は俳句と違って、実は季語はいりませんが、悩んでます。
"もしもしと　出てはみたけど　おらが春"

第18章　枯れる花　咲く花

なんだそりゃ……。
"孫は今　風呂にはいって　おるが春"
ああ。この人に俳句は向かないな。と、思いつつ
もういいや……。
「そうじゃなく。予科練の春　聞きたくて」
"予科練も　知らぬ馬鹿とは　おらが春"
じじぃぃぃぃぃぃぃぃ！
「いいから、とっとと教えろ！」

"よいか！"
「はい」
"**若鷲の歌！**　**斉唱！**"
斉唱って……。テーマソングから入んのかよ？
"♪若い血潮の　予科練の～"
あ～～～～はじまっちゃったよ……。
"♪七つボタンは桜にイカリ～　今日も飛ぶ飛ぶ霞ヶ浦にゃ～"
"♪でかい希望の　雲が湧く～～～"
ふう……終わった……。
「で。おじいさん予科練って……」
"♪**燃える元気な**　予科練の～～～"
げげ…！　2番？
"♪行くぞ敵陣　なぐり込み～～～～"

"♪ぱ～んぱらぱっぱんぱ　ぱ～んぱぱらっぱらん"
「いや。おじいさん。エンディングいりませんから。説明してくださいよ」
"♪ぱ～んぱぱらっぱらっぱら～～～～ん！"
「はい。で……」

"♪仰ぐ先輩　予科練の〜〜〜〜"
　エンディングじゃなかった。間奏だったのか‥‥‥。
　まぁ、老人に元気があるのはいいことですが。
　しかし、
"♪生命惜しまぬ予科練の〜〜〜〜〜意気の翼は〜‥‥"
"♪見事轟沈した敵艦を　母へ写真で〜‥‥"
"‥‥‥♪母へ写真で〜〜‥‥‥"
　あ。歌詞忘れやがったな？　無理して４番まで歌うから。
"♪おらが春〜〜〜〜"
ガチャ。
　つきあってられるか！　軍歌に季語までつけやがって！

「あの〜。先輩‥‥‥」
「あ。竹内さん。どうだった？　バス時間あった？」
「ありましたけど‥‥‥ちょうど今出ちゃいました。次は、１時間後です」
　くぅ〜〜〜！　**ジジィが４番まで歌ったばっかりに！**

第68話　若鷲の歌（2）

　しかし、その１時間は、無駄とは言えませんでした。
　ちょうど青小と同じようなプラタナスの木の下で。
「今日だけどさ‥‥‥。もし、お父さんに別な家族いたら‥‥‥どうする？」
　理由はカサブランカ。花屋さんで調べましたが、やはりとんでもない値段の花だったのです。
「会います」

淀みなく答える竹内さん。

「アタシ。父のことは恨んでました。だって、お母ちゃんが死んでも······アタシを引き取りにはこなかったし。連絡先もなにも明かさないし」
「うん······」
「父は······お母ちゃんにアタシを産ませただけ。ただ射精しただけ」
　射精って········。

「先輩。鼻血出てますけど。大丈夫ですか？」
「あ······あれ？」
　トラックから連続だったからな～～～～。
　エネルギー保存の法則。

「タンポンなら······ありますけど」
ブフッ！
　鼻血が～～～～～～～！

「いい····別に、ティッシュで········」
　おかげで、こんな深刻な話を、上を向いて聞くことに········。（実は鼻血が出た際、上を向くのは間違い）

　それからバスに乗っても。竹内さんの話は続きました。
　いままで何年も、茶木にさえ話さなかったことを。
「中学入学の時。すっごい高い百合の花束、施設に送って来た。きっと金持ちなんだ。でも、名乗って来ないのは、きっともう別の家族がいるんだ、って······」

「アタシ、メチャメチャくやしかった‥‥‥。だから今日も来たんです！　ひとこと言わなきゃ気がすまないから！」
「竹内さん‥‥‥」

　それほどの意気込みだった竹内さんですが、やはりバスを降りると、少しずつ口数が減っていき、
「おかしいな‥‥‥。このへんなんだけどね」
「‥‥‥‥‥‥‥」
　すぐ間近、という所まで来ると、ほとんど黙ってしまいました。

　家は見つけられませんでしたが、
「なんだありゃ？」
　女子中学生の修学旅行みたいな集団が‥‥
　そこにひときわ高くそびえているのが、
「村山ぁ！」
「あ‥‥‥‥来たのか？」
　村山くんは、竹内さんをまだ認識できていないようでした。
「村山。西条、乗せて来たのか？」
「ああ‥‥。西条は、もう家にいるぞ？　お前こそ‥‥‥」
「僕は‥‥‥」
　肝心な竹内さんを。と言い出そうとして、
「村山さん、こっちです、こっち！」
「バカね！　7丁目はこっちなの！」
「えーーー！　なに言ってんの！　太陽はあっち側よ？」

「なに？　この人たち？　村山‥‥‥」
「あ？　ああ‥‥‥道に迷って尋ねたんだけど‥‥‥」

第18章　枯れる花　咲く花　　363

さすが村山くん。女子に道を尋ねるだけで、このキャーキャーな騒ぎ。
「**はじめまして～～**」「**村山さんにはお世話んなってま～～～す♪**」
「お世話したの？　村山」
「いや‥‥‥道を尋ねただけ‥‥‥‥」
　あらためてすげぇな！　村山っ！

「**ここ右でしょ？**」
「**馬鹿ね。まっすぐでいいの！　東側にあるんだから！**」
「**東ってーーーー後ろに太陽あるじゃ～ん**」
　天文中心の、なんとも心細い道案内をされながら、
「君‥‥‥竹内‥‥‥‥‥」
「こんにちは‥‥‥。村山先輩‥‥‥‥」
「そうか‥‥‥まさか、お前が連れて来るとは‥‥‥」
　和美ちゃんのことを言いたいのでしょう。
　僕をひと際、厳しい目つきで睨みました。
「その話は、後だ。村山」
「**あれ～～～～？　元の道に出ちゃった～～～～～？**」
「**だよねぇ～～～～～～～？**」
　とりあえず、場所がわからないと‥‥‥。
「**だーかーらー！　こっちでしょ！**」
「**太陽、後ろにあるじゃ～ん！**」
「**や～～～ん。北極星出てればわかるのに～～～**」
　原始人か。お前ら。

　竹内さんだって、普段はソッチ側のタイプですが、やはり終始無言のままでした。

結局は、元のバス通りまでもどって、
「じゃぁ、村山さん。お気をつけて〜」
「楽しかったです〜〜〜。村山さん！」
　はいはい。君たちはね。
「今度、栃尾(とちお)に来たらウチの高校寄ってください〜〜〜」

　って、長岡市民じゃなかったのかっ!!

「もぉ……道案内は選べよ！」
「悪い……。なんか…ちょっと声かけただけだったんだけど……」
　村山、モテすぎ！
　でも、こうやって遭遇できたわけですが。

　村山くんは、そこでとりあえず、
「あのね…。竹内勇三さん、って。やっぱり君の父親だった……」
　一番、肝心な宣告をしました。
「……ハイ」
　竹内さんは、まるで用意していたかのような返事をしました。
　那智先生。茶木……。
　とりあえず、ここまでたどり着いた。

第69話　若鷲の歌（3）

『竹内ーーー！　大丈夫かーーー！』
『ああ‥‥‥西条‥‥‥大丈夫‥‥‥だ‥‥‥‥』
『しっかりしろ！　痛いか？』
『大丈夫‥‥‥だ。西条。やっぱり‥‥‥お前のほうが逃げるの‥‥‥速ぇな‥‥‥』
『言ってる場合か！　どこやられた？』
『顔‥‥‥‥か‥‥‥‥』
『今、助けてやるからな！　しっかりしろよ！　竹内！』
『いいから‥‥俺にかまわず、行け‥‥‥西条』

　＊＊＊＊＊＊＊＊＊＊

　竹内さんのお父さんの家は、僕や竹内さんの想像を裏切り。
　高級花のカサブランカとは、とうてい結びつかない、ボロ屋でした。
　そこに古い板きれの「竹内」の表札。
　それを見ただけで、竹内さんは泣きそうになっていました。

　いかにも密閉性の悪い窓から、西条くんの声と「その人の声」が聴こえてきます。
「なんか歌ってる‥‥‥」
「西条、意気投合したんだ‥‥‥。夕べからずっとだよ」
〝♪燃える元気な予科練の〜〟
　若鷲の歌だ‥‥‥。西条‥‥‥覚えて来たんだ。

僕は、ヘタクソな、「いかにも西条くん」の歌声に笑いましたが。
　竹内さんにすれば、初めて聴く父の肉声。
　しばらく立ちすくんで、それを聴いていた竹内さんでしたが、
　いきなり、
「‥‥‥先輩！　ゴメンナサイ！　アタシ、会えない！」
「あ！」
　大急ぎ、追いかける僕と村山くん。
　足の速い竹内さんには、僕は歯がたたなくって、村山くんが追いついて引き止めました。

「先輩。やっぱり‥‥‥‥アタシ、会わなくっていいデス。ウン‥‥‥今さらだもの」
　実は僕は、竹内さんがそう言い出すのではないか、という、予想をしていました。
「やっぱ、帰りましょ？　先輩。ゴメンナサイ」
「ここまで来れたってだけでいいの。だから‥‥‥」
　ところが、ここで村山くんが、
「会ったほうがいい‥‥‥と思う」
「え？」
「昨日、僕も会ったよ。君の父さんに」

「‥‥‥あ。‥‥‥あの‥‥‥‥。どういう人でしたか？」
「それが‥‥‥」
　もともと口の重い村山くんですが、輪をかけて話しにくそうです。
「どう、言えば‥‥‥いいかなぁ」
　ようやく、

「やさしい、いい人だったよ」
「ホント………ですか？」
「ただ……」
　ただでさえ言葉が少ないのに、奥歯に物の挟まったような村山くんです。

　＊＊＊＊＊＊＊＊＊＊

『なんだこれしきの傷！　情けないぞ！　それでも予科練生か！』
『あ‥‥ああ』
『なにやってんだ！　さっさと来い！　竹内！　また敵機が来るぞ！』
『先に……行ってくれ、西条』

『竹内……ひょっとして、目をやられたのか？』

第70話　若鷲の歌（4）

　昭和19年。米軍の攻撃は、いよいよ本土に及び、予科練ももちろん攻撃目標となりました。
　竹内勇三隊員は、この時に目を負傷し、光を失います。

　竹内隊員が失明すると、同郷であった西条くんのお父さんが、付き添いとなって一時帰郷することになりました。
　すでに「特攻用飛行機」さえ足りなくなっていた日本軍は、消耗品の少年さえ、余剰となっていたのです。

これが皮肉なことに、西条隊員を「特攻隊候補」から救いました。
　他の予科練同期生たちは、卒業を待つことなく、レイテ沖海戦から沖縄戦まで続く「末期的な特攻攻撃」に駆り出されて行ったのです。
　西条くんのお父さんは、自分の目と引き換えに「命を救った恩人」として感謝することになりました。

「それで？」
「長岡には、目を治すために‥‥‥来たんだそうだ」
　この頃の田舎には、彼の目の治療をできるような病院は、すでになく、竹内家では、新潟にいるという眼科の名医（←本当にいらっしゃったようです）に診せるため、長岡の本家を頼って家族で移り住みます。
　目が不自由な息子単身では、移動さえままならなかったからです。

　＊＊＊＊＊＊＊＊＊＊

『竹内ーーーー！　待ってるぞーーーー！　必ずもどって来いよーーーー！』
『西条ーーーー！　達者でなーーーー！』
『目が見えるようになったらよ、またいっしょに走ろうぜーーーー！』
『おおーーー！　今度は負けねーぞーーー！』

『竹内ーーーー！　聴けーーーーー！』

『♪若い血潮の予科練のーーーー』
『♪七つボタンは桜にイカリーーー』

　汽笛がやがてその歌をかき消します。

　＊＊＊＊＊＊＊＊＊＊

　しかし、「２人で走る」夢は、叶うことはありませんでした。
「ここ長岡でも空襲があって。目の不自由なあの人は逃げ遅れた」
　昭和20年。市内の８割を焼失させた長岡空襲は、さらに竹内くんの足と、そして家族も容赦なく奪いました。
　一命をとりとめた竹内くんは、親戚の家に身を寄せます。
　空襲で収入源も焼失した親戚は、当初こそ竹内くんを邪険に扱いますが、終戦後間もなく事情が変わります。
　予科練に所属したまま負傷した竹内くんには『軍人恩給』が出たからです。
　この恩給は直系のみ「相続」が可能でした。
「それで……親戚は……言葉たくみに、あの人を戸籍に入れたんだ……」
「金目当てで？」
「ああ、税金も免除されるんだって。まぁ……戦争だからな。みんな狂ってたんだろ」

　かと言って、親戚が竹内くんを優遇したわけではなく、目の見えない彼は、やはりやっかいものです。
　しかし、そんな彼を、献身的に支える人物が現れます。

「満州から引き揚げて来た弟だよ」
「弟?」
「正確には‥‥‥もうひとりの親戚」

「それが‥竹内さんの‥‥‥君の、お母さん。百合江さん」
「え‥‥‥‥お母ちゃん?」
　弟なのに母親?
「なら妹だろ?」
「それが‥‥‥あの人は、ずっと弟って信じてたんだよ」
「なんで?」
「満州引き揚げは習ったよな?」
「うん。あんまり覚えてないけど‥‥‥」

〈満州引き揚げ〉
　1945年8月9日。当時、日本領であった中国の満州(満州移住者には、新潟出身者が多数いた。漫画家の故赤塚不二夫氏は有名)に、ソ連軍が侵攻。
　それまで使用人として使っていた中国人が、ソ連軍とともに、いっせいに日本人に襲いかかり、傍若無人の限りをつくした(被害は日本人にとどまらず、中国人、朝鮮人同士での暴行、略奪も横行した)。
　特に、女性にとっては、筆述に耐えない惨劇で、『日本の女性史上最大の悲劇』と言われる。

「そこで女の子は‥‥‥、身を守るために、みんな髪を切って、男の子ってことで逃げたんだ」
　髪を‥‥‥。
　竹内さんは、自分の短くなった髪に手をやりました。

しかし「満州引き揚げ者」には、さらに地域からの激しい差別が待っていました。
　満州移住者には、もともとブルジョワジーが多かったことも災いし、疎開者とはまったく違う扱いを受けました。
　特に、この親戚は、満州での財産が換金できない（できなくなった）と知るや、さらに冷遇します。

「ずいぶんと、がめつい親戚だな」
「まぁ……いろいろいるさ」

　竹内くんは、離れに置かれ、ずっと「弟」と騙され続けますが、年頃になってくれば、さすがに「女性」と気づきます。
　百合江さんは、それでも竹内くんにつくし、いつしか２人は似た者同士で愛し合うようになりました。

「それで……ある日、百合江さんが失踪するんだ……」
「赤ちゃんが、できたから？」
「わかんない……戸籍上は兄妹だし。かなり歳も離れてるから……関係を知って追い出したか……、そんなとこだろ」

「その時の子が……アタシ？」

　戦争は、こんな「苗字の悪戯」をたくさん生み出しました。空襲のあった都市では特に。
　それを息子世代の僕たちが解くことになるとは、思いもよりませんでしたが。

第71話　再会

「竹内ぃ〜〜。会えよ〜〜〜」
「西条っ！」「西条さん！」
　いつからいたのか。西条くんが僕たちの後ろに。

「連れて来てくれたんだな‥‥‥」
　僕に向かって言いました。
「ああ。たいへんだった」
「エネルギー保存の法則かぁ？」
　なんでわかるのでしょう？
「だろ‥‥‥？　コイツ、無駄に色っぺーんだよな〜〜〜」
　ヒソヒソと西条くん。

「竹内‥‥‥‥」
「ハイ‥‥‥‥」
「こいつにカタイカタイとかされなかったか？」
西条ぉおおおおおお！

「あれ？　竹内、髪切ったの？」
　それが一番最後だから、ダメなのだと思います。

「来いよ。竹内」
「お前が来ないっつっても、縛ってでも‥」と、言いかけて
「うおぉおおおおおおお！」
　自分の言葉にセルフで興奮する西条くん。便利なヤツ。

「来いよ」
　再び手をさしのべました。
　その手をとる竹内さん。

　こりゃ‥‥‥久保はまた失恋かな‥‥‥。

　ボロ屋の前で、再び動けなくなった竹内さん。その後ろに僕と村山くん。
　西条くんは、かまわず引き戸を開きました。
「父ちゃんー！　娘、連れて来てやったぜ！」
　そのさりげなさ。その行動力。まさしく父親ゆずり。

　開いた戸の向こう側。
　家の中は、ところどころに紐(ひも)がひいてあり、それが視覚を補うものであることが判りましたが。
　他には、何もありません。
　絵も‥‥‥。写真も‥‥‥。飾りも‥‥‥。
　いえ。何もないわけではありませんでした。

　入り口、靴箱の上にカサブランカ。

　その強い香りが、玄関をつたい、外まで伝わります。
　その香りこそが、亡き母、百合江さんのユリなのだと。

　村山くんが僕に、
「おい‥‥‥行こう」
「行こうって‥‥‥どこに？」
「北極星でも‥‥探しに‥‥‥‥」

僕は、実のところ、野次馬気分半分でこの様子をうかがっていました。16年も経って、突然父親がいると知って会う、ということが、感覚的にわからなかったのです。
　毎日、父に会っている僕も、この年齢になると、面と向かうことはそんなにありません。
　それが16年。まったく存在も知らなかった父親。

　やがて、ドタドタと音がして、奥からその人が現れました。
　義足をしているためか、片足が不自由である、ということは、外見上はわかりません。
　彼は冷静を装うこともできず、愚かと思えるほどアタフタした登場でした。
　玄関のタタキの前に、目印用の紐がありましたが、そこで止まらず、ガクンと足を落とし、よろけてしまったのです。

「あぶない！」
　西条くんよりも先に、支えたのは。
　竹内さんでした‥‥‥。

「お‥‥‥‥‥」
　お父さんも自分を支えたのが西条くんではない、と知ると竹内さんの頭あたりに触れて
「百合‥‥江‥‥‥‥‥‥」
「！」

　髪が短くなった竹内さんに、かつて愛した人が蘇(よみがえ)ったのかも知れません。それほどに母親に似ているのでしょう。
　むろん、僕らには知る術(すべ)もありませんが。

第18章　枯れる花　咲く花

「いや‥‥‥。ゆかり‥‥‥‥ちゃん、だな？」
「‥‥‥ハイ‥‥‥‥‥‥」
　竹内さんが返事をするやいなや、
　竹内さん、いや、お父さんは、閉じたままの瞼(ひとみ)から、突然大粒の涙を流して、
「すまんかった‥‥‥‥‥‥すまんかったなぁ‥‥‥‥」
「すまなかった‥‥‥‥」
「すまん‥‥‥‥」
　お父さんは、ずっと名乗れなかったのです。
　自分が子供の障害になることを恐れるあまり。

「う‥‥‥‥‥‥‥」

　竹内さんの泣き声が響く前に、僕と村山くんは家を後にしました。
　北極星でも探しに‥‥。

第72話　枯れる花　咲く花（1）

「あらあら、今日はまたずいぶんと大勢でいらっしゃったのね」
「おじゃまします」「おじゃましまーす」
　那智先生の家に、すでに亡くなったメダリストたちの名簿を届けに伺ったのは、長岡からもどってすぐ。関わったほぼ全員が伺ったので、奥様は、うれしそうでもあり、迷惑そうでもあり。
「あ〜〜〜〜〜先輩、土踏みました〜〜〜〜〜」

「うるせぇよ！　誰もそういう競争してねーってのによ！」
　迷惑そうでもあり‥‥。

　結局あれから、わかったのは４名がすでに戦死されていたこと。
「そうですか‥‥。おつかれ様でしたね」
　奥様は、我々の労をねぎらってから、
「そうそう。竹内くんの所ね、お電話さしあげたんですよ？」
「あ、新潟にですか？」
「それが。実は、夫が彼らのことについて日記に書いてたのを見つけたの。那智を訪ねてらっしゃってたのね。予科練に行く前日に」
「父ちゃんが？」
「父ちゃん‥‥‥って？」
　奥様は、西条くんが教え子の息子本人であることをご存知ありません。

「そう‥‥‥あなた、息子さんなの。それはそれは‥‥」
「はい。西条って言います」
「そうでしょうね。東条さんだったらビックリだわ」
　那智先生の遺影の前に笑い声が溢れました。
　でも、まんざら笑えたものでもありません。苗字など、まったくアテにはならないのですから。

「前日に‥‥‥ですか」
「もう終戦のギリギリでしたからね。那智はわかっていたんですよ。自分の教え子が、特攻隊員にされてしまうことも‥‥‥」

第１８章　枯れる花　咲く花　　　３７７

特攻‥‥‥。

　奥様は、その日記にあったという、ひとつの句を読み上げました。

「"枯れる花と　知りつつ愛でる　一夜草(ひとよぐさ)"」

「それは‥‥‥？」
「その日に那智の詠んだ句です。『ひとよぐさ』はスミレのこと。たぶん、人の世に育つ草「教え子」と、その一夜を‥‥」
　文学に明るいグレート井上くんは、
「一夜限りで戦地に旅立った学徒出陣のことをかけたんですね？」
　そう言いましたが、
「それはちがうんじゃないかしら？」
「？」「？」
「夜咲いて朝にしぼむ花は『一夜花(ひとよばな)』という別の季語があるから。一夜草、つまりスミレは翌朝も奇麗に咲いている。『一夜限りで別れるのが惜しいほどに美しい』という意味なのよ」
　一夜限りで別れるのが惜しい‥‥‥‥。
　まさしく。
　竹内くんや、西条くんのお父さん以外も、たくさんの教え子たちを戦場へ見送ったことが、その句からうかがえます。
　翌朝も美しく咲いていてほしい、と願ってやまなかったのでしょう。

　この句を最も神妙に聞いていたのは、もちろん西条くんで

した。なにしろ亡き父に対して詠まれた句でもあるわけですから。
　が。その気持ちのやり場に困ったのか、
「俺もスミレと別れるのがつらいヤツ知ってる」
「あ～～、孝昭の凹ましたスミレな～～～～～」
「わはははは！　ありゃ別れがつらそうだった！」
「‥‥‥‥るせーな。もう板金終わってるって！」

「ほほほ。いいわねぇ、賑やかで。そうだ！　せっかく大勢でいらっしゃってるんだもの、みんなで流しソーメンでもしないこと？　お昼まだでしょ？」
「いいんですか!?」「やったぁ～～～！」
　ひさしぶりの大人数に、奥様もうれしそうでした。

「天にまします我らが神よ‥‥‥」
「西条、ナニやってんだ？　ソーメンぜんぶ流れてっぞ？」
「あああぁ！」
　教訓：流しソーメンでお祈りしてはならない。
　ソーメン‥‥‥。

　茶木は、結局、保護観察処分は取り消しになりました。
　茶木には悪いですが、僕たちにとって「朗報」であることには違いありませんでした。
　竹内さんにとっては、もちろん違いますが。
　それは、彼女にひとつの決断をさせました。

「母ちゃん！　朝ご飯いらないから！」

第18章　枯れる花　咲く花

「また出島？」
「ちがうって‥‥！」
「出島は長崎だからね。今度はまちがっちゃダメよ〜〜〜〜」

　出島‥‥‥。あの日から早３ヶ月。

　バイクをとばしましたが、着いたのは僕が最後でした。
　Ａ駅のプラットホーム。
「おせーぞ。コラ！」
「悪い。原付だから‥‥‥」

　この日。竹内さんが長岡へと旅立つ日。

　ホームの端っこ。泉巡査につきそわれた茶木。おそらく特別な外出許可をもらったのでしょう。
　僕を見つけるなり、いかにも面倒そうに片手を上げました。
　僕も面倒そうに片手を上げて返します。
　泉巡査は‥‥‥なんだろ？
「あ〜〜〜！　無視したわね〜〜〜〜！　黒小のクセに！」
　あ、ウィンクだったのか。わかんなかった。
　ウィンクは両目いっしょにつぶっちゃダメだと思います。

　そしてホームのど真ん中。
　みんなから囲まれた竹内さん。目の前には西条くん。
　その後ろにかけよる僕。
「竹内さん！」
「あ！　変態先輩！」
　とうとう最後まで「変態」‥‥‥。

「ホントに行っちゃうんだね‥‥」
　ど田舎にある我が校では（転勤族が少ないので）転校は非常に珍しいことで、僕もかつて2名しか知りません。が、自主退学はこの限りではありません。特に施設出身者のその半数は、なんらかの形で学校を去って行きます。
　竹内さんの場合。
「ハイ。やっぱり、たったひとりの肉親だし‥‥‥」
　彼女は、父親の家へ移り住むことを決めたのです。
　目も足も不自由なお父さんですから、その覚悟は並大抵なものではないでしょう。けれども、その決断に異論を唱えられる者はいませんでした。
　西条くんも。茶木も。そして久保くんも。

　‥‥‥久保？
「あれ？　久保は‥‥‥？」
「そっとしといてやれや」と、親友河野くん。
「あ‥‥‥うん‥‥‥‥」
「今、祭り囃子がサビなんだと」
「あーー‥‥そっち？」
　ハウドゥユドゥ？

　久保くんがクールミントで戻って来たのは、本当にギリギリになってから。竹内さんは、すでに汽車の中でした。
「わりぃ、わりぃ〜‥‥」
　一目瞭然。祭り囃子だったのは、尻は尻でも、どうやら目尻の方だったらしい‥‥。

「みなさんも新潟来たら寄ってくださーーーーーーい」

第18章　枯れる花　咲く花

「あー！　必ず行くぞーーー」
「西条さん、久保さん！　大スキでしたーーーーー！」
　そして、列車が出る間際、
「お兄ちゃん！　どうもありがとうーーーーー。絶対、絶対忘れないからーーーーー！」
「うん！　元気で……！」
　僕は手をふりながら応えましたが、ホームの端では、茶木も手を振っていて。
　そっか。こいつも兄ちゃんだった……んだ。

　やがて走り出した汽車を、西条くんが追いかけました。
　駅員さんの制止をふりきりながら、
「竹内ーーーーーーーーーー！」
　窓にしがみつくように。

「竹内ーーーーーーーー！　大好きだったぜーーーーー！」
「竹内ーーーーーーーーー………！」
　やがて、その声を、列車の警笛が打ち消します。
　西条くんのお父さんが、竹内くんを見送った時と同じように。
　こんな風に繰り返されるなどとは、２人とも夢にも思わなかったでしょう。

　対して、一歩たりと動かなかった久保くんは、
「親の代からじゃ、かなうわけねぇよなぁ……」
「そんなことないって……」
「そう、かな？」
「お前にはタカギがいるじゃないか！」

一応メスです。タカギ。ああ見えて。

第73話　斉唱

　ひとつの事柄に終わりがあると、気づかないところで、別のなにかが終わりを告げていたりします。
　このわずか数日後。
「ワタアメはダメだって言ったろーがーーーー！」
「いやぁ、だって文化祭で余ったんで‥‥」
「だからって駐在所でつくんなっ！」
　駐在所掃除をさせられていた僕たちのところへ、泉巡査が来所されまして、
「こんなとこにいたの‥‥‥」
　こんなとこにいました。
「知ってた？　今日、ピアノ供養があるのよ？」
「え？　なんです？　ピアノ供養って？」

「あのピアノね。今日、文化の日で、供養されるのよ？」

「供養って‥‥‥？」
「燃やすってことじゃないかしら‥‥？」
　ひょっとして僕らが封印を解いたから‥‥‥？
　ちがいました。校舎の一部分が改装されることになり、資料室そのものが移設されることに伴って、とうとう財産台帳から消されることになったのだそうです。

「もともとがバカ高いオーストリア製でしょ？　そこに持っ

てきて、なにしろ弦以外の金属部分がひとつもないから、修繕するには天文学的な費用がかかるんですって」
「え！　ダメだ！　あのピアノは燃やしちゃダメなんですよ！」
　あのピアノは那智先生の‥‥‥！
「わたしに言われても‥‥‥」

　全てが木であることが災いしました。
「処分」よりは、「供養」のほうがはるかに安かったのです。
「急ごう！」「おお！」
　僕たちは急ぎました。
　急いだからといって、もはや、なにも変わるわけではありません。

　A小学校には、何人かの先生方と、卒業生、児童会の生徒などが集まり、その様子を見守っていました。
「小野寺先生！」
「あぁ、君らは‥‥‥」
「もう‥‥‥燃えてる‥‥‥」
「ええ。残念ですけどねぇ」
　その真ん中。七五三縄(しめなわ)がはられ、その中で紅蓮(ぐれん)の炎をあげて燃えているベーゼンドルファー。

　遅かった‥‥‥。
　いや、早くても、どうしようもないくせに。
　それが逆にくやしくて。

　幸いだったのは、哀しげに見守っていたのが、僕たちだけ

ではなかったことです。
　きっと、那智先生のかつての教え子なのでしょう。
　このピアノと一緒に歌った子供たち。

　その目前。ベーゼンドルファーは、赤く赤く炎をあげ、
　1本の足が燃えて、ガタンと崩れ落ちました。
「那智‥‥先生‥‥‥‥」

　やがて木製フレームが焼け始めると、今まで押さえられていた弦が外れ始めました。
　ほとんどは、**バチッ**とか、**ビンッ**とかいう音で、僕たちが聞いたような音色と呼べるものではなく。
　それは、ベーゼンドルファーの悲鳴にさえ聴こえました。

　それでも、ようやっと、
♪**ボーーーーン**
♪**ボーーーーン**
　ベーゼンドルファーは、最後の「ピアノらしい音」をたてました。
　その音が、あまりに音符らしいと言うか。きちんと音階になっていたものですから、OBの誰からともなく、

♪仰げば　尊し　我が師の恩
卒業式の歌を歌い出して‥‥。

♪教えの庭にも　はや幾年(いくとせ)

　やがてそれが、みんなに‥‥
　みんな、2番の歌詞とかまでは、覚えていなかったので、

第18章　枯れる花　咲く花　　　385

1番の繰り返しでした。

思えば いととし この年月
今こそ 別れめ いざ さらば

♪ボーーーーン
きっと、ベーゼンドルファーも、最後までつきあいたかったにちがいありませんが‥‥。

ビキッ！　バチッ！

まだみんなが歌い終わる前に、

♪ボーーーーーーーン

がんばって、がんばって最後の音を鳴らすと、
それっきり。
ベーゼンドルファーは、那智先生の元へともどって行きました。

第74話　枯れる花、咲く花（2）

　僕と西条くんは、ベーゼンドルファーの灰をかき集め、燃え残った弦を持って、那智先生の奥さんを訪ねました。
「奥さん‥‥‥先生のピアノ、燃えちゃいました‥‥」
　奥様は、一瞬なにを言っているかわからないようでしたが、いつものように上品な笑顔で

「いいんですよ。学校ですもの。いつまでも置いてはおけないでしょう」
「ええ‥‥‥‥」

　それでも浮かない表情の僕たちを見ると奥様は、
「この灰。せっかく持って来てもらったんだし。花壇にまきましょうか」
「え‥‥‥？」
「花咲か爺さんじゃないけどね。ほほ」
　そう言いながら、よく手入れされた花壇の所までいき、ハラハラと灰をまきました。
「あの句ね」
「ああ、"枯れる花と　知りつつ愛でる　一夜草"ですね？」
「覚えていてくださったのね」
「はい。忘れられません」

「私は国語の教師でしたからね。なんで初句を"散る花と"か、"摘む花と"にしなかったか不思議だったんですよ。だって字余りでしょ？」
「ああ、"枯れる花と"は、６文字ですもんね」
「そう。歌としてはね。"散る花と　知りつつ愛でる"のほうがずっと整ってますから」
　言われてみればその通りです。

「でも、それは間違いでした。教え子たちは‥‥‥たとえ短い人生であっても、ちゃんと枯れるまで咲いたって‥‥‥。那智は、そう言いたかったんだと思います」

「そうやって枯れた花は、土に帰ります。そしてそこから‥

「‥‥‥また新しい花が咲きます。あなたがたのような、元気一杯で、奇麗な花が」

「ですからね。そういう意味では、無駄に咲いた花など、ひとつもない、と‥‥‥。たとえ戦争で若くして死んだとしても、なにがしかの縁(えにし)で、それは未来のあなたがたに繋がっているのよ‥‥‥」

「そして、その花は、やがて奇麗に咲きます」

「そうか‥‥‥あのピアノもとうとうなくなったのか‥‥‥」
　駐在さんもチョッピリだけ感慨にひたっています。
　なにしろ、僕たちと共同で泊まり込みって、ほぼ初めてのことでしたから。
　枕投げも今となっては‥‥‥
「今度は負けねぇからな！」
　‥‥‥思い出にするには早すぎたようです。

「ところで、ママチャリ。二階の人影ってのは、結局どういう仕掛けだったんだ？」
「ああ、あれは簡単ですよ。久保は釣りの名人ですから」
（8巻）
「ぁあ？　釣り糸か？」
「そう。屋根の向こう側からルアーで飛ばす。逆側には、ほら。駐在さんを脅‥‥‥駐在所の為(ため)に置いたダミーくんがあ

ったじゃないですか」
「ああ、気味の悪いマネキンな!」(15巻参照)
「そうそう。あれを釣り上げたわけです」

「ダミーくん‥‥まだ駐在所にあるんだけど‥‥‥」

「え?」
「なんの話だ、それ?」と、久保くん。
「え‥‥‥?」
「そんなことやってねぇぞ?」と、河野会長。
「え‥‥‥‥‥‥?」

　結局、謎の人影は謎のまま。
　でも、森田くんの言葉を借りるなら、「それはそれ。これはこれ」で。
　そもそも「心霊」などというものは、全て説明がついたのでは、つまらないですから。
　命や運命が引き継がれるものであるならば。いずれまた何十年後かの、新しく咲いた花たちが、泊まり込みで解き明かそうとするかも知れません。
　きっと。

　枯れる花と　知りつつ愛でる　一夜草

小学館文庫 好評新刊

映画 謎解きはディナーのあとで
東川篤哉/原作
黒岩 勉/脚本
涌井 学/ノベライズ

シンガポール行きの豪華客船で殺人事件が発生。容疑者は乗員乗客3000人。麗子と影山が洋上で"謎"に挑む!

砂の交渉 日米合弁
長野慶太

派閥の対立や先方の思惑で、二転三転する日米合弁の行方は!日経小説大賞受賞作家による国際色豊かな経済小説。

美しい昔
近藤紘一が愛したサイゴン、バンコク、そしてパリ
野地秩嘉

ベトナム戦争の最前線で活躍したジャーナリスト近藤紘一の人生を追う。ベトナム、タイ、フランスの写真も収録。

サイゴンから来た妻と娘
近藤紘一

敏腕新聞記者が結婚したベトナム人妻と娘が日本へ。文化のギャップを描いたあのベストセラーが新装版で登場。

戦中派動乱日記
山田風太郎

江戸川乱歩や横溝正史らと交流し、旺盛な執筆と無頼な生活をしていた昭和24年25年。戦後日記シリーズ第3弾。

バビロン・ナイツ
ダニエル・デップ
岡野降也/訳

舞台はL.A.からカンヌへ。ジョニー!デップの兄がハリウッドの光と影を描く、リアル・クライム・ミステリー。

小学館文庫
好評新刊

ぼくたちと駐在さんの700日戦争 18

ママチャリ

115万部突破シリーズ最新巻は、一台のピアノから明らかになる戦時中の悲劇と人間模様が交錯するミステリー長編。

ことばの心・言葉の力

加賀美幸子

元NHK名アナウンサーが得た忘れがたい出会いと言葉の数々。これからの人生を豊かにしてくれるエッセイ集。

書くことについて

スティーヴン・キング
田村義進/訳

待望の新訳刊行！ 苦闘時代からベストセラー作家となるまで、自らの人生を振り返って綴った体験的文章読本。

ようこそ、わが家へ

池井戸 潤

恐怖のゲームがはじまった。戦慄のストーカー、怯える家族、職場の敵。手に汗握る攻防の行方はいきなり文庫で。

消滅のリスト

五條 瑛

「日本人は、最後まで騙しとおせ！」米中戦争を避けるために米国がさし出す犠牲とは？ 衝撃の本格諜報小説！

横須賀「鈴木さん」殺人事件
タンタンの事件ファイル2

鯨 統一郎

事件関係者になぜ鈴木さんばかりが？ 翔太とマリンの探偵コンビが活躍する、書き下ろしユーモアミステリー最新作。

小学館文庫
好評既刊

醇堂影御用 道を尋ねた女 谺雄一郎(こだま ゆういちろう)

遠山の金さんの懐刀、多々羅醇堂が活躍する影御用シリーズ第3弾。妖しの教団『あしは教』の黒い内幕を暴く!

オキーフの恋人 オズワルドの追憶 辻仁成

ある記憶を封印した編集者の日常が、失踪中の作家の連載探偵ミステリーと巧妙に交錯していく著者渾身の巨篇。

岬バーガー 本馬英治

海を愛するすべての人へ読んでほしい。忘れられない夏が、ここにはある。青春小説の新たな波! 待望の文庫化。

水と森の聖地 伊勢神宮 稲田美織

世界中の聖地を巡る写真家が伊勢神宮で感じた「本物の日本」を写真と文章で直感的に綴ったオールカラー文庫。

星に願いを、月に祈りを 中村航(こう)

恋愛×青春×ミステリー! 累計77万部突破のロングセラー「100回泣くこと」作者の新たなる代表作が登場。

十死零生の剣 愛妹草紙(あいまいぞうし)(じっしれいしょう) 翔田寛(しょうだ かん)

道場において筆頭である者にのみ、伝授される奥義。それは外道の剣であり、必殺の剣であり、「己の命をも奪う剣。

小学館文庫 好評既刊

ゴーン・ガール 上 ギリアン・フリン／中谷友紀子
結婚5周年の記念日に妻のエイミーが謎の失踪を遂げる。家には争った形跡があり容疑は夫のニックに向けられる。

ゴーン・ガール 下 ギリアン・フリン／中谷友紀子
「NYタイムズ」ベストセラー第1位、全世界で200万部突破の傑作ミステリ日本に上陸。海外「イヤミス」最高峰。

終りに見た街 山田太一
突然、太平洋戦争末期の日本にタイムスリップしてしまった二つの家族。SF的設定を自在に駆使した異色の傑作。

兄 かぞくのくに ヤン ヨンヒ
「北朝鮮」と向き合い『映画芸術』キネマ旬報ほか賞を総ナメした話題の映画「かぞくのくに」の監督が綴った原作本。

びっくり妊娠なんとか出産 細川貂々
私37歳、ツレ42歳。結婚12年目、『ツレうつ』を経て高齢出産を乗り越えた著者の、笑いと涙のコミックエッセイ。

かすていら さだまさし
ドラマ化で話題騒然。あたたかな笑いの果てに涙あふれる、皆に愛された破天荒な父に捧げる、自伝的家族小説。

小学館文庫 好評既刊

逆説の日本史16 江戸名君編
井沢元彦

御三家水戸家に家康が与えた"密命"が、二百数十年後に幕府を滅ぼした歴史の皮肉──。ベストセラーシリーズ。

震える牛
相場英雄

企業の嘘を、喰わされるな。日本中を震撼させた現代の黙示録、待望の連続ドラマ化！ 平成版『砂の器』の誕生！

圏外へ
吉田篤弘

大変だ。小説が書き出しのところで止まってしまった！ 小説家の頭のなかをめぐる冒険。解説は三浦しをんさん。

エルメスの手
松尾清貴

都内各所で内臓を抜かれた変死体が次々と見つかる。エーコ『薔薇の名前』を彷彿とさせる、凄すぎるミステリー!!

飛ぶ夢をしばらく見ない
山田太一

老女から少女へ、そして……時間を逆行して生きる女性と中年男の激しい愛の日々を描く傑作。解説・道尾秀介さん。

十年介護
町 亞聖

元日本テレビ→現フリーアナウンサー町亞聖さん渾身の感動手記。誰にでも起こりうる介護と仕事の両立を綴った。

小学館文庫 好評既刊

シークレット・レース タイラー・ハミルトン／ダニエル・コイル／著 児島修／訳
自転車レースを支配する、過酷なまでの勝利への追求がもたらした、ドーピングとその隠蔽に鋭く迫った衝撃の書。

架空OL日記 1 バカリズム
バカリズムが「ややズボラなOL」になりすまして書いた伝説の大人気ブログ、二冊同時文庫化発売となる第一弾!

架空OL日記 2 バカリズム
インドア派ズボラOLと愉快な仲間が巻き起こす、半笑いの日々。バカリズムなりすましOLブログ文庫化第二弾!

別れの時まで 蓮見圭一
私は手記募集に応募してきた女性に関心を持つ。女優である彼女の波乱の人生に興味を持ち、交際を始めたが……。

十津川警部 鹿島臨海鉄道殺人ルート 西村京太郎
連続殺人事件で逮捕された男と他の殺人との関連は? 日本刀をめぐる謎と疑惑に十津川警部の推理が冴え渡る。

明治かげろう俥（ぐるま） 時代短篇選集3 山田風太郎
実在の事件や人物を基にしながら、斬新な視点と解釈で今なお褪せることのない短篇を集成した作品集、第三弾。

小学館文庫
好評既刊

冬の蜃気楼

山田太一

新人女優の美少女と謎めいた中年役者に翻弄される青年助監督。映画撮影所を舞台に、青春の苦さを描く傑作長篇。

ぼくたちと駐在さんの700日戦争 17

ママチャリ

ママチャリたちの町に、イギリスの少女「ポーラ」がやってきた！ 駐在さんをはじめ、田舎の人々は大騒ぎに。

『ぴあ』の時代

掛尾良夫

起業家の草分けである『ぴあ』創始者。彼と周囲の若者達の熱く、時に破天荒な青春を描いた情熱ノンフィクション。

小説 俺はまだ本気出してないだけ

丹沢まなぶ
青野春秋/原作

会社を辞め、マンガ家を目指すバツイチ子持ち・大黒シズオ（41歳）のナイス！ おっさんコメディーの小説版。

史上最強の内閣

室積光

北朝鮮が日本に向け、核搭載のミサイルに燃料を注入！ 未曾有の危機に「本物の内閣」が京都からやってきた!!

斬ばらりん

司城志朗
川島透

百発百中の鉄炮を担ぎ、妻子を連れ動乱の世を駆け抜ける新ヒーローが大活躍の痛快幕末エンタテインメント小説。

小学館文庫 好評既刊

斬奸状は馬車に乗って 時代短篇選集2 — 山田風太郎
自らの思いに真摯に向き合うことの悲喜劇を鮮烈に描いた、幕末から明治を舞台にした名短篇を集成する作品集!

女ともだち — 角田光代 井上荒野/他
女ともだちは、恋人よりも愛おしい。人気女性作家の個性あふれる恋愛小説五篇を収録した珠玉のアンソロジー。

わたくしが旅から学んだこと — 兼高かおる
兼高かおるさんの大好評エッセイ、待望の文庫化。旅で得た人生観は、味わい深く、多くの気づきを与えてくれる。

子どもが自立できる教育 — 岡田尊司
教育の真の目的は、子どもを自立させること。専門家が確信した自立へ最適な教育法と日本の教育制度への提言。

欲望のメディア — 猪瀬直樹
映像革命を描きネット社会到来の理由を予見!《ツイッター都知事》の理由がわかる「ミカド三部作」の完結編!

出星前夜 — 飯嶋和一
第35回大佛次郎賞受賞作! 江戸寛永年間、無能な為政者に抵抗し、破滅を覚悟で戦った民衆を描いた歴史超大作。

本書のプロフィール

本書は、著者の同タイトルのブログで連載していた「枯れる花 咲く花」に、加筆・改稿したものです。

小学館文庫

ぼくたちと駐在さんの700日戦争 18

著者　ママチャリ

二〇一三年八月七日　初版第一刷発行

発行人　稲垣伸寿
発行所　株式会社　小学館
〒一〇一-八〇〇一
東京都千代田区一ツ橋二-三-一
電話　編集〇三-三二三〇-五五九九
　　　販売〇三-五二八一-三五五五
印刷所──中央精版印刷株式会社

造本には十分注意しておりますが、印刷、製本など製造上の不備がございましたら「制作局コールセンター」(フリーダイヤル〇一二〇-三三六-三四〇)にご連絡ください。(電話受付は、土・日・祝日を除く九時三〇分～一七時三〇分)

Ⓡ〈公益社団法人日本複製権センター委託出版物〉
本書を無断で複写(コピー)することは、著作権法上の例外を除き、禁じられています。本書をコピーされる場合は、事前に日本複製権センター(JRRC)の許諾を受けてください。JRRC〈http://www.jrrc.or.jp　e-mail:jrrc_info@jrrc.or.jp　電話〇三-三四〇一-二三八一〉
本書の電子データ化等の無断複製は著作権法上での例外を除き禁じられています。代行業者等の第三者による本書の電子的複製も認められておりません。

この文庫の詳しい内容はインターネットで24時間ご覧になれます。
小学館公式ホームページ　http://www.shogakukan.co.jp

©Mama-chari 2013　Printed in Japan
ISBN978-4-09-408851-9
JASRAC 1309114-301

第15回 小学館文庫小説賞 募集

たくさんの人の心に届く「楽しい」小説を!

【応募規定】

〈募集対象〉 ストーリー性豊かなエンターテインメント作品。プロ・アマは問いません。ジャンルは不問、自作未発表の小説（日本語で書かれたもの）に限ります。

〈原稿枚数〉 A4サイズの用紙に40字×40行（縦組み）で印字し、75枚から200枚まで。

〈原稿規格〉 必ず原稿には表紙を付け、題名、住所、氏名(筆名)、年齢、性別、職業、略歴、電話番号、メールアドレス(有れば)を明記して、右肩を紐あるいはクリップで綴じ、ページをナンバリングしてください。また表紙の次ページに800字程度の「梗概」を付けてください。なお手書き原稿の作品に関しては選考対象外となります。

〈締め切り〉 2013年9月30日（当日消印有効）

〈原稿宛先〉 〒101-8001 東京都千代田区一ツ橋2-3-1 小学館 出版局「小学館文庫小説賞」係

〈選考方法〉 小学館「文芸」編集部および編集長が選考にあたります。

〈発　　表〉 2014年5月に小学館のホームページで発表します。
http://www.shogakukan.co.jp/
賞金は100万円（税込み）です。

〈出版権他〉 受賞作の出版権は小学館に帰属し、出版に際しては既定の印税が支払われます。また雑誌掲載権、Web上の掲載権及び二次的利用権（映像化、コミック化、ゲーム化など）も小学館に帰属します。

〈注意事項〉 二重投稿は失格。応募原稿の返却はいたしません。選考に関する問い合わせには応じられません。

＊応募原稿にご記入いただいた個人情報は、「小学館文庫小説賞」の選考及び結果のご連絡の目的のみで使用し、あらかじめ本人の同意なく第三者に開示することはありません。

第13回受賞作
「薔薇とビスケット」
桐衣朝子

第12回受賞作
「マンゴスチンの恋人」
遠野りりこ

第10回受賞作
「神様のカルテ」
夏川草介

第1回受賞作
「感染」
仙川環